Spanish Lady

CLAUDIA VELASCO

Editado por Harlequin Ibérica.
Una división de HarperCollins Ibérica, S.A.
Núñez de Balboa, 56
28001 Madrid

Spanish Lady, n.º 177 - 1.9.14

I.S.B.N.: 978-84-687-4503-9

—Michael Fassbender está en la entrada.

—¿Qué? —Manuela Vergara levantó los ojos del ordenador y miró a María frunciendo el ceño—. ¿En serio?

—¿No habéis visto a los obreros de Pete? El jefe de la cuadrilla es clavadito a Fassbender.

Manuela y Helen saltaron de la silla y corrieron a la parte delantera del local para ver a los obreros que Peter, su jefe, había hecho ir esa mañana de urgencia. El firme del pequeño aparcamiento estaba levantado y el Ayuntamiento les acababa de poner una multa estratosférica por semejante pecado, así que a Pete, presionado por las circunstancias, no le había quedado más remedio que actuar con celeridad e intentar arreglar el problema antes de que el inspector regresara por allí y acabara cerrándoles el restaurante. Inconvenientes de estar en una zona tan exclusiva como Mayfair.

Manuela abrió las cortinas y divisó el pequeño grupo: seis obreros, su jefe y Sonny, el barman, charlando en torno al pavimento levantado. En la acera, una camioneta cochambrosa y mal aparcada, cargada de artilugios de obra, incluido uno de esos mezcladores de cemento y sustancias similares listo para ser usado. Miró la puerta del vehículo y leyó *O'Keefe e hijos,* escrito con letras verdes. Desvió los ojos y repasó a los ocho hombres que tenía delante sin ver nada considerable de atención, nada parecido a Michael Fassbender, y se giró hacia María para protestar.

—¿Estás de coña?

—¿No lo veis? —Su amiga se acercó y les hizo un gesto para que tuvieran paciencia—. Ahí está, detrás de Sonny.

—Bendito sea Dios —susurró Helen abriendo más las cortinas. Sonny y Pete se apartaron del grupo para volver al patio y Manuela pudo ver al doble de Michael Fassbender en carne y hueso, dando indicaciones a sus compañeros.

Todos iban en camiseta, sin mangas a pesar del frío, luciendo tatuajes varios y vaqueros desgastados, y él también, solo que a él los vaqueros caídos le sentaban de maravilla y la camiseta blanca dejaba a la vista unos bíceps perfectos, un abdomen plano y un tono de piel de lo más apetecible. Las tres tragaron saliva viendo su pelo castaño claro, ligeramente rizado, brillar con el reflejo del sol y, cuando se volvió con un cigarrillo en la boca y unos ojos inconmensurablemente claros se clavaron en ellas, todas dieron instintivamente un paso atrás, a lo que él respondió bailando con los brazos en cruz, girando, para que lo observaran mejor. Helen tosió, agarró la cortina y la cerró de un tirón.

—¿Qué ha sido eso? —musitó Manuela. El pulso se le había acelerado, el corazón se le había subido a la boca y las rodillas le temblaban literalmente. Sonrió a las chicas, roja como un tomate—. Menudo dios, por favor.

—Gitanos —susurró Helen volviendo al despacho.

—¿Y? —Manuela y María la siguieron sin quitarle los ojos de encima hasta que las miró—. ¿Eres racista?

—Con esos sí. —Indicó con el bolígrafo hacia la puerta—. O'Keefe, gitanos irlandeses nómadas. Lo peor.

—¿Cómo lo sabes? —Rio María.

—¿No hay gitanos en España?

—Por supuesto, pero…

—Nadie, en su sano juicio, contrataría a una cuadrilla de gitanos nómadas para trabajar en su casa. Claro que Pete, por ahorrarse una libra, vende su alma al diablo.

—Eres una persona con muchos prejuicios —opinó Manuela volviendo a su ordenador.

—Soy hija y nieta de policías.

—¿Y?

—Boxeo ilegal, apuestas ilegales, carreras de galgos ilegales, trapicheos… solo traen problemas.

—Chicas… —Peter Minstri entró en el despacho y entregó la factura a Helen—. Por favor, prepárame un cheque.

—¿Para O'Keefe? —susurró ella moviendo el papel.

—Sí. ¿Tienes algún problema?

—Helen no es muy amiga de los gitanos y dice que tus obreros lo son —María intervino ignorando la cara de furia de Helen.

—Lo son y deberíamos tener menos prejuicios. —Pete, nieto de pakistaníes, se arregló la chaqueta de su impecable traje hecho a medida y miró a sus empleadas forzando una sonrisa—. Los O'Keefe llevan años trabajando para mi padre y me parece completamente inadecuado cualquier comentario racista, por pequeño que sea, ¿queda claro?

—Sí —asintieron las tres y regresaron a sus obligaciones sin volver a abrir la boca.

Manuela Vergara siguió repasando con calma los detalles de la fiesta privada que tenían esa noche, repleta de vips, y de la que era la anfitriona oficial. Hizo un par de llamadas, se sirvió un café, se peleó con los floristas, bajó varias veces corriendo a la cocina y, dos horas después, cuando la voz grave de un hombre saludó desde la puerta, ya ni se acordaba de los obreros irlandeses que trabajaban fuera, así que levantó los ojos, sin esperarse en absoluto al hombre de sonrisa radiante que avanzó hacia su mesa con total desparpajo.

—Hola, ¿qué tal, pequeñas? Vengo a por mi chequecito.

—¿Cómo dice? —Se puso de pie y comprobó que ese individuo era bastante más alto y más fuerte que Michael Fassbender, al que había visto una noche de fiesta por Camden Town, aunque se parecía horrores a él.

—El talón. —Se apoyó en el mostrador que separaba la pequeña sala de espera de los escritorios y le clavó los ojos color aguamarina sin dejar de sonreír. Manuela deslizó la vista de sus ojos a su boca y luego hacia sus brazos tatuados. Tenía unos músculos muy marcados, aunque era delgado y fibroso, y terminó inspeccionando sus manos enormes, rudas pero inesperadamente hermosas—. ¿No me entiendes? ¿De dónde demonios eres, eh?

—De España —intervino Helen acercándose con el cheque en la mano, y se lo puso delante, aunque él seguía mirando a Manuela descaradamente.

—¿Y no hablas mi idioma?

—Intento hablar inglés, pero su acento es…

—Irlandés —susurró él, quitándole al fin los ojos de encima para revisar el talón.

—No, más cerrado que el irlandés, pero da igual.

—¿Cerrado? —bromeó imitando el tono y firmó el recibo de Helen—. Yo no soy para nada cerrado. ¿Cómo te llamas?

—Manuela.

—Patrick, Patrick O'Keefe. —Le extendió la mano y le dio un tremendo apretón recorriéndola con los ojos al tiempo—. Conozco España: Gandía, Marbella, Ibiza… ¿De dónde eres tú?

—Madrid. —Era imposible sostener la mirada a esos ojos enormes y transparentes, y retrocedió apoyándose en su escritorio.

—¿Y tenéis alguna entrada vip para mis chicos y para mí?

—No, es que…

—Normalmente nuestros eventos son privados, señor O'Keefe —Helen se le puso al lado para acompañarlo a la salida—, y no disponemos de entradas.

—Peter me dijo que me daría invitaciones. Este es un

buen garito para disfrutar de Londres, ¿eh? —Las miró a las tres—. Vienen muchas tías buenas, o eso me han dicho, y aunque yo soy un hombre casado —levantó la mano y les enseñó una alianza muy gruesa—, no estoy muerto.

—De momento no dispongo de invitaciones, pero cuando las tengamos le avisaremos, ¿le parece, señor O'Keefe? —Helen abrió la puerta y le sonrió a modo de despedida.

—Preferiría que me avisara ella. —Señaló a Manuela y le guiñó un ojo—. Espero tu llamada, ¿eh?

—Le avisaremos —insistió Helen.

—¿Y tú? —preguntó ignorándola y volviéndose hacia María—. ¿De dónde eres tú?

—Madrid —susurró María sin moverse de la silla—. ¿Y tú?

—De aquí y de allí. En fin, muñequitas, me largo, tenemos faena. Adiós. —Les guiñó un ojo y desapareció canturreando. Helen cerró la puerta y bufó indignada.

—Menudo caradura.

—Ya te digo —comentaron María y Manuela mirándose a los ojos. Manuela rodeó la mesa y se desplomó en la butaca con un extraño calor subiéndole por las piernas. O'Keefe podía ser lo que quisiera, gitano, payo o extraterrestre, el caso es que era espectacularmente guapo y emanaba un aroma a problemas que siempre la atraía como la miel a las abejas.

Agarró el teléfono móvil y llamó a su novio para distraerse.

Capítulo 1

El restaurante estaba lleno de gente y el club privado colapsado, no cabía ni un alfiler. Manuela bajó las escaleras a la carrera hacia la entrada para pedir explicaciones a Günter, el jefe de seguridad, que estaba dejando pasar a demasiada gente a la zona vip de la tercera planta, y se encontró a bocajarro con Daniel, su novio, que la agarró de la cintura para detenerla en medio de la muchedumbre. Sin embargo, no se quedó con él, sino que miró con desaprobación las pupilas dilatadas de sus enormes ojos azules y lo desplazó sin muchos miramientos hacia el bar. Él le dijo algo ininteligible al oído y luego se fue con sus amigos para seguir la juerga. Era un desastre, pensó, acercándose a la puerta, un desastre y un tío con demasiados vicios. Se estaba hartando de él y decidió mentalmente mandarlo a paseo antes de que llegara la Navidad y le estropeara las fiestas con sus neuras y sus problemas.

—¡Günter! —Agarró al jefe de seguridad de la manga y él le dirigió una mirada gélida desde sus dos metros de altura—. ¿Qué está pasando? No puede subir nadie más a la zona vip, el ascensor se ha estropeado con tanta…

—¿Y qué quieres que haga? —Le hizo un gesto hacia la calle, donde no paraban de llegar coches—. Peter tiene la culpa.

—Lo que sea, pero ahí arriba ya no cabe nadie. Si se despeja, os aviso, pero ahora es peligroso, ¿lo entiendes? —El hombre la calibró con los ojos entornados y finalmente asintió—. Esto es una locura. ¿Dónde está Pete?

—Con su novio en la cocina.

—Vale, voy a buscarlo. Y gracias.

Giró hacia el vestíbulo y miró el bar lleno, donde aún había personas esperando mesa. Eran las diez y media de la noche y salían del teatro, el segundo turno de cenas que tanto dinero reportaba a La Marquise y que era el mayor quebradero de cabeza de su personal. El restaurante, propiedad de unos socios muy sofisticados, Peter Minstri y su expareja, Jonathan Wayman, se encontraba en el corazón de Mayfair, a dos pasos de la calle New Bond y el Hotel Claridge, y desde su fundación cuatro años atrás, era uno de los locales más famosos de Londres. Uno donde, además de su sofisticada carta, sus dueños podían ofrecer a sus exclusivos clientes un club con DJ y una zona vip de primer nivel. Una mina de oro, decía todo el mundo, donde trabajaban casi cuarenta personas, entre ellas dos españolas: María y Manuela, ambas licenciadas en Empresariales, que habían empezado su andadura en La Marquise como camareras, aunque llevaban ya un año una como jefa de comedor y la otra como directora adjunta del local. Manuela, la flamante codirectora, adoraba su trabajo, aunque cada día asumiera más responsabilidades y renunciara más a su vida personal en favor de La Marquise por culpa de su jefe directo, Pete, que era el anfitrión perfecto, pero un desastre en el gobierno del restaurante. Pasaba olímpicamente de los problemas y Manuela temió que esa noche también le iba a tocar ser la mala de la película, como siempre, para intentar poner un poco de orden en el caos que se estaba cociendo en las plantas superiores.

—¡Pete! —Lo pilló besuqueándose con el segundo chef junto a la despensa y él la miró sonriendo—. No puede pasar nadie más al club, ni a la zona vip.

—Bien, díselo a Günter.

—Se lo he dicho, pero prefiero que me apoyes tú o acabará pasando a sus colegas y esto empieza a ser peligroso. Te lo digo en serio.

—¿Has visto qué guapa es mi Manuela? —La hizo girar para que Bobby admirara su modelito negro y corto—. Un bomboncito.

—Vale, ¿vas a hablar con Günter?

—Le doy un toque. —Hizo amago de sacar el móvil y Manuela le agarró la mano.

—No, sube allí arriba y habla con él, por favor.

—Vale, vale, tan guapa y tan marimandona.

Lo vio salir camino del vestíbulo y se acercó a la zona de comandas para ver el ritmo frenético con el que trabajaba todo el mundo. Phillipe, el chef francés, era una máquina, muy enérgico, una estrella en lo suyo, y solía ser una gozada verlo trabajar y llevar al trote a su eficiente equipo, la mayoría franceses que habían llegado con él desde París para hacerse cargo de La Marquise desde el primer día. Phillipe era joven y atlético y trabajaba con uniforme negro, de pies a cabeza, sin parar durante horas y horas, y siempre con el ceño fruncido. Manuela lo admiraba sinceramente y él era bastante amable con ella, con la que solía hablar en español porque adoraba España tras su paso por Barcelona para estudiar con su admiradísimo Ferran Adrià en El Bulli. Una amabilidad que no solía desplegar con demasiada gente, sobre todo con quienes no pertenecía a su cocina.

—Tortilla —le dijo y le metió un trozo de tortilla española deconstruida en la boca—. ¿Qué tal?

—Deliciosa.

—Vale, ahora márchate, seguro que tienes mucho trabajo en otra parte.

Ella se echó a reír y salió de la cocina esquivando a los camareros para subir a su zona de influencia, confiando en que Pete parara el flujo de gente desde abajo. Se acercó al ascensor victoriano, que era uno de los orgullos del restaurante, y comprobó que seguía sin funcionar. Se giró hacia la escalera y entonces alguien le cerró el paso descaradamente, dos veces, provocando que levantara la cabeza con bastantes malas pulgas.

—Hola, *Spanish Lady*.

—¡Hola! —exclamó mirando los espectaculares ojos del hombre. Era O'Keefe, al que no habían vuelto a ver desde hacía un mes. Dio un paso atrás y se fijó en que iba con una americana oscura sobre una camiseta blanca, seguramente sin mangas, y varios collares étnicos en el cuello. También llevaba vaqueros de firma y botas vaqueras, y cómo no, una copa en la mano—. ¿Qué tal está?

—¿Dónde puedo fumar?

—Hay una zona de fumadores en la terraza trasera. —Le indicó con la mano y él se le acercó inclinándose un poco para mirarla a los ojos—. Puede salir por ahí.

—¿Me acompañas?

—Lo siento, estoy trabajando.

—¿Y no te tomas un respirito de vez en cuando?

—Ya quisiera yo, pero en noches como esta es imposible.

—¿A qué hora sales?

—No lo sé…

—Te espero y te llevo a casa, ¿eh?

—¡¿Qué?! —Se echó a reír porque estaba acostumbrada a los tipos que se hacían los duros con ella y él también sonrió—. No, gracias, mi novio me lleva, muchas gracias.

—Y yo me iré a casa con mi mujer, pero seguro que nos podemos escabullir los dos un ratito, ¿eh? —Le guiñó un ojo y ella soltó una carcajada.

—Tentador, pero no puedo.

—Tú te lo pierdes.

—Mala suerte. Disfrute de la noche y, si necesita algo, avíseme.

—Ok —respondió levantando la copa—. Lo tendré en cuenta.

Manuela le sonrió por última vez y subió las escaleras sintiendo los ojos de O'Keefe pegados a la espalda, concretamente a su trasero, pero lo pasó por alto. Llegó al club y se dedicó a apremiar a los camareros para servir, cobrar y recoger con rapidez intentando propiciar que la gente se marchara deprisa, tarea casi imposible cuando el DJ de la noche pinchó el primer disco y entonces se desató la locura. Se vio envuelta en gritos y saltos, y salió de allí casi en volandas; subió a la zona vip y se dedicó a atender a los invitados de su jefe con la mejor disposición, riendo los chistes sin gracia y charlando sobre los spa de moda en Dinamarca o Suecia, sacando botellas de Möet Chandon con generosidad y cubriendo las necesidades de sus compañeros antes de que abrieran la boca.

—Cariño… —Pasada la medianoche, cuando se sirvió un refresco light y se asomó al balcón de los vips para observar cómo se desarrollaba la noche en el club, sintió la mano de Daniel en la cintura—. No te he visto en toda la noche.

—Estoy trabajando —contestó sin moverse. Abajo la gente bailaba en grupos y creyó divisar a O'Keefe y a sus amigos en un rincón charlando a gritos. Miró sus manos para comprobar que no estaban fumando allí y Daniel le besó el cuello—. Y sigo trabajando, así que déjame tranquila, ¿de acuerdo?

—¡¿Qué coño te pasa?!

—A mí no me hables en ese tono.

—¡¿Que no te hable en qué tono?!

—Vale, no grites y lárgate, Daniel, estoy trabajando.

—Se giró y le clavó los ojos oscuros con furia. Daniel Grant, agente de bolsa de éxito y chico pijo de Chelsea, balbuceó demasiado cargado de pastillas como para reaccionar. Ella le hizo un gesto con la mano y él se fue obediente.

Era un capullo pusilánime, determinó sin emoción, volviéndose hacia la barandilla para buscar con los ojos al dios gitano de los bíceps como rocas, que en ese preciso instante estaba bailando en el centro de la pista rodeado de mujeres. Se divertía y coqueteaba descaradamente con todas esas lobas hambrientas que lo acariciaban sin pudor, y se reía a carcajadas. Bailaba muy bien, tenía ritmo y era endiabladamente sexy, eso era innegable. Se apoyó en la balaustrada atraída por esa energía animal que emanaba y entonces él la miró. Como si ella lo hubiese llamado, levantó los ojos y la miró, le regaló una enorme sonrisa y levantó la copa a modo de brindis. Manuela levantó a su vez su coca cola-light y devolvió el saludo sonriendo. Era guapo, demasiado, y no dejó de mirarlo hasta que María la llamó por la espalda.

—¿Qué pasa?

—El ascensor. A veces consigues hacerlo andar —le dijo en español—. Intenta hacer algo, ¿quieres?

—¿Qué tal va todo? —Bajaron juntas las escaleras hasta la primera planta.

—Ya acabamos la cena, cierro la caja y me largo, me duele la cabeza.

—Vale, no hay problema. Hasta mañana.

—¿Te vas a la casa de Daniel?

—No, pero cuando llegue estarás dormida.

—Vale, *ciao* pequeñaja. —Le dio un beso en la cabeza y desapareció.

Manuela abrió la reja del ascensor y luego la puerta metálica mirando la butaquita acolchada de terciopelo rojo donde alguien había olvidado un pañuelo. Se volvió hacia el panel de control, que era antiguo y solo contaba con cuatro botones de bronce enormes, y se inclinó para abrir la puertezuela donde se escondían los cables que siempre se soltaban y estropeaban el mecanismo. Entonces alguien entró en el diminuto cubículo y Manuela dio un brinco.

—¿Te ayudo?

—¿Eh? —Se encontró con O'Keefe a un centímetro de distancia y no se movió. Él cerró las dos puertezuelas y se apoyó en la pared sonriendo.

—Puedo echarle un vistazo.

—Ya, gracias, se sueltan los cables y se para. El técnico dice que no lo toque, pero yo… —Él se acercó y se inclinó para ver el asunto de cerca, rozándole el brazo con ese pelo castaño tremendamente suave. Olía a tabaco y a algo más, muy agradable, y sintió que se le doblaban las rodillas.

—Puedo hacerlo… —susurró y se irguió despacio mirándola a los ojos—. ¿Quieres que lo haga?

—Sí, gracias.

Él sonrió una vez más, mirándole la boca, se acercó y le plantó un beso directo, con propiedad, sin preliminares ni intentos vanos; le abrió la boca y se la llenó con su lengua ansiosa y bastante experta. Manuela hizo amago de resistirse, pero sabía tan deliciosamente bien que se pegó a la pared y se aferró a su camiseta para seguir besándolo incansablemente mientras él bajaba las manos y le apretaba el trasero contra sus caderas. Besaba muy bien, con ganas, mordiéndole los labios, como debía ser, sin medias tintas, y acabó sonriendo bastante satisfecha de haber podido probar aquello.

—Insuperable —susurró, notando como O'Keefe deslizaba las manos por debajo de su vestido corto y enredaba los dedos en sus braguitas—, pero debo seguir trabajando.

—Yo te voy a dar a ti faena. —El hombre subió los dedos por su espalda y le soltó el sujetador sin ningún esfuerzo—. Dame un poco más.

—¿Qué? Lo siento, no te entiendo, pero... —le puso las dos manos en el pecho y lo miró a los ojos—, debo irme.

—¿Te quieres ir? —Con el pulgar le rozó un pezón y la hizo gemir. Manuela notó una descarga eléctrica por todo el cuerpo y que humedecía las braguitas. No sabía cómo lo había hecho, pero lo había conseguido y lo miró a los ojos sin poder moverse—. Así me gusta.

En menos que canta un gallo ya tenía el vestido enrollado en la cintura y se aferraba al cuello de él para seguir besándolo enloquecidamente, con el deseo azotándole la columna vertebral y los músculos de todo el cuerpo, la piel y hasta el pelo. Era potentísimo y no pretendía renunciar a un polvo que anunciaba ser el mejor del año. O'Keefe se sacó la chaqueta y dejó a la vista sus brazos tatuados. Manuela los acarició y se inclinó para lamerlos mientras él la elevaba sin ningún esfuerzo y la pegaba a la pared metálica, abriéndose al tiempo los pantalones y penetrándola por sorpresa, lo que le provocó un grito ahogado. Era fuerte, enorme, enérgico y sintió cómo le rodaban las lágrimas por la cara mientras la balanceaba con furia contra el ascensor, jadeando y gruñendo entre beso y beso.

—¡Joder! —exclamó cuando al fin la soltó y la depositó con suavidad en el suelo. Ella lo miró y lo observó subirse la cremallera de los pantalones con calma. Tenía un cuerpo formidable y estiró los dedos para tocarle los hombros. O'Keefe levantó los ojos transparentes y sonrió.

—Vamos a ver —dijo apartándola e inclinándose para conectar los cables del ascensor. Manuela se miró a sí misma y se arregló la ropa bastante desorientada. Era la primera vez en su vida que hacía algo semejante, y con un desconocido, y se pasó la mano por la cara en un repentino ataque de vergüenza—. Ya está. Arreglado.

—Vale, gracias.

—Bueno, pues ya nos veremos, preciosidad… —Se acercó y le besó la mejilla—. Estás buenísima, muñeca.

—¿Qué? —Apenas entendía ese acento cerrado y abrupto, y él se echó a reír.

—Adiós, ha sido un placer, *Spanish Lady* —susurró más despacio. Luego abrió la puerta y desapareció en medio del bullicio que llegaba del club. Manuela cerró las puertas de una patada, se sentó en la butaca de terciopelo y se agarró la cabeza con las dos manos.

—Mierda, mierda, mierda.

Capítulo 2

Puso la cafetera eléctrica y se quedó hipnotizada viendo cómo se preparaba el capuchino. Daniel adoraba esos artilugios carísimos que apenas usaba, aunque su cocina, de acero inoxidable de primera calidad, estuviera repleta de ellos. Él los compraba en Internet y luego los olvidaba por ahí como si algún día pensara usarlos de verdad. Un fastidio, uno más de los miles que no soportaba de su supuesto novio, ese tipo insulso con el que llevaba saliendo dos meses, todo un récord personal, aunque lo suyo ya tenía fecha de caducidad y, cuanto antes, mejor. Agarró la taza con el café y se acercó al saloncito para ver la lluvia a través del ventanal con vistas al río. Menudo piso, pensó una vez más, mirando el mobiliario y los cuadros elegidos por la decoradora de la madre de Daniel. Todo muy bonito, precioso, pero ella lo odiaba y se preguntó qué demonios hacía allí.

Se desplomó en un sofá y tomó un sorbo de capuccino pensando otra vez en su fugaz encuentro sexual con

O'Keefe en el ascensor. Recrearlo se había convertido en una costumbre, y solo pensar en el sabor de su boca y de su piel le erizó el vello de todo el cuerpo. Era un tío, de pies a cabeza, no sabía nada de él, salvo que estaba casado y que era un gitano irlandés, pero eso era irrelevante porque lo único que le importaba era poder rememorar sus ojos brillantes, sus besos y el sexo de primera que le había regalado a escondidas y rodeados de gente en el restaurante.

Cada vez que se imaginaba que alguien podría haberlos cazado en plena faena se le aceleraba el pulso, porque aquello hubiese sido vergonzoso, completamente irregular y más aún en ella, que era un dechado de virtudes en el trabajo. Afortunadamente, no había pasado y habían podido terminar el polvo, consiguiendo el mejor orgasmo de su vida, uno que no podría repetir jamás con Daniel, para quien el sexo era una especie de actividad deportiva más, llena de preliminares y palabras vacías de amor, agradable, pero carente de electricidad, de la pasión y la furia que ella necesitaba o creía necesitar desde que O'Keefe le había puesto un dedo encima.

—Patrick O'Keefe —susurró intentando imitar su acento, y sonrió tocándose los labios.

Habían pasado dos semanas desde esos minutos inolvidables en el ascensor y se preguntó, una vez más, si él se acordaría alguna vez de ella, si pensaría en ese polvo o simplemente había sido uno más en su larga lista de aventuras extramatrimoniales porque, obviamente, no se podía engañar, era de esos que se tiraban a todo lo que se meneaba. No había más que verlo.

—¿Por qué te has levantado tan pronto? —Daniel se le puso delante con el pijama a rayas y pensó sin querer en que seguramente O'Keefe dormía desnudo—. Estás muy rara, tía.

—Tengo que ir al restaurante, tenemos un brunch privado.

—Solo vives para el puto curro.

—Daniel, no quiero seguir con esto. —Llevaba días pensando en cómo romper con él y esa mañana le salió todo sin esfuerzo. Respiró hondo y aprovechó el impulso para zanjar el tema de una vez.

—¿Con qué?

—Con esto, con nosotros, con esta relación.

—¡¿Qué?! No me jodas, deja que me tome un café y hablamos.

—No, lo siento. —Se puso de pie y le entregó el tazón con el capuchino—. Me voy, se acabó.

—¿Te estás tirando a otro?

—No.

—¿Que no? Seguro que sí, apenas quieres follar conmigo.

—Me largo.

—¡No! Dime la verdad, Manuela, merezco que me digas la verdad.

—No me estoy tirando a nadie. —Se volvió hacia él y le clavó los ojos oscuros—. Lo nuestro no funciona, no siento nada por ti. Lo lamento, pero si pides la verdad, te la digo.

—¿Quién es?

—No hay nadie y, aunque lo hubiera, no es asunto tuyo.

—¿Te vuelves a España? —La siguió mientras se vestía con prisas y ella lo miró frunciendo el ceño—. ¿Es español? ¿Te vas a Madrid? Puedo pedir un traslado a Madrid, puedo hacerlo…

—No, no pienso volver a Madrid, Daniel —Agarró el abrigo y se lo puso respirando hondo—. No lo hagamos más complicado, ¿de acuerdo? Lo siento, pero se acabó. Ha estado bien, pero ya no hay nada. Adiós.

—No puedes dejarlo así, ¿estás loca? Conoces a mi familia. ¡Manuela!

Ella le hizo un gesto de despedida con la mano y bajó las escaleras a la carrera, con un enorme, inconmensurable, alivio en el pecho. Daniel era majo y se habían divertido al principio de su noviazgo, pero no había nada más, jamás lo habría, y era mejor que cada uno siguiera su camino. Él acabaría por entenderlo, seguro. Caminó por la acera canturreando, localizó su bicicleta, se recogió el pelo y se montó en ella con una enorme sonrisa en la cara, se puso el casco y pedaleó camino del restaurante.

Odiaba romper con los tíos, pero esa mañana había sido muy fácil, a lo mejor la práctica servía para ir depurando la técnica, pensó riéndose delante de un semáforo en rojo, porque su currículum de rupturas en los últimos cuatro años, el tiempo que llevaba viviendo en Londres, era amplio y variado. Nada más pisar Inglaterra su lista de pretendientes se había duplicado y de pronto la empollona estudiante de Empresariales de la Universidad Complutense de Madrid se había convertido en una chica muy ocupada. No paraba de salir. El trabajo en La Marquise la había colocado, sin proponérselo, en el mercado masculino mejor surtido de la ciudad. Solía ligar con tipos guapos y bien situados, algunos le duraban un fin de semana y otros, como Daniel Grant, un poquito más; ninguno se quedaba, pero eso le gustaba. A sus veintiséis años quería quemar cartuchos y vivir, no atarse a nadie, y lo estaba consiguiendo. Estaba disfrutando de la mejor etapa de su vida, le gustaba su trabajo, su casa compartida con María, su libertad y su aspecto; jamás había estado más en forma, y aquello era otro motivo para sentirse bien. Una chica afortunada que además acababa de probar el polvo del siglo en brazos de un completo desconocido al que no pretendía volver a ver en su vida, aunque su alma cándida le jugara malas pasadas y varias veces al día pensara en él y en sus manos, en esa cara perfecta, porque estaba buenísimo. No había nada más, aunque la había dejado desorientada y dolorida un par de horas... y aquello había sido insuperable. Totalmente. Insuperable y delicioso.

—¡Eh! ¿Qué tal? —Aparcó en el pequeño aparcamiento de bicis del restaurante y caminó hacia Pete y María, que fumaban muertos de frío bajo el único rayo de sol que caía sobre Londres. Le quitó el cigarrillo a su amiga para dar una caladita rápida—. Buenos días.

—Buenos días, ¿qué tal? —Pete le dio un beso en la mejilla y le clavó los ojos negros—. ¿Qué te pasa?

—Acabo de romper con Daniel.

—¿En serio? —María dio un paso atrás y frunció el ceño. Era la única que conocía su desliz del ascensor con O'Keefe y la observó con suspicacia—. ¿Por qué?

—¿Y tú me lo preguntas? Sabes que estaba harta.

—Menudo gilipollas, te lo dije desde el minuto uno —opinó Peter.

—Exacto, pero ya se acabó. Solo espero que no se ponga muy pesado.

—No lo hará, tiene una fila de mujeres detrás.

—Ya, lo sé, en fin. ¿Cómo va todo?

—Todo bien. Phillipe dejó a Marcus a cargo del brunch y tenemos que revisar lo de las vacaciones de Navidad. Me hacéis una faena si os vais las dos a Madrid, joder.

—Ya te dije que yo me quedo, a mí no me importa. —Manuela se encogió de hombros—. Así tengo una excusa válida para no tener que ir a casa.

—Decidido entonces.

—Vale, perfecto, me voy dentro.

—¿Sabes que los O'Keefe tienen que venir hoy? —María lo preguntó fingiendo indiferencia y Manuela sintió como se le paralizaba el corazón en el pecho—. Van a colocar, al fin, las jardineras de la entrada.

—¿Ah, sí?

—Sí, y ahí vienen —exclamó Peter girando para ver como entraba la furgoneta cochambrosa en el aparcamiento.

Manuela se puso detrás de María, sintiendo que se le subían los colores a la cara, y observó como Patrick O'Keefe aparcaba el vehículo y se bajaba con un pitillo en la boca. Con él iban tres tipos más y todos las miraron sonriendo.

—¡Buenas! —gritó y se acercó para estrechar la mano

de Pete—. Traemos lo que nos encargaste, colega, pero te las hubiera conseguido por la mitad, joder, deberías haberlo dejado en mis manos.

—A mí me importan un rábano las jardineras. Las compró Jonathan y las pondremos para que no me dé le lata. ¿Tardaréis mucho? Tenemos un brunch a las doce.

—Una hora como mucho. Señoritas —saludó de pronto mirándolas a la cara y Manuela le hizo una venia. Él se dio la vuelta y empezó a dar instrucciones ininteligibles a sus acompañantes, ignorándolas de inmediato. Peter las agarró del brazo y las animó a entrar en el local.

—Ni siquiera te saluda —susurró María en español en cuanto llegaron al despacho—. Muy galante.

—Igual ni siquiera se acuerda de que me lo tiré en el ascensor —respondió enfadada y María abrió mucho los ojos—. Se tirará a tantas que no me sitúa.

—Oye...

—Es lo que estás pensando, ¿no? Se te ve en la cara.

—¿Y le dijiste a Daniel que...?

—No, carece de importancia. Por favor, déjame en paz, ¿quieres?

—Tú misma —contestó su amiga y se fue taconeando indignada.

La observó unos segundos pensando en seguirla para disculparse, pero no pudo. Se sentó en su mesa y abrió el ordenador para repasar el orden del día. María era adorable, su mejor amiga. Habían estudiando juntas, emigrado juntas a Londres y se querían, pero seguía siendo la chica clásica y conservadora del barrio de Salamanca, con su novio de toda la vida, a la que cualquier cambio de rumbo o locura inesperada la ponía de mal humor. Ella no entendía sus aventuras, su rosario de novietes, sus divertimentos sexuales, por lo que prefería ignorarlos, pero el asunto O'Keefe la había desbordado.

No era racista, pero que fuera un gitano nómada y casado casi le había provocado un infarto, y desde hacía dos semanas no podía dejar de reprenderla de vez en cuando por su poca cabeza. Decía estar preocupada porque, por lo que sabían y Helen les había explicado, esa gente podía ser peligrosa. Jamás debió contarle su aventura, se recriminó a sí misma, pero es que había sido tan bueno que no había podido guardárselo. Mala suerte. Ahora le tocaría pasarse el resto de su vida viendo en el fondo de los ojos azules de María el reproche por ser tan insensata.

—¿Otra vez los tenemos aquí? —Helen tiró el bolso encima de la mesa y la sobresaltó—. Los gitanos.

—Solo vienen a poner las jardineras.

—Las podrían haber puesto los chicos de la cocina.

—No lo sé, a mí no me mires.

Se levantó y bajó a la cocina para ver cómo iba lo del brunch, luego se acercó al restaurante para ayudar a poner las mesas y se distrajo charlando con sus compañeras un buen rato, sin dejar de pensar en Patrick O'Keefe, que en realidad no le había hecho ni puñetero caso, algo un pelín desagradable, pero a fin de cuentas no se conocían y, aunque lo había dicho por fastidiar a María, a lo mejor era cierto y ni siquiera la situaba en medio de la ristra de conquistas que tendría a la semana. Algo insólito, pero probable, así que mejor era cuadrar los hombros y caminar con dignidad, pasando del tema antes de que se convirtiera en algo importante.

Solo se trataba de un tío bueno con el que había tenido una aventura de minutos en un sitio público. Pasaba a diario, de hecho todos los fines de semana pillaban a parejitas en situaciones similares en el club o en la zona vip, y nadie moría por eso. No iba a ser la primera a la que no reconocieran tras un polvo rápido, en una noche de fiesta, en un ascensor.

—¡Hola! —La voz grave de O'Keefe la pegó al techo, pero disimuló y levantó los ojos de la mesa con serenidad—. ¿Qué tal? ¿Dónde está Pete?

—Se ha marchado. ¿Puedo ayudarte?

—La factura. —Se metió la mano en el bolsillo de su chaqueta de cuero y se la enseñó—. No la mía, la de la tienda de decoración donde recogimos las jardineras. Me dijo que me las pagaría y necesito la pasta.

—Veré qué puedo hacer. —Agarró el móvil y llamó a su jefe observando de reojo la pinta espectacular que tenía O'Keefe vestido de negro—. Hola, Pete, el señor O'Keefe dice que necesita el dinero de las jardineras. Vale, yo me ocupo. Gracias.

—¿Qué? —preguntó al ver que colgaba.

—Dice que lo ha dejado por aquí. —Miró las mesas y luego a Helen, que no se había movido de su sitio—. Helen, ¿tienes el dinero para el señor O'Keefe?

—Creo que sí. —Se puso a revolver en su cajón y Manuela miró por primera vez a la cara a Patrick O'Keefe, que la observaba en completo silencio. Se sostuvieron la mirada unos segundos y él le guiñó un ojo provocándole un escalofrío por toda la columna vertebral. Carraspeó y tragó saliva observando a su compañera, que se levantaba en ese momento con el dichoso sobre con el dinero.

—Aquí lo tiene.

—Muchas gracias, guapa. —También le guiñó un ojo y Helen frunció el ceño regresando a su mesa—. Hasta otra.

—Adiós —murmuraron las dos y Manuela se quedó congelada mirando como salía de allí tan tranquilo, indiferente, como si nada. Se le llenaron de repente los ojos de lágrimas y bajó la cabeza sintiéndose estúpida.

—*Spanish Lady.* —Volvió de dos zancadas al mostrador y se apoyó echándose hacia delante, le clavó los ojos transparentes y sonrió. Manuela se pegó al respaldo de la silla y no abrió la boca—. ¿Qué tal va el ascensor?

—Funciona —susurró roja como un tomate.

—Si necesitas que lo arregle, me llamas.

—¿Que te llame? —Seguía sin entender su inglés y él se enderezó moviendo la cabeza—. Lo siento, no entiendo, yo…

—Que puedes llamarme —pronunció, imitando el acento británico—. Vendré corriendo.

—Gracias.

—A ti, preciosa. —Tamborileó en el mostrador, le guiñó un ojo y se marchó. Manuela reparó en que tenía el estómago contraído y se preguntó si las bragas se le habrían caído al suelo, porque así se sentía. Respiró hondo y de repente sintió la mirada severa de Helen sobre ella. Manuela se la devolvió y su compañera volvió a su trabajo sin decir nada, pero no hizo falta.

—¿Tienes cerrada la lista de invitados de los Stampleton, Helen?

—Te reenvío el email.

—Gracias.

Capítulo 3

—Los mejores polvos de mi vida los he tenido con tíos de los que no sabía nada, alguna vez ni el nombre, ¿te acuerdas en Ibiza? —Laura, su amiga americana, agarró su vaso de ginebra con hielo y le dio un trago largo mirando a Manuela Vergara a los ojos—. No sé qué te preocupa tanto.

—Que es un tío casado, no creo que se acuerde ni de mi nombre, que tal vez no vuelva ni por Londres y que no dejo de pensar en él.

—Porque está como un queso y tiene... —hizo un gesto elocuente con la mano— ya sabes...

—Eso es irrelevante.

—No tanto si te dejó sin poder andar una hora.

—Joder, Laura, qué poco me entiendes.

—Te entiendo, eres una puñetera romántica y así solo corres el riesgo de que te rompan el corazón. —Miró a su alrededor en el bar lleno de gente—. La única cagada es que te lo tiraras en el curro y que sea empleado de tu jefe. Por lo demás, es un regalito del cielo; acéptalo y en paz.

—No es empleado de Peter. Al parecer, su familia lleva años haciendo chapuzas en los restaurantes de su padre, se conocen de toda la vida y vino a echarle una mano con el aparcamiento y las jardineras, pero no trabaja para él.

—Es igual, «donde tengas la olla, no metas…»

—Vale, lo sé, pero, en fin, ya pasó.

—Te los traes de calle. Búscate a otro y… Hablando del rey de Roma… —Manuela se giró emocionada pensando que se refería a O'Keefe y al que se encontró fue a Daniel Grant acercándose con el ceño fruncido.

—¿Podemos hablar?

—No, estoy ocupada.

—Solo será un minuto.

—¿Qué quieres? —Suspiró y se apartó de su amiga disculpándose—. No tenemos nada de que hablar.

—¿Por qué no nos vamos una semana a San Bartolomé? Podemos pasar la Navidad allí, descansar, tomar el sol y arreglar todo esto. Yo invito.

—Daniel —se pasó la mano por la cara—, no hay nada que arreglar, lo siento, pero no, gracias.

—¿Por qué?

—Porque no siento nada por ti, porque no funciona, porque no me siento bien con esta relación.

—¿Y yo no tengo nada que decir? —Intentó sujetarla por la cintura y ella se apartó.

—Lo siento, no me lo pongas más difícil, por favor.

—Yo te quiero.

—No es verdad, Daniel.

—Me merezco otra oportunidad.

—Ya te di una y la verdad es que jamás debimos volver, porque no siento nada por ti.

—¿Quién es?

—¿Qué?

—¿Con quién te estás acostando?

—¿Crees que solo puedo dejarte por otro? ¿Me tomas por idiota?

—Eres una niñata malcriada y caprichosa. Te lo di todo, más que a ninguna, y solo espero que algún día te paguen a ti como tú me lo estás pagando a mí.

—Gracias, muy amable.

—Vete a la mierda, Manuela.

Desapareció hecho una furia y Manuela volvió a su butaca junto a Laura, que ya estaba ligoteando con los camareros. Aún era pronto y la faena no empezaba en serio en el local, así que pidió un agua con gas y se tomó el vaso casi de un trago. Laura la abrazó y le besó la cabeza. Ya habían pasado por cosas peores y se echó a reír recordándole sus rupturas más sonadas, una retahíla de anécdotas que acabó haciendo reír a toda la barra. Ella era así, una chica muy divertida, y cuando Manuela la tuvo que abandonar para empezar a trabajar, agarró su abrigo y se despidió para volver a casa temprano. Desde hacía unos meses tenía un trabajo serio y con mucha responsabilidad, y se estaba reconvirtiendo en una mujer muy responsable, o eso le había dicho antes de despedirse en el vestíbulo de La Marquise, donde la gente ya estaba haciendo cola para ocupar sus mesas. Manuela la dejó camino de su taxi y volvió a sus obligaciones más tranquila. No pensaba amargarse por culpa de Daniel y aún menos por Patrick O'Keefe. Era una mujer adulta y debía pasar página rapidito, acababa de empezar el mes de diciembre y se le venía encima una temporada de muchísimo trabajo, el suficiente como para ayudarla a olvidar y a dormir bien. No hacía falta nada más para superarlo todo.

Cuatro horas después, mientras charlaba con unos amigos de Peter en la sala vip, oyó el revuelo que había en el club. Gritos, aplausos y mucho jolgorio. Se asomó al balconcito y reconoció en medio de una conga a Patrick O'Keefe en persona llevando la voz cantante. Sonrió y se sintió de pronto muy feliz, observando como mujeres de todas las edades bailaban intentando seguir su ritmo. Los hombres también bailaban, pero era él la estrella de la noche y decidió bajar para ver de cerca el espectáculo.

Se acercó con precaución y primero espió de lejos su aspecto arrebatador con vaqueros y una camiseta blanca sin mangas. En otro ese look le hubiese parecido vulgar, pero en él quedaba perfecto, y recorrió su cuerpazo comiéndoselo con los ojos, como todas las demás. Era inevitable, así que se quedó unos minutos solo observando, reconociendo enseguida a sus amigos, esos tres tipos de los que no se separaba y que miraban desde la barra cómo las chicas lo acosaban, pegándose a su oreja para hablar con él. De momento O'Keefe las atendía a todas, se reía y repartía besos en las mejillas y caricias en las cinturas, y cuando se acercó a la barra y se apoyó para pedir una pinta, Manuela se arregló instintivamente el vestido negro, comprobó que sus piernas y sus tacones estuvieran en orden y se acercó decidida a saludarlo. Sin embargo, antes de que él la viera y ya sintiendo el corazón en la garganta, se detuvo un poco, intimidada al ver al menos a seis chicas, modelos o actrices, que lo rodeaban y lo abrazaban con descaro. «Si besa a alguna, me da algo», pensó sin saber qué hacer. Entonces tragó saliva y para no quedar como una idiota, parada allí en medio, giró sobre los talones dispuesta a marcharse.

—¡Hey, *Spanish Lady*! —Oyó a su espalda, y se quedó quieta—. Manuela, ven aquí.

—Hola. —Sonrió y saludó con la mano. «Soy la maldita directora adjunta de este local», trató de recordar, viendo como él se ponía las manos en las caderas y fruncía el ceño.

—¿Adónde vas? ¿No saludas o qué?

—Sí. ¿Qué tal? ¿Va todo bien? ¿Necesitáis al…?

Se quedó muda viendo como avanzaba decidido hacia ella, la agarraba por el cuello y, sin darle tiempo ni a pestañear siquiera, sintió que le plantaba un beso con la boca abierta. Se agarró a sus brazos y devolvió el beso temiendo desmayarse allí mismo. Era delicioso, sabía endiabladamente bien, tanto, que no paró de besarlo durante lo que le pareció una eternidad, hasta que él se apartó y la miró a los ojos.

—Hola, *Spanish Lady*.

—Hola.

—¿A qué hora sales?

—A la una —contestó, enganchada al brillo de esos maravillosos ojos color aguamarina, y él sonrió.

—¿Y vives cerca o nos apañamos en el ascensor?

—Bueno, yo… —Se separó mientras se alisaba el vestido y subió los ojos para observar la cara de odio con la que la miraban al menos quince personas—. ¿Y dónde vives tú?

—En Irlanda.

—Muy gracioso.

—No es broma.

—Vale, bien, mira, yo no sé… —Se sujetó el pelo suelto con una mano y lo miró a los ojos, luego miró su boca y vio que seguía sonriendo. Se moría de ganas de abrazarlo, así que olvidó sus prejuicios y sonrió—. Vivo cerca de Russell Square.

—Te espero y te llevo a casa.

—¿Por qué no?

Capítulo 4

Abrió un ojo y se movió en la cama un poco desorientada, sin saber dónde estaba ni qué hora era. Estiró una pierna y se topó con la de otra persona.

—Dios mío —exclamó casi riéndose.

Era Patrick, Paddy como le gustaba que lo llamaran, y se giró despacito para mirarlo. Dormía plácidamente abrazado a una de las almohadas y observó con placer su preciosa espalda llena de pecas y su pelo castaño revuelto. Se acercó y lo abrazó aspirando con los ojos cerrados aquel aroma delicioso que emanaba por todas partes, recordando la noche loca que se habían montado desde que habían salido del restaurante. Recordó que no había parado de besarla en todo el recorrido en taxi, en las escaleras, en la puerta, en el salón, y cómo habían caído en la cama para hacer el amor con la ropa puesta, devorándose como dos locos recién salidos de la cárcel. Jamás había estado con alguien que besara tan bien y debía de tener los labios irritados de tanto besuqueo, toda la noche, porque después del primer encuentro vino otro ya desnudos, y otro a las cinco de la mañana, cuando él hizo amago de irse y ella lo abrazó comiéndoselo a besos para intentar disuadirlo.

Era agradable sentirse como una quinceañera. En cuanto habían quedado para ir juntos a casa su humor había mejorado notablemente; se le dibujó una sonrisa sincera en la cara, trabajó el resto de la noche como flotando y cuando salió a la una de la madrugada y lo vio esperándola apoyado en una farola fumándose un pitillo, se le fue el aliento. Corrió hasta él para abrazarlo como si lo conociera de toda la vida, y así llevaba horas, porque tenerlo en casa, en su cama, era mucho más de lo que hubiera podido imaginar.

Se abrazó más a él y trató de seguir el ritmo de su respiración acompasada, tranquila, satisfecha. Por supuesto el sexo había sido de primera, tan intenso y salvaje como era de esperar, y comprendió por primera vez en su vida que lo del multiorgasmo no era un mito, no, era posible, lo acababa de comprobar, y se sentía como una niña con zapatos nuevos, con ganas de contárselo al mundo entero, aunque, evidentemente, no podría hacerlo. Le besó el cuello y de repente se acordó de María, que estaría durmiendo en la habitación de al lado y a la que le daría un infarto si lo pillaba en su casa. Se incorporó y miró la hora en el despertador electrónico: las nueve de la mañana. Con algo de suerte María dormiría hasta muy tarde y, si todo marchaba bien, Paddy se largaría antes de que tuviera que dar demasiadas explicaciones a su amiga, aunque, sintiendo su aroma y su calor tan cerca, prefiriera mil veces dar un millón de explicaciones antes que tener que separarse de él.

—¿Qué hora es? —susurró con la voz ronca. Manuela se quedó quieta y sin respirar.

—Las nueve de la mañana.

—¡¿Qué?! ¡La madre que me parió! —Saltó de la cama y se fue directo hacia su ropa esparcida por el suelo—. ¡Joder! ¡Joder! ¡Hostia puta!

—¿Quieres un café? —Manuela se sentó en la cama y se tapó, muy pudorosa, con las mantas hasta el cuello, como si no la hubiese visto desnuda. Lo siguió con los ojos y admiró su cuerpo fuerte y espectacular con la boca abierta—. ¿Patrick?

—¡¿Qué?!

—Si quieres un café o algo. Yo…

—No, gracias… —Agarró su reloj de pulsera y se lo puso a la vez que las botas y cogió el abrigo—. Hace una hora que debería estar en Oxford.

—Lo siento, si me lo hubieses dicho, habríamos puesto el despertador…

—Déjalo —interrumpió, encendiendo el teléfono móvil—. Debo irme. Adiós.

—Adiós.

Completamente perpleja, y por primera vez en toda su vida adulta, se quedó quieta viendo cómo un hombre salía de su cama de esa forma y se largaba a la carrera sin un beso o una palabra de ternura. Ni siquiera se habían dado los números de móvil o el email, nada en absoluto con qué localizarlo. Tragó saliva y sintió que se le llenaban los ojos de lágrimas. Era absurdo, pero esperaba una charla, un desayuno, unos besos, un hasta luego, le gustaba demasiado como para acabar de ese modo.

—¡Mierda! —susurró. Menuda mierda, si volvía a verlo alguna vez, tendría muchísima suerte.

—*Spanish Lady…*

—¿Qué? —Se limpió los ojos y lo vio asomarse al dormitorio con el abrigo puesto.

—Ha estado genial… —Ella asintió sin saber qué decir—. La puta locura, te lo digo en serio.

—Bueno, yo…

—Te llamaré… —Le guiñó un ojo y desapareció otra vez. Manuela se abrazó a su almohada y cerró los ojos, incapaz de entender nada. «¿Y cómo me vas a llamar si no te he dado mis teléfonos? Mentiroso.» Aspiró su aroma hipnótico y se durmió.

Capítulo 5

Tenía una piel increíblemente suave, los antebrazos cubiertos de un vello rubio oscuro precioso, igual que las piernas, el pubis y parte del pecho. Seguramente la barba también era rubia oscura, gruesa, porque le había irritado los pechos por la mañana, de madrugada, cuando accedió a quedarse un rato más para hacer el amor despacio, mirándose a los ojos, suspirando y gimiendo, mientras parecía llenar todos y cada uno de los rincones de su cuerpo. Se rozó involuntariamente el vientre y tembló, entera, de pies a cabeza, sintiendo que un deseo urgente le contraía el estómago y un escalofrío violento le atravesaba la columna vertebral. Miró a su alrededor y comprobó con alivio que nadie estaba notando su ansiedad, su arrebato. Parecía una doncella inquieta, como esas de las novelas medievales, sufriendo palpitaciones y añoranza cada dos por tres… «Vivo sin vivir en mí / y tan alta vida espero, / que muero porque no muero», recitó bajito recordando a Santa Teresa de Ávila, y suspiró bebiendo un sorbo de agua de la copa carísima que les acababan de servir en ese restaurante de Covent Garden donde habían acabado, después de ver *La Bohème* en el Royal Opera House. Tenían las entradas desde hacía meses, adoraba el ballet, y, sin embargo, se había distraído un par de veces pensando en Patrick O'Keefe, sus ojos de ensueño y sus manos expertas, sus besos apasionados y esa forma suya de amarla como si se fuera a acabar el mundo. Su mujer era una tía realmente afortunada, pensó, mirando a María y a Laura, que regresaban del cuarto de baño. A ninguna le había confesado su aventura sexual con él, aunque ya habían pasado diez días, primero porque no quería pelearse con María y segundo, y lo más curioso de toda la historia, porque quería atesorar el recuerdo para ella sola, para recordarlo, desmenuzarlo y rememorarlo en la intimidad, sin compartirlo con nadie, las veces que hiciera falta.

—En este sitio todo es carísimo —les dijo cuando se sentaron.

—No importa, yo invito —respondió Laura, sonriendo de oreja a oreja.

—No, déjalo, tampoco será para tanto. —María agarró la carta y empezó a inspeccionarla con el ceño fruncido.

—No, en serio, yo invito, tengo algo que celebrar.

—¿Ah, sí? ¿El qué?

—Me han dado el puesto en Nueva York.

—¡¿En serio?! ¡Estupendo! —las dos se levantaron para abrazarla y aplaudir tan emocionadas como ella.

—¡Sí! Me voy en marzo y, aunque os echaré mucho de menos, compañeras, me hace una ilusión tremenda volver a casa, vivir en Manhattan y ganar una pasta gansa de una maldita vez.

—¿Cuándo te lo confirmaron?

—Ayer. Mi jefe esperó hasta el último momento para dar el nombre del afortunado, aunque estaba cantado que la cosa quedaba entre Frank y yo, que somos norteamericanos, y al final sonó la campana, así que deberíais ir pensando en hacer las maletas para venir conmigo.

—Oh, no, gracias, si me muevo, será de vuelta a Madrid —intervino María—, pero iremos a verte. Borja está deseando hacer la maratón de Nueva York.

—Pues que vaya entrenando. ¿Y tú? —Laura observó a Manuela, que estaba cada día más ausente y le sujetó el brazo—. ¿Te vendrás a trabajar conmigo, tía? Seguro que triunfas allí.

—Ya veremos...

—Te buscaré un ricachón de Long Island y acabarás con casa en Park Avenue y los Hamptons.

—Ya veremos —repitió echándose a reír. María la miró por encima de las gafas y movió la cabeza.

—¿Qué?

—Que más probablemente acabará viviendo en una caravana, tal vez en Irlanda, rodeada de churumbeles...

—¡¿Qué?! —respondió abriendo mucho los ojos y Laura se echó a reír a carcajadas.

—No engañas a nadie, Manuelita. ¿Crees que no sé que llevaste a ese tipo a nuestra casa? ¡A nuestra propia casa!

—¿Lo llevaste? ¿Cuándo? —Laura vio que se sonrojaba hasta las orejas y palmoteó—. ¿Te lo volviste a tirar? ¿Te lo estás tirando? ¿Cuándo me lo vas a presentar?

—¿Cómo sabes eso? —Se dirigió a María, que parecía una institutriz del siglo XIX, mirándola con los ojos entornados.

—Lo oí salir, me asomé a la ventana *et voilà*... ahí estaba, corriendo por la calle. Llevaba prisa.

—¡¿Cuándo?! —intervino Laura—. Coño, Manuela, qué escondido te lo tenías.

—Porque no tiene ninguna importancia, fue un rollo fugaz y no volveré a verlo. Ya pasó, no hay nada que contar.

—¿Y cómo fue?

—Insuperable —susurró llamando al camarero—, pero no quiero volver a hablar del tema, no tengo ni su teléfono, así que mejor pasar página.

—¿Y si no tenía importancia por qué lo metiste en casa?

—Porque también es mi casa y si me apetece llevar a alguien, creo que tengo derecho a hacerlo, ¿o no?

—Tú misma, pero a ti ese tío te gusta, te conozco desde que tenías catorce años y esa cara de boba no se te pone con nadie.

—Tonterías, ¿pedimos? Me muero de hambre.

—Sí, sí, tonterías. —María miró a Laura y se echaron a reír.

—Lo bueno es que le cambia los muebles de sitio —opinó Laura entre risas—. Es divertido ver que a doña perfecta también le pueden temblar las rodillas.

—Creía que doña perfecta era la señorita María Suárez del Amo, aquí presente, y no yo... —Rio, sintiendo vibrar el móvil y comprobó que la llamaban con número oculto, así que lo ignoró, pero el teléfono volvió a sonar tres veces más y acabó por pedir disculpas a sus compañeras y contestar con muy malas pulgas—. Hola.

—*Spanish Lady.* —La voz era aún más cálida por teléfono y se le subió el corazón a la garganta, se levantó y miró a sus amigas sonriendo mientras buscaba un sitio más tranquilo para hablar—. ¿Dónde estás?

—Cenando con mis amigas.

—¿Con tu novio?

—Estoy cenando con mis amigas, ¿qué quieres?

—Estoy en Londres, ¿nos vemos?

—Lo siento, estoy ocupada y no sé a qué hora acabaré.

—Hoy no trabajas, lo sé.

—¿Qué?

—Me lo dijo Pete cuando le pedí tu número.

—¿Le pediste mi número a Peter? ¿Por qué? No…

—No te preocupes, le dije que me habías encargado una chapuza en tu casa.

—Vale, bueno, lo siento… —Había decidido no ser una facilona disponible con nadie, menos con él, y aunque se moría por verlo, respiró hondo y se negó en redondo a salir corriendo—. Ya nos veremos en otro momento.

—¿Por qué?

—¿Por qué, qué?

—¿Por qué te haces la dura conmigo si quieres verme? No seamos críos. Venga, ¿a qué hora me paso por tu casa, *Spanish Lady?*

—Bien, yo… —Miró la hora y oyó como él se dirigía a alguien con ese inglés imposible, que apenas podía descifrar—. Patrick.

—Dime.

—Creo que en un par de horas estaré en casa.

—Vale, te veo allí. —Colgó sin más y ella se quedó mirando el teléfono como hipnotizada y, con una alegría enorme que le embargaba el corazón, regresó a su mesa y miró a sus amigas aparentando normalidad—. Era Paula, mi prima.

—¿Qué le pasa ahora?

—Ha roto con Felipe, está destrozada, así que le dije que me llamara más tarde.

—¿Más tarde? Si ahora nos vamos a Camden Town.

—Yo no, estoy rota y quiero meterme en la cama.

—¿Con quién? —Se echaron a reír y ella movió la cabeza resignada.

—Vale, mucho cachondeíto veo, pero yo me voy a casa.

—Tú te lo pierdes, he quedado con los ejecutivos australianos que llegaron ayer. Están buenísimos.

—Estupendo, todos para ti. ¿Pedimos el postre?

Se bajó del taxi a una manzana de su casa. María y Laura continuaron directas hacia Camden Town, donde tenían una fiesta privada, y caminó con prisas hacia su piso pensando en si debía subir, darse un baño y ponerse un camisón sexy, como en las películas de los años cincuenta, o si sería mejor quedarse con lo que llevaba puesto. La duda era absurda porque ella no tenía ningún camisón sexy, pero pensó en algún vestido bonito, una blusa de seda, algo con lo que parecer sofisticada y a la vez despreocupada, cómoda en casa. Una estupidez total, reconoció, cruzándose en la calle con un par de vecinos que salían a esas horas de juerga. Era lo que tenía su barrio, mucha gente joven y mucha marcha. Miró el reloj comprobando que aún quedaba una hora para su cita, con lo cual podría empezar por tomar una tila e intentar tranquilizarse. Luego prepararía té y tendría algo a mano para ofrecerle, cerveza o ginebra. Entró en una tienda 24 horas, eligió unas latas variadas de cerveza de importación y cuando se acercó a pagar a la caja, sonó la campanilla de la puerta que avisaba de que entraba alguien. Levantó los ojos hacia el dependiente y vio la imagen de Patrick O'Keefe con uno de sus amigos, reflejada en el cristal del escaparate. Se volvió hacia él con el corazón en la garganta y él le sonrió.

—¡Buenas! —exclamó acercándose, se apoyó en el mostrador y la miró con esos enormes ojos claros, chispeantes—. Vaya sorpresa.

—Hola, llegas pronto.

—Sí, y necesito tabaco. ¿Me das un par de Camels, amigo? —dijo dirigiéndose al dependiente coreano y luego miró a su acompañante, ignorando a Manuela—. Connor, ¿qué quieres tú, colega?

—Un par de cervezas… —Se enzarzaron en una charla ininteligible y ella se preguntó qué debía hacer, si marcharse o esperarlo.

—¿Hay algún *fish & chips* decente abierto por aquí? Ambos le dieron la espalda y se dedicaron a hablar con el dependiente como si de repente se hubiese hecho invisible. Manuela carraspeó muy incómoda y miró a Connor cuando él dejó de hablar y la observó de reojo.

—Hola, ¿qué tal? Soy Manuela. —Le extendió la mano, aunque el tipo, que era joven y bastante bien parecido, tardó medio segundo en reaccionar y devolver el saludo—. Nos conocimos en La Marquise, trabajo allí.

—Claro, ¿qué tal estás, guapa?

—Muy bien, muchas gracias. Bueno, yo… —Miró a Patrick, que continuaba dándole la espalda, sin hacer amago de salir con ella. Agarró su bolsa con las cervezas y se despidió pensando que, visto lo visto, a lo mejor decidía no abrirle la puerta. Menudo maleducado.

—*¡Spanish Lady!*—gritó un minuto después, y corrió para abrazarla por el cuello—. ¿No me esperas?

—Y yo qué sé, si actúas como si no me conocieras.

—¿Yo? —La volvió hacia él y le plantó un beso en la boca—. Si te he saludado y todo.

—¿Y todo? ¿Qué es todo?

—¿Estás de mal humor?

—¿No me presentas a tus amigos?

—No, hay cosas que no se mezclan.

—¿Qué cosas? —Se paró y se apartó de él para mirarlo a los ojos.

—Estás buenísima con pantalones. —Estiró las manos, apartó las solapas del abrigo y la sujetó por las caderas.

—¿Qué no puedes mezclar, Patrick?

—Paddy.

—Prefiero Patrick. ¿Qué no puedes mezclar? ¿Conoce a tu mujer? ¿Es eso?

—Claro que conoce a mi mujer, somos todos primos, no es eso. Vamos. —Volvió a abrazarla para hacerla andar—. Quiero meterte en la cama ya, ahora mismo, ¿eh?

—¿Sabes qué? —Se detuvo comprendiendo de repente, con una claridad meridiana, que todo aquello era un absurdo, no tenía ningún sentido y no iba con ella, no lo necesitaba. ¿Cómo no se había dado cuenta antes por mucho que le gustara? Lo miró a los ojos, luego a su alrededor y habló tranquilamente—. Creo que no, mejor subo a casa sola, estoy realmente cansada, lamento que hayas tenido que venir hasta aquí.

—¿Por qué? ¿Porque no te presenté a Connor? A él no le importa.

—A él no, pero a mí sí, y en realidad tú eres un tío casado. No sé qué demonios estoy haciendo, nunca me había pasado algo así y no quiero que siga pasando.

—Los *gorgio*[*] sois muy raros, todos, machos y hembras, así que puerta, bonita.

—¡¿Qué?! —No entendió ni la mitad de la frase y se quedó perpleja, sin poder apartar los ojos de su cara perfecta y cubierta por una barba de tres días, de esos ojos tan bonitos pero fríos como el hielo. Eran igual que un imán, pero finalmente pudo apartar la vista, miró la bolsa con las cervezas y se la puso en las manos—. Todas para ti. Adiós.

*Payos.

Capítulo 6

Tres días para Navidad. La locura en el restaurante, miró la hora y abrazó a María con prisas. El aeropuerto era otro caos y volver al centro sería un fastidio, y todo porque su amiga se había empeñado en pedir el coche prestado a Peter para llevar sus inmensas maletas. Ahora le tocaría a ella, que odiaba conducir, volver con ese tráfico a la ciudad. María le agarró las manos y la detuvo para que no saliera corriendo.

—¿Seguro que estarás bien?

—Por supuesto.

—Llámame si te pones triste. Y está la comida en casa de Juan y Carmen. Están avisados y te esperan encantados en Navidad.

—Trabajo hasta la una de la madrugada en Nochebuena. Me iré a casa y dormiré todo el día veinticinco. Serán las mejores Navidades de mi vida.

—Se lo diré a tu madre si la veo. —Se echó a reír y la volvió a abrazar—. Y sigue con lo que has decidido, ¿eh?

No contestes el teléfono a ese capullo casado. Casado y gilipollas.

—No cojo ningún número oculto, palabrita del niño Jesús. —La abrazó y se apartó corriendo—. Tráeme jamón serrano y no comas mucho.

—Pienso comérmelo todo.

María miró partir a su amiga y se tocó el centro del pecho con una extraña sensación de pánico, ese miedo atroz que se le había agarrado al alma desde que Manuela, que era la chica más legal, cariñosa, trabajadora y lista que conocía, había puesto los ojos en ese tal O'Keefe. Un tío casado y para más inri, gitano irlandés y nómada, según Helen, que había llegado, se la había llevado a la cama y le había destrozado el corazón en un pispás. Porque tenía el corazón roto aunque lo negara y dijera que no le había dado tiempo ni hablar con él, esas cosas pasaban, amor a primera vista o enganche o encoñamiento, como lo había bautizado Laura con su boquita celestial. El caso es que algo había hecho ese individuo para que Manuela Vergara, con todo lo guapa que era, estuviera sola y triste en Navidades, entregada al trabajo, sin querer mencionar al famoso irlandés, negando la evidencia, aunque la hubiese pillado llorando a escondidas un par de veces, y ensimismada mirando al más allá la mayor parte del tiempo. Era increíble, insólito, pero había ocurrido y no podían hacer nada por ayudarla, bueno, casi nada, pensó. Buscó el teléfono móvil, recorrió la agenda y lo encontró: Fabio Asara, el exnovio italiano de Manuela, estudiante de la London Business School, que ayudaba a pagar su máster haciendo trabajos eventuales como modelo. Un bomboncito muy simpático. Seguro que si él la llamaba, la animaba un poco y, si seguía soltero, hasta podrían volver a intentarlo.

Por su parte, Manuela la miró por última vez, le dijo adiós con la mano y corrió a buscar el coche. Llegó a Mayfair una hora y media después y rabiando porque en medio del atasco no había parado de recibir llamadas de sus compañeros como si, aunque estuviera a kilómetros de distancia atrapada en un coche, pudiera solucionar lo que estaba ocurriendo en el restaurante. Aparcó el cochazo de Peter, apagó la radio y miró hacia La Marquise, incapaz de moverse. Respiró hondo y abrió la ventana para sentir el frío en la cara. Últimamente, de vez en cuando, le ocurría eso, se quedaba sin energía, parada, sin saber qué debía hacer, pero tenía que sobreponerse. Solo estaba un poco triste, eran las fechas, odiaba la Navidad. Ni de pequeña sus padres habían procurado que fueran especiales, y el solo hecho de tener que saludar a todo el mundo, sonreír y fingir ser feliz la afectaba más de lo que era capaz de reconocer. Odiaba tanto jolgorio, que consideraba impuesto y artificial. Solo necesitaba mentalizarse, respirar y pensar, recordar que no era más que trabajo, muchísimo, la mejor época del año para el negocio y, además, pasaría pronto.

Buscó en el bolso el tabaco y se encendió un pitillo. Había dejado de fumar hacía mucho tiempo, pero desde lo de él, desde lo de O'Keefe, se obligó a reconocer, había recaído con un par de cigarrillos al día. Solo llevaba así una semana, pero ya lo notaba en el gimnasio, las clases de *spinning* se le hacían cuesta arriba y debía dejarlo, del todo, y cuanto antes, mejor. Lo mismo ocurriría con el recuerdo de ese perfecto desconocido que parecía que llevaba toda la vida con ella. «No, Manuela —se dijo abriendo el coche y bajándose—, no sabes quién es, qué edad tiene, cuándo es su cumpleaños o si tiene hijos, así que deja de hacer el bobo pensando en él, que tenemos mucho que hacer.»

—Manuela, Peter y Jonathan están en una reunión arriba. Sube enseguida.

—¿Qué clase de reunión?

—No lo sé. —Heather, la camarera, ni la miró y siguió con su trabajo—. Pero dijeron que en cuanto llegaras subieras con el portátil.

—Vale, gracias.

La mesa de Helen estaba vacía y supuso que también estaría arriba. Dejó sus cosas, se sacó el abrigo, se organizó un poco el pelo y la ropa y subió a la reunión oyendo a lo lejos, según subía las escaleras, risas y voces entremezcladas. Tal vez fueran los socios australianos que querían invertir en el negocio y abrir La Marquise en Sídney. Estupendo, porque tenía todas las cifras preparadas, y el plan de negocio, la proyección a doce meses…

—Hola, preciosa, ven… —Peter la llamó con la mano y a ella se le congeló el aliento. En la mesa grande de la zona vip, vestido con traje y camisa blanca, los codos apoyados sobre el cristal, Patrick O'Keefe en persona hablaba en ese momento con Jonathan. A su izquierda estaba uno de sus amigos, también de traje, y a su derecha Joseph, el gestor, su secretaria y otro tipo más, uno muy atractivo que se puso en pie de un salto para saludarla, le besó la mano y luego la miró de arriba abajo.

—¿Así que esta es tu joya, Pete?

—Sí, mi Manuela. Manuela, este es Robert McContray, el inversor irlandés que está trabajando en Australia. Y a los demás ya los conoces.

—Sí, buenos días. Siento el retraso, pero había ido a llevar a María al aeropuerto. —No miró a O'Keefe, sí a su amigo y a los demás, que se levantaron levemente de sus asientos, y se sentó junto a Jonathan, al que saludó con dos besos en la mejilla—. No sabía que os reuniríais hoy.

—Ya, es que vienen las Navidades y entonces esto se eterniza. ¿Tienes los planes de negocio? Helen no los encontró.

—Sí, tengo todo aquí y Pete los tiene en su email. —Le temblaron los dedos al encender el ordenador, pero se recompuso y milagrosamente entró al escritorio, a la carpeta que se llamaba Australia, y todo mientras los demás seguían con su charla. Pinchó sobre los documentos y vio entrar a Helen acompañada por una de las chicas. Traían dos bandejas con bebidas y aperitivos y después de servir a todo el mundo, se sentó a su lado sin abrir la boca.

—Veamos eso —soltó Robert McContray girando el ordenador hacia él. Manuela se puso de pie para explicarle los gráficos y solo entonces cruzó una mirada fugaz con O'Keefe, que se veía endiabladamente guapo vestido con ese traje negro y sin corbata—. Estupendo, son iguales a los nuestros, solo hace falta cruzar los datos y preparar los acuerdos.

—Muy bien —intervino el gestor—. Manuela, ¿tú te ocupas?

—Claro.

—Si me das tu email, te lo mando todo ahora. —

McContray le sonrió y le guiñó un ojo. Ella se sonrojó y asintió—. Y si me dejas, te invito a cenar para celebrarlo.

—¡Bendito sea Dios! —exclamó Peter—. No pierdes ni la más mínima oportunidad. Deja en paz a mi chica.

—Tenía que intentarlo.

—Seguro que a su novio no le hace gracia —pronunció despacio Patrick O'Keefe, apoyado en el respaldo de su butaca. Ella, con la mirada fija en el ordenador, ni se movió.

—¿Qué novio? Afortunadamente la tenemos soltera y sin compromiso, pero prefiero que permanezca así —bromeó Peter y luego dio una palmadita al ver que ella ni contestaba ni miraba a nadie, muy incómoda—. Bien. El siguiente tema, los hoteles para bodas en Irlanda del Norte.

—¿Qué hoteles? —preguntó Helen, y Manuela miró a Peter con el ceño fruncido.

—Mi amigo Patrick y su socio están negociando para comprar un par de hoteles con campo de minigolf, piscina, spa y salones para celebrar bodas en Irlanda del Norte. El problema con la población gitana es que en cuanto saben que son gitanos les cancelan los contratos, con lo cual se ven obligados a mentir o a anular continuamente sus banquetes. El negocio es redondo; además de bodas, se celebrarán comuniones y toda clase de eventos, y necesitan de nuestro apoyo para ser la cara visible del negocio allí.

—¿Por qué la cara visible? —preguntó el gestor.

—Porque quieren atender una necesidad de la población gitana —intervino McContray—, pero Paddy cree que es mejor que ellos crean que negocian con los *gorgio*, para evitar compadreos y malos rollos en general.

—Nosotros garantizamos las fechas, cumpliremos los contratos, les daremos el servicio que pidan —habló Patrick con esa serenidad suya, y Manuela sintió que se escurría por la silla hasta hacerse pequeñita detrás de su ordenador—, pero es mejor que crean que no tratan con gitanos o acabaremos regateando desde los precios a las fechas de pago, así de simple; para qué vamos a engañarnos, conozco a mi gente.

—Vale. ¿Y qué parte del negocio será nuestra?

—Ninguna —contestó él mirando a Jonathan—, os pagaré una cifra al mes por vuestro nombre, vuestro prestigio, pero el negocio es mío.

—Es decir, que lo que necesitas es un testaferro.

—Sí.

—¿Y tú qué pintas en esto, Robert?

—Yo nada de momento, aunque trataré de convencer a mi amigo Paddy para que se asocie conmigo en Australia. Si hacemos lo mismo allí, seguro que nos forramos. La idea es genial.

—Ya lo creo —opinó Peter mirando a su antiguo novio—. No hay riesgos y, si no quieres hacerlo como empresa, lo haré yo solo.

—Manuela, ¿tú qué opinas? —Jonathan estiró la mano y se la puso en la espalda.

—Yo nada, no conozco el tema, no sé nada al respecto.

—Si quieres te llevo a casa y te enseño todo eso —susurró el amigo de O'Keefe.

—Vale, la cuestión es bien simple y si funciona, que funcionará, lo traeremos aquí y lo llevaremos a la República de Irlanda —interrumpió Patrick—. Podemos tener un par de sitios como ese en cada ciudad importante del Reino Unido.

—Hecho, contad conmigo —decidió Jonathan poniéndose de pie—. ¿Pero se redactará un contrato?

—Uno privado —contestó O'Keefe levantándose a su vez.

—Vale, perfecto, pero estaré atento, quiero saber qué apoyamos y cómo va en todo momento. Joseph, ocúpate de ver los detalles y el rollo con Hacienda, no quiero problemas.

—No habrá problemas. —Todos se levantaron y Manuela agarró su portátil.

—Vamos a brindar y a comer algo, es tardísimo. ¡Manuela! —llamó Peter y ella se paró a unos pasos de la escalera—. Ven a tomar algo.

—No puedo, gracias, he llegado muy tarde y tengo mil cosas que hacer.

Bajó corriendo a la primera planta y se metió en el cuarto de baño para recomponerse. Se encerró en una de las cabinas y no salió hasta que se sintió mejor. Era espantosa la influencia que ejercía ese individuo sobre ella, un hombre con el que lo había hecho en cuatro ocasiones, sí, pero nada más. Se reprendió varias veces, se lavó la cara y contestó al móvil de camino a su oficina. Era María. La saludó feliz de oír una voz amiga.

—¿Ya estás en Barajas?

—Ya estoy en casa. Salí hace cuatro horas, Manuela.

—Joder, es que hemos tenido una reunión y no sé ni qué hora es. ¿Cómo están todos?

—Bien, Borja se ha dejado barba, pero ya se la afeita, por lo demás todo bien. ¿Qué reunión? ¿Pasa algo?

—No pasa nada, ya te lo contaré la semana que viene. Y deja que Borja haga con su cara lo que quie... —Entró en el despacho y se encontró a O'Keefe apoyado en el mostrador. En su mesa, Helen atendía a su amigo y los tres guardaron silencio al oírla entrar. Patrick la siguió con los ojos hasta que los rodeó y se sentó en la silla sin mirarlo—. Vale, cariño, tengo que dejarte. ¿Puedo ayudaros en algo?

—En nada, *Spanish Lady*, ya se ocupa tu amable compañera.

—¿Por qué me llamas *Spanish Lady*? —preguntó bastante cabreada, clavándole los ojos negros—. ¿No puedes acordarte de mi nombre? Me llamo Manuela. Te ruego, por favor, que me llames por mi nombre. MA-NUE-LA.

—¿No conoces la canción? —Él se echó a reír y ella frunció el ceño—. ¿En serio?

—No, ¿qué canción?

Sin quitarle los ojos de encima, O'Keefe tamborileó con los nudillos en el mostrador, marcando el ritmo, y luego se puso a cantar con su voz grave y cálida.

—*As I came down through Dublin City / At the hour of twelve at night / Who should I see but the Spanish lady / Washing her feet by candlelight. / First she washed them, then she dried them / Over a fire of amber coal. / In all my life I ne'er did see / A maid so sweet about the soul. /*

Whack for the toora loora laddy / Whack for the toora loora lay / Whack for the toora loora laddy / Whack for the toora loora lay.[*] ¿Seguro que no la conoces?

—No —se echó a reír mirándolo a los ojos y él animó a su amigo a cantar con él. Del despacho de Peter salió Robert McContray, que se sumó feliz al alboroto.

—*As I came back through Dublin City / At the hour of half past eight / Who should I spy but the Spanish lady / Brushing her hair in the broad daylight. / First she tossed it, then she brushed it / On her lap was a silver comb. / In all my life I ne'er did see / A maid so fair since I did roam. / Whack for the toora loora laddy / Whack for the toora loora lay / Whack for the toora loora laddy / Whack for the toora lay...*[**]

—Precioso. —Aplaudió casi con lágrimas en los ojos. Él se acercó y le susurró al oído:

—«En mi vida vi una muchacha tan bonita.»

—Es preciosa y no la conocía, lo siento.

—Robert, ¿verdad que la señorita Vergara es la *Spanish Lady*?

*Bajaba hacia la ciudad de Dublín / a las doce de la noche / cuando me encontré con la mismísima señora española / lavándose los pies a la luz de las velas. / Primero se los lavó, luego se los secó / sobre las ascuas. / En mi vida vi una muchacha tan dulce. / Pellízcame porque estoy soñando. (*The Spanish Lady*, canción popular irlandesa).

**Bajaba hacia la ciudad de Dublín / a las ocho y media / cuando vi a la mismísima señora española / peinándose a plena luz del día. / Primero se lo alisó, luego se lo cepilló / sobre el regazo, un peine de plata. / Por mucho que viajé, en mi vida vi una muchacha tan bonita. / Pellízcame porque estoy soñando.

—Por supuesto.

—Pues se enfada porque la llamo así aunque sea un piropo enorme viniendo de un irlandés.

—No deberías enfadarte, Manuela. Y ahora —miró la hora—, ¿nos vamos al banco, tío?

—Claro, adiós, chicas. —Se despidieron con prisas y ella se quedó inmóvil, con el corazón palpitándole en los oídos y una sonrisa boba en la cara; miró a Helen y comprobó que la observaba pensativa.

—¿Qué ocurre? No me negarás que canta muy bien.

—¿Crees que con el asunto de los hoteles nos manden a alguno a Irlanda del Norte?

—Bueno, el negocio es del señor O'Keefe, no creo que cuenten con nosotros.

—¿Ahora es el señor O'Keefe?

—¿Cómo dices?

—Tengo ojos en la cara.

—No sé de qué me hablas...

—¡Manuela! —Peter se asomó y la llamó con la mano—. Los del pescado quieren hablar contigo, contesta en mi despacho, por favor.

—Sí, ya voy.

Capítulo 7

—*Amore!* —Fabio Asara gritó desde la escalera y ella corrió para abrazarlo de un salto—. Bellísima como siempre. ¿Cómo estás, mi vida?

—Yo bien, ¿y vosotros? —Saludó con otro beso a Harry, su acompañante, y se los llevó a un rincón de la barra del club—. Qué maravilla que hayáis venido a verme. ¿No te vas a Roma por Navidad?

—No, tengo mucho que hacer. ¿Cómo estás, guapa? Le agarró las manos y dio un paso atrás para admirarla, silbando. Llevaba un sencillo vestido de cocktail marrón, de seda, sin mangas, ajustado hasta la cintura y luego en evasé hasta las rodillas, que le sentaba estupendamente y que combinaba a las mil maravillas con su pelo oscuro, que lucía suelto, y sus almendrados ojos negros y brillantes. Estiró los dedos y le acarició la piel blanquísima de la cara con el pulgar—. ¿Has visto qué cutis, Harry? Y no sabe aún lo que es una crema de noche.

—Es cierto. —Harry se acercó y miró su preciosa cara

con atención—. Tienes una piel impresionante, ¿qué te pones?

—Nada, genética creo que es, pero decidme, ¿cómo estáis? ¿Qué queréis tomar?

—Yo me voy al cuarto de baño, pedidme una ginebra… —ordenó Harry y se perdió en medio de la gente.

—Cómo no —bromeó Fabio—. ¿Hay alguien que no tome ginebra? ¿Cuántas clases hay?

—Cuatro: bebidas espirituosas aromatizadas con enebro, gin, gin destilado y London gin —lo miró muy seria y él se echó a reír a carcajadas—. Ya ves lo que se aprende trabajando aquí.

—Lo sé, ven. —La agarró por las caderas y la acercó para besarle la cabeza—. ¿Cómo estás? María me llamó esta mañana desde el aeropuerto para pedirme que viniera a verte, dice que necesitas desconectar, salir con chicos, y se acordó de mí, angelito…

—¿Te llamó? Está completamente loca, aunque si eso te ha traído hasta aquí, bendita sea.

—¿Es verdad que te has enamorado de un tío casado?

—¿Enamorado? ¿Te dijo eso, que me había enamorado? —Él asintió—. De verdad que esta tía está de psiquiátrico… Por supuesto que no. Tuve un rollo de pasada con un tío que está casado, es cierto, pero lo he visto tres veces en mi vida, ¿crees que me puedo enamorar yo en tres días?

—Los caminos de Dios son inescrutables.

—Pues en este camino no ha pasado nada, nos acostamos, lo llevé a casa una noche y ella piensa que por eso ya me quiero casar con él, es de locos, aunque claro, María cree que todas las mujeres nos queremos casar con alguien.

—Y gracias por guardar mi secreto.

—¿Acaso lo dudabas?

Pidió al camarero las bebidas y volvió para acariciarle el brazo. Fabio, que era guapo y encantador, un tiarrón italiano que quitaba el hipo, también era gay, o al menos bisexual, y muy pocas personas conocían su secreto, entre ellas Manuela, que había sido su novia durante un par de meses en Inglaterra. Él prefería mantener discreción absoluta respecto a su condición sexual por respeto a su familia conservadora y católica, y ella lo comprendía perfectamente.

—No, pero sé qué se lo cuentas todo.

—Mis cosas, no las de los demás.

—No sabes la gracia que me hizo cuando me llamó para pedirme que me pusiera la armadura y viniera en tu rescate… Entonces me di cuenta de que no sabía nada de nada…

—¡Michael Fassbender está subiendo las escaleras…! —Harry, completamente alborotado, llegó a su lado y se puso a dar saltitos agarrando la ginebra, se tomó un trago y ellos se giraron hacia la escalera, donde en ese momento aparecía Patrick O'Keefe con sus vaqueros, su camiseta y su americana azul marino, rodeado por dos amigos—. Madre de Dios, está más bueno que en *Shame.*

—No es Michael Fassbender, es un amigo de Peter —susurró Manuela, dando la espalda a los recién llegados, que se fueron al lado contrario de la barra, donde un enjambre de mujeres los recibieron con aplausos.

—¿En serio? Si es clavado.

—Es clavado, pero Fassbender en un pelín más bajo y más delgado —opinó Fabio calibrándolo de arriba abajo—. ¿Te acuerdas, *amore,* que lo vimos una noche en Camden? Iba con una novia, una chica negra muy guapa, aunque te miró un par de veces.

—Sí, claro, me miró un par de veces —ella movió la cabeza— porque creyó que era la camarera.

—Tan modesta como siempre. —Fabio la agarró y la apretó contra su pecho muy fuerte.

—¿Y decías que no te estabas tirando a nadie? —La voz de Daniel Grant les llegó por detrás y Manuela se volvió hacia él muy seria—. Eres una zorra muy mentirosa, Manuela.

—Oye, no te pases. —Fabio, que era bastante más alto que Daniel, se puso delante de Manuela y le hizo un gesto con la cabeza para que se largara—. Será mejor que te calmes, tío.

—Apártate o te rompo esa cara de gilipollas que tienes, espagueti de mierda...

—¡¿Qué?! —Manuela apartó a Fabio y empujó a Daniel por el hombro—. Vete ahora mismo de aquí, gilipollas engreído, ¿quién demonios te crees que eres, eh? Robin, llama a seguridad —dijo mirando a un camarero y de pronto percibió que todo el mundo los estaba observando—. No quiero escándalos aquí.

—¿Has vuelto con este espagueti de mierda? Si seguro que es marica, ¿no lo ves? ¡¿Seguro que le gustan los rabos?!

—¡Vete ahora mismo de aquí!

—Maldita zorra estás hecha…

—Ya es suficiente. —Patrick O'Keefe se acercó y con mucha calma se puso delante de Grant, casi pegado, bajó los ojos y lo miró a la cara—. Se acabó, fuera de aquí, ya has oído a la señorita.

—¿Se acabó? ¿Y tú quién coño eres?

—Fuera.

—¿A este también te lo tiras, puta?

—Ya es suficiente, no querrás que te ropa la cara, ¿verdad?

—No vale la pena, déjalo, Patrick… —Manuela tuvo la mala idea de agarrar a Paddy del brazo y eso fue igual que acercar una cerilla a un petardo. Daniel, que iba cargadísimo de cocaína, hizo amago de darle un puñetazo, pero antes de que pudiera ni levantar el brazo, O'Keefe subió el puño y se lo estampó en la boca. Todos pudieron ver como le saltaba un diente y que se ponía a sangrar a borbotones.

—La próxima vez que te vea por aquí, capullo de mierda —se agachó y le habló con el mismo tono calmado al oído—, te rompo las piernas, ¿me oyes?

—¡Ya está bien! —Günter y uno de sus ayudantes llegaron y agarraron a Daniel Grant en volandas para sacarlo a la calle. La gente gritaba, sus amigos insultaban a Manuela, amenazaban a Patrick y se provocó una pequeña escaramuza entre los amigos de uno y otro bando que los de seguridad zanjaron echando a todo el grupo de Daniel del local. Günter los miró y acarició el brazo de Manuela—. ¿Estás bien, cariño?

—Sí, gracias.

—¡Se acabó el show! Todo el mundo a lo suyo —gritó Günter con una sonrisa—. A la próxima ronda invita la casa.

—Manuela, ¿estás bien? —Fabio, que estaba temblando de pies a cabeza, se acercó para tocarla, pero ella se apartó—. Manuela.

—Sí, estoy bien. —Miró a Patrick, que la observaba sin moverse, y le hizo un gesto de agradecimiento—. Muchas gracias, no tenías por qué... ¿Te has hecho daño?

—No... —La agarró por el cuello y la abrazó. Ella sintió que de golpe se le caían todas las defensas, se olvidó de que estaba en el trabajo, rodeada de gente, y se echó a llorar.

Subieron las escaleras besándose y cuando abrió la puerta del piso se acordó de que estaba sola, el piso para los dos, lo metió dentro y cerró la puerta con seguro mientras él la abrazaba por detrás mordiéndole el cuello. Manuela sonrió y se giró para besarlo mientras se quitaba el abrigo como si le fuera la vida en ello. Él se apartó un momento y esperó a ver cómo se libraba de los guantes, la bufanda y dejaba caer el abrigo al suelo. La miró a los ojos y le hizo un gesto para que se sacara el vestido, ella obedeció y se quedó en ropa interior.

—Estamos solos, mi compañera está en España.

—Perfecto.

—¿No me acompañas y te desnudas?

—Ven aquí. —La agarró de las manos y se la llevó al

sofá, se sentó y la hizo sentarse a horcajadas en su regazo. Se acercó y le lamió los pechos mirándola a los ojos, le arrancó el sujetador y con la mano libre se abrió los pantalones, ella gimió al sentirlo a un milímetro de distancia, la elevó y la penetró cerrando los ojos. Luego la sujetó por las caderas y la besó mientras la hacía perder el sentido. Se detuvo y volvió a ponerse en marcha, provocando que se meciera solo cuando él lo permitía—. Así me gusta, desnuda para mí.

No podía ni hablar, dos veces se limpió las mejillas bañadas en lágrimas, con la sensación más deliciosa del mundo, ardiendo por dentro y por fuera, como si fuera a convertirse en una antorcha en cualquier momento. Sin darle tregua, Patrick O'Keefe no paró hasta que la llevó al éxtasis obligándola a mirarlo a los ojos, tras lo cual la abrazó con fuerza y llegó al orgasmo soltando un gruñido ahogado contra su cuello.

—Siento haberme echado a llorar en el trabajo, pero es que jamás me había pasado algo así. Aún me tiemblan las rodillas… —Se acercó a la cama y le entregó un cuenco con helado. Paddy fumaba tranquilamente, con caladas lentas, desnudo y muy cómodo apoyado sobre varias almohadas. Ella se quitó la bata y se metió entre las sábanas tapándose hasta el cuello.

—Ese tío es un gilipollas. ¿De verdad salías con él?

En ese momento sonó su móvil.

—Sí, y aún no sé cómo. Espera, lo siento, pero tengo que contestar. —Miró la pantalla y vio que era otra vez María, su décima llamada, así que contestó en español—. Hola.

—¡¿Dónde coño te metes, eh?! ¿Me quieres matar del disgusto?

—Estás hablando como mi madre. —Se sentó en la cama y se sujetó las rodillas. Patrick extendió la mano y se la puso en la espalda desnuda, un gesto tan tierno que ella se volvió para sonreírle—. ¿Qué pasa?

—Me han llamado cuatro personas para contarme el incidente del club, ¿qué coño pasó?

—Las noticias vuelan.

—¿Dónde estás?

—En casa, mamá, no te preocupes.

—¿Con ese tío?

—Vale, María, no te pases, estoy bien y en todo caso «ese tío», como tú lo llamas, sacó la cara por mí y me defendió delante de un gilipollas integral como Daniel, así que ya vale.

—Pero le pegó, Manuela, ¿cómo puedes…?

—Le pegó un puñetazo bien merecido después de que me insultara varias veces y no solo a mí, también al pobre Fabio, que debe de seguir con vómitos en su casa.

—Estás loca, un tío broncas, lo que te faltaba.

—El broncas fue Daniel y O'Keefe solo me defendió, y estoy muy agradecida.

—Vale, pues no se lo agradezcas tanto y céntrate un poquito. ¿Estás bien?

—Sí, mañana hablamos, ¿vale?

—Vale, adiós y saludos a O'Keefe, solo espero que no

use mi champú. —Colgó y Manuela se echó a reír dejando el teléfono en la mesilla.

—Mi hija se volvería loca si te oyera —susurró él y ella lo miró sin decir nada—. Le encanta Shakira, tiene todos sus CDs , ve sus vídeos e intenta cantar en español como ella.

—¿Tienes una hija? ¿Qué edad tiene?

—Nueve años.

—¿Y cómo se llama?

—April.

—Es un nombre precioso. —Se apoyó en la almohada y lo observó con atención. Era tan guapo y tan sexy que se sintió otra vez preparada para devorarlo, pero respiró hondo y se quedó quieta—. ¿Solo tienes una niña?

—No, dos niñas y un chico.

—¿Tres hijos? —Se incorporó un poco y fue igual que si le hubiesen dado un puñetazo en el estómago. Se estaba acostando con un tío casado y padre de tres hijos, tres nada menos—. ¿Qué edad tienen?

—Dieciocho, trece y nueve.

—Son muy mayores, ¿qué edad tienes?

—Treinta y seis.

—¿Treinta y seis? —Sacó la cuenta y él la miró guiñándole un ojo—. ¿Fuiste padre a los dieciocho? ¿A qué edad te casaste?

—A los diecisiete y sí, me estrené como padre a los dieciocho, ¿qué te asusta tanto?

—Me parece muy, muy joven.

—Para un payo sí, para nosotros no. Yo llevaba buscándome la vida desde los doce, con mi padre y por mi cuenta, y con diecisiete años ya era un hombre.

—Dios mío —exclamó y volvió a la almohada cerrando los ojos. Pensó en esos tres hijos y por ende en su mujer y se sintió como una malvada zorra sinvergüenza.

—¿Qué pasa?

—Es horrible que esté aquí, en mi casa, en mi cama, con un hombre casado y padre de familia numerosa. Juro por Dios que va en contra de todos mis principios, es horroroso.

—Violet, mi mujer, sabe lo que pasa, es lo normal.

—¡¿Qué?!

—Me casé a los diecisiete años con mi prima, a la que conocía de toda la vida, no es idiota y yo tampoco, cumplo con mi familia y luego hago mi vida.

—Ni siquiera sé cómo responder a eso, es lo más machista que un hombre se ha atrevido a decirme a la cara.

—¿Y tú que edad tienes, *Spanish Lady*? —Estiró la mano y la posó sobre su vientre.

—Veintiséis —contestó, tapándose los ojos con el dorso del brazo. Iría directa al infierno, pensó, incapaz de levantarse y echarlo a la calle como hubiese hecho la Manuela Vergara sensata de siempre.

—¿Tan vieja?

—¡¿Qué?! —Lo miró a la cara y vio que estaba muerto de la risa, apagando el cigarrillo para abrazarla y buscar su boca.

—Parece que tienes veinte años.

—¿Te gustan las jovencitas?

—Me gustas tú, *Spanish Lady,* y dime una cosa, ¿por qué no fuiste también a España para pasar la Navidad?

—Porque no me siento bienvenida.

—¿Y eso?

—Mis padres pasan de mí, no saben ni les interesa cómo vivo ni cómo me gano la vida, mientras no pida nada, ellos a lo suyo y mis hermanos lo mismo. Les da igual si voy a Madrid en estas fiestas.

—¿Por qué?

—Eso me gustaría saber a mí. Lo importante es que hace tiempo dejé de esperar nada de ellos, mi verdadera familia son mis amigos: María, Laura, Peter o Fabio, el chico italiano que conociste hoy.

—¿Y te parece raro que me casara con diecisiete? Lo tuyo a mí sí que me parece raro.

—Seguramente, pero es cierto. Si yo no llamo por teléfono, no llaman, así que les intereso un pimiento. A veces creo que si me fuera fatal o apareciera por allí sola y con un bombo o pidiendo limosna se alegrarían.

—Nah…

—En serio, mira, hace unos años vino mi hermano mayor a Londres con su mujer y unos amigos, y yo, tan feliz y orgullosa, les reservé mesa en La Marquise para que conocieran mi trabajo, mi vida, a mis amigos, a mi jefe que se había portado tan bien conmigo, y no aparecieron; toda la noche esperando y no llegaron, y cuando lo llamé para saber qué había pasado, me contestó que estaban muy cansados para cenar fuera… Este año vinieron otra vez y pasé del tema, no reservé nada ni lo incordié, y entonces él dice que soy una zorra desagradecida, despegada y arisca, con esas palabras, a mis amigos, a la familia y, como siempre, me culpan a mí de ser una mala hija o una mala hermana, cuando ellos jamás, nunca, demuestran interés por mis cosas, no me han preguntado cómo estoy ni cómo es mi trabajo, si como todos los días caliente o si me siento bien. Esa es mi familia.

—Es muy triste.

—Lo sé, pero a mí no me afecta. Un día tendré mi propia familia y será diferente, esa es la esperanza que me queda. Así que mejor, pasemos del tema. ¿Cómo se llaman tus hijos?

—Patrick, Bridget y April.

—¿Dónde viven?

—En Irlanda del Norte, cerca de la familia de su madre.

—¿Y tú de dónde eres?

—De Dublín. ¿Y por qué no te has casado?

—Soy muy joven.

—No tanto.

—¡Eh! —Lo miró soltando una carcajada.

—Me extraña que alguien no te convirtiera ya en una madre de familia formal y casada.

—No me veo en ese plan.

—Y yo lo prefiero así… y basta de preguntas.

—Pues tengo un millón.

—Una más —respondió bajando la cabeza resignado, deslizó la mano por su cuerpo desnudo, preparándose para amarla sin más esperas—, si así te callas y disfrutamos de la noche.

—¿Tienes una vida normal con tu mujer o estáis separados?

—¿Qué pregunta es esa?

—Ponte en mi lugar y responde.

—Ella es mi esposa, vive en mi casa y cuida de mis hijos, y yo hago mi vida, ya te lo he dicho.

—¿Qué estoy haciendo contigo, Patrick? —Lo miró a los ojos y se quedó prendada de ellos, tan enormes, transparentes y maravillosos. Él le acarició la cara y le apartó el pelo para besarla.

—¿Tú quieres casarte conmigo?

—No.

—Pues entonces calla y no hagas preguntas de las que no quieras oír la respuesta.

Capítulo 8

La Navidad pasó y no volvió a saber de Patrick O'Keefe. La última vez que se vieron pasaron el fin de semana previo a la Nochebuena juntos, encerrados en casa, haciendo el amor continuamente, sin vestirse en todo el día, pidiendo pizzas y viendo la tele, como cualquier pareja normal. Sin embargo, no lo eran y el domingo a las seis de la tarde él se quedó callado de repente, se dio una ducha, se vistió y anunció que se marchaba a casa, a Irlanda de Norte, para vivir la Navidad en familia, como correspondía. Manuela lo despidió en la puerta con un abrazo sin la seguridad de que la volvería a llamar o si aparecería otra vez por Londres, algo que, curiosamente, no le preocupó, porque ese día era la mujer más feliz y satisfecha del planeta, la más sonriente, y volvió a su vida soñando con sus besos interminables, su aroma, sus abrazos, con hacer el amor hasta caer rendidos en la cama, casi sin pronunciar palabra, riéndose por las ocurrencias sexuales en la ducha o sobre todos los muebles de la casa. Cuando nada importaba, cuando no había nada más allá de las cuatro paredes de su piso, cuando él había sido solo suyo y sus maravillosos ojos aguamarina solo la miraban a ella. Con eso se quedaba aunque, de vez en cuando, y con un espíritu de lo más masoquista, se lo imaginara besando o abrazando a Violet, su mujer, ejerciendo como marido ejemplar, durmiendo todas las noches a su lado o cenando tranquilamente con los amigos. Imágenes que mantenía a raya, aunque fantaseaba con eso igual que fantaseaba con encontrárselo cada mañana en la cama cuando se despertaba.

—¿Lo pillo o no? —María la miró con un dedo sobre la tecla del ordenador y Manuela se acercó otra vez para ver la reserva que estaban a punto de hacer para ir a Mallorca en Semana Santa.

—¿No podemos esperar? Solo estamos a diez de enero.

—Y este año Semana Santa cae en marzo. Decídete o perderemos esta oferta tan buena, en plena Costa de los Pinos… ¡Es un chollazo! Si luego te echas novio y quieres llevarlo, ya veremos.

—No es eso… —Se pasó la mano por el pelo y se sentó en la mesa del comedor. Era la primera vez en semanas que desayunaban juntas y la miró sonriendo—. Vale, cómpralo.

—Así me gusta… Hala, ya está, voy a llamar a Borja, le encantará… —Agarró el móvil y en ese momento llamaron a la puerta de la calle con dos golpecitos secos. A Manuela se le subió el corazón a la garganta y se quedó inmóvil viendo como María abría—. Hola, Peter, pasa.

—¡Hola, preciosas! —Peter entró con una bolsita de bollos y Manuela respiró con una sensación de frustración total en el pecho. Cada vez que sonaba el timbre o la llamaban por teléfono creía que era Patrick y no lo era. Así llevaba más de quince días, una estupidez como una casa.

—Hola, ¿pasa algo?

—No, pasaba por aquí. Vengo del masajista. Así aprovecho para contaros algo. ¿Qué hacéis? Sírveme café, Manuela. —La miró servirle una taza grande y esperó a que se sentara—. Lo de los hoteles en Irlanda del Norte ya está a pleno rendimiento, esta gente trabaja a una velocidad que te pasmas, aunque claro, disponen de cuadrillas y cuadrillas de parientes y amigos para ponerlos a currar por dos duros. Iré a verlos en mayo.

—Qué bien.

—Además es la comunión de la niña menor de Paddy —Manuela sintió que se ponía blanca y miró a María de reojo—, y me han invitado, ¿os venís conmigo?

—Oh, no, lo siento, yo paso. —Se llevó la taza a la boca y María se sentó.

—¿Cómo demonios va a ir ella, Pete? Si quieres ya voy yo.

—Podemos ir todos, esas comuniones gitanas son la bomba, he ido a cuatro y he visto hasta doscientos invitados. La familia O'Keefe son como unos jefazos o algo así, ¿sabéis? Paddy senior es un patriarca y han invitado a toda la parentela. Paddy quiere que me lleve a medio restaurante.

—¿Has hablado con él? —preguntó Manuela.

—Casi a diario, ¿por qué?

—Por nada.

—¿Por nada? —María frunció el ceño y Manuela la amenazó con la cuchara.

—Cállate o no vuelvo a dirigirte la palabra.

—¿Qué pasa?

—¿No lo sabes? Manuela se acuesta con tu amigo Paddy desde noviembre.

—¡¿Qué?! —Peter Minstri dejó la taza de café en la mesa, respiró hondo y clavó la vista en su ojito derecho intentando mantener la calma—. Dime que eso no es cierto.

—No puedo.

—¡¿Pero qué demonios se te pasa a ti por la cabeza, Manuela?! ¡Joder! ¿No sabes que está casado? ¿Que tiene tres hijos? ¡La puta madre que te parió!

—No te metas con mi madre —dijo ella con una sonrisa, intentando quitar hierro al asunto, y los dos la miraron con la boca abierta.

—¿Tres hijos? —María se puso la mano en el pecho, al borde del infarto—. ¿Tú sabías eso?

—Me lo dijo la última vez que nos vimos.

—Se ha tirado al menos a tres amigas mías —bufó Peter—, y luego se olvida, es gitano, Manuela, un tío gitano casado, no dejará a su mujer, antes muerto, porque eso iría en contra de su honor y toda la pesca que practican… No dejará a la familia.

—No pretendo que deje a su familia, ni casarme con él, ha sido una aventura, un rollo, por favor, no exageres.

—¿Que no exagere? He visto a tías destrozadas rogándole una segunda oportunidad, de rodillas, persiguiéndolo como perras en celo porque él es de una vez y si te he visto no me acuerdo...

—Pues con ella ha repetido más de una vez, y de seis —María se paseaba por el saloncito como la madre Juana, su antigua profesora de Lengua.

—¡¿En serio?! Pues no sé qué es peor, porque como te deje preñada o... o...

—¡Oye! No te pases, solo ha sido una aventura fugaz, no tiene importancia.

—Mira, ¿sabes qué? —María Suárez del Amo se le puso delante, con las manos en las caderas, ya bastante harta—, deja de una puñetera vez de autoengañarte. Desde el minuto uno se te quedó cara de boba con él y me dijiste que no era nada. Sin embargo, en cuanto lo ves se te caen las bragas, el problema es que tus bragas no se caen porque sí, se caen porque te gusta, mucho, y me juego un brazo a que ya te has enamorado de él.

—Bueno, ¿y qué demonios hago yo discutiendo sobre esto con vosotros dos? —Se levantó muy enfadada—. Estábamos desayunando, hemos pagado las vacaciones de Pascua, tú te pasas a tomar café y acabáis gritándome y recriminándome como si fuera una pecadora. ¿Por qué no me ponéis la letra escarlata y me echáis a la calle para que me apaleen, eh?

—Vale, vale, calma.

—A la mierda —contestó y se encerró en su habitación dando un portazo.

Aquello era inaudito. Estaba en su día libre, por el amor de Dios. ¿Por qué no la dejaban en paz? ¿A qué venía aquello justo en ese momento? A la mierda con todos, repitió, se metió en la cama y encendió la televisión con la intención de no volver a salir en todo el maldito día de su dormitorio.

—Manu… —Dos horas después María, muy preocupada, llamó a la puerta y entró con precaución. Llevaba un plato con jamón serrano cortado en lonchas, un poco de pan y un tazón de té—. Cariño, no has desayunado.

—Déjame en paz, María, aún sigo enfadada.

—Solo estamos preocupados por ti, vamos… —Dejó todo en la mesilla y se recostó a su lado en la cama—. Peter se ha ido llorando, no quería que te enfadaras con él, sabes que te quiere un montón.

—Y yo a él, pero se ha pasado cuatro pueblos y tú, que tienes la jodida costumbre de no callarte la boca ni debajo del agua, vamos…

—Es que no entendemos que, siendo como eres, te hayas metido en semejante jardín.

—¿Qué jardín?

—¿Te has mirado en un espejo? Eres la tía más guapa del mundo, y lista, inteligente y…

—No me dores la píldora.

—Es verdad, y Manuela, tía, te lo juro… no me gusta ese tío.

—No lo conoces.

—¿Y tú? ¿Has salido a cenar con él? ¿Al cine? ¿A comer? ¿Habéis hablado de algo?

—Te sorprendería saber que es un tipo muy inteligente.

—No lo pongo en duda.

—Claro que sí.

—Vale, ok, no discutamos, hablemos... —Le agarró la mano y se la apretó.

—Es que no tengo nada de que hablar. —Se sentó en la cama y la miró a los ojos—. ¿Me he quejado? ¿Estoy deprimida? ¿Os he pedido ayuda para olvidar a Patrick? No entiendo por qué tanto escándalo, estoy viviendo una aventura sexual con el tipo más guapo del universo, nos lo pasamos bien. ¿No lo volveré a ver? No lo sé ni me importa. Lo he pasado genial y, aleluya, de todo se aprende en esta vida y ahora me toca vivir esto, me gusta, y no entiendo por qué tanto drama, en serio, ¿me lo puedes explicar?

—Esa postura en otra persona me parecería genial, pero tú no eres así, tú eres sensible, cariñosa y...

—No soy la pardilla confiada de hace cuatro años, María. Desde que llegué a Londres he cambiado, he madurado, intento crecer y Patrick O'Keefe no me matará.

—¿Y no te importa que esté casado?

—Sí, pero sinceramente, cuando está conmigo no pienso en nada, disfrutamos juntos y él tiene una postura muy clara al respecto.

—¿Qué postura?

—Es de otra cultura y ni tú ni yo lo aprobamos, pero él vive de este modo su matrimonio, se casó a los diecisiete años y vive su vida a su manera.

—¿Te ha convencido?

—Intento entenderlo y en todo caso yo soy soltera y no pienso crucificarme por esto, no pretendo nada de él, ni voy a ir a su casa a reclamar nada, no quiero romper su familia… Solo que pienses en eso me ofende, ¿no lo ves?

—Sé que no harás nada de eso porque jamás pides nada a nadie ni esperas nada de nadie, y en el fondo eso me parte el corazón porque tú sí mereces pedir y recibir, y nunca lo haces y no me gusta que vivas así… —Se echó a llorar y Manuela la abrazó—. Te lo mereces todo, pero si sigues sin saber que te lo mereces, seguirás estando sola.

—No estoy sola, te tengo a ti —bromeó con los ojos llenos de lágrimas—, que eres la madre que nunca tuve.

—Tonta —se enjugó las lágrimas e intentó sonreír—, nunca pides nada y se lo pones muy fácil a todo el mundo.

—No pido porque no sé vivir de otra forma, no me creo expectativas de nada ni de nadie, lo sabes. Es lo que tiene ser la hija de en medio… Venga, no llores o me harás llorar a mí.

—Pero de un hombre sí, deberías esperar mucho más.

—Bueno, a lo mejor tengo suerte y un buen día el universo me regala al hombre perfecto, uno de verdad, todo mío y que me quiera.

—Hay veinte mil haciendo cola.

—Ojalá.

—Claro que sí. —Se acurrucó en su hombro y suspiró—. Pete me contó que Paddy O'Keefe es una estrella de las peleas ilegales, ¿lo sabías?

—No. —Se le contrajo el estómago y se imaginó un circo de lo más abyecto con Patrick de por medio.

—Pelea sin guantes, con los puños desnudos o algo así, se lo preguntaré a Borja. Pete dice que son peleas clandestinas donde se hacen apuestas millonarias y que tu O'Keefe ahora pelea poco, pero que ganó muchísimo dinero durante años con eso, que la gente hace cola para verlo y que lo mismo hacían su padre y su abuelo. ¿Te acuerdas de Brad Pitt en *Snatch, cerdos y diamantes?* Hacía de gitano irlandés boxeador... —Manuela asintió—. Pues algo parecido. ¿Qué opinas?

—Es cierto que Patrick a veces habla como Brad Pitt en esa peli, ininteligible.

—¿Solo eso?

—Bueno, que haga lo que quiera, no es asunto mío, y pásame el jamón, me muero de hambre.

—¿Es muy bueno?

—¿El jamón?

—No, Patrick, ya me entiendes... —La miró sonrojándose y Manuela se echó a reír a carcajadas.

—Sí que lo es, no te lo puedes ni imaginar.

—¿Cómo?

—No sé... —Suspiró intentando explicarlo—. Es intenso, se implica mucho, es vehemente, apasionado, no sé, actúa con propiedad y me encanta, porque puede llegar a ser salvaje y sin embargo es muy considerado conmigo... Un hombre como yo me imaginaba que debían ser, y besa como los ángeles.

—Será la práctica, si es un casanova con acento ininteligible.

—Exacto, será la práctica.

—¿Y si sale con otras?

—Si sale con otras sí que se iría a la mierda rapidito, por ahí no paso, ya lo sabes.

—¿Se lo has preguntado?

—No.

—¿Y lo harás?

—Si vuelvo a verlo tal vez lo haga. ¿Nos vamos al cine?

—Hecho.

Capítulo 9

—¿Dónde coño está María? —Phillipe se le acercó con el ceño fruncido y se echó el paño de cocina al hombro con tanta violencia que la hizo parpadear.

—Se ha ido al aeropuerto a buscar a su novio, pero…

—¿Un sábado? ¿A las diez de la mañana? ¿No sabe venir solo a la ciudad?

—Claro que sí, pero bueno, yo estoy aquí para lo que necesites. —Se acercó al mostrador del office y apoyó el cuaderno de notas de su amiga, preparada para todo.

—¿Qué día es hoy?

—Doce de enero…

—¡Exacto! —bufó y el personal corrió hacia el interior de la cocina como impulsados por un cohete—. Doce de enero y me largo de vacaciones, me esperan la nieve y mi mujer en Chamonix, así que hay que cerrar los pedidos de la semana.

—Vale, como quieras, tomo nota.

—Afortunadamente para vosotras tengo todo previsto, solo hace falta que entre el salmón noruego y el jamón español, lo demás está casi todo controlado. Luca está preparado para lo que sea, y María tiene en su ordenador los pedidos de enero del año pasado, la carta está intacta, así que si veis carencias repasad lo del 2012 y en paz.

—Muy bien.

—¿Tú tienes las bebidas al día? Peter dice que ahora te ocupas de eso también.

—Sí.

—Vale, y hay que probar al camarero nuevo, es italiano y no habla una papa de inglés, así que no lo quiero en mi comedor, solo de apoyo.

—Vale.

—¿Y qué coño hace ese tío en mi office, oyendo esta conversación?

—¿Qué?

Se giró y vio a Patrick O'Keefe en persona observándolos con mucha atención, apoyado en el dintel de la puerta, con vaqueros y una camiseta blanca de manga larga de esas de algodón, con botones en el pecho, que marcaba estupendamente su bíceps perfectos. Manuela sintió como se derretía, literalmente, y sonrió de oreja a oreja.

—Es un socio de Peter, de llama Patrick O'Keefe. Pasa, Paddy.

—Buenas —caminó despacio y extendió la mano a Phillipe—, encantado, soy un gran admirador de tu cocina.

—Se agradece, pero no me gusta que nadie baje aquí sin mi permiso.

—Lo comprendo. —Sonrió y clavó los ojos transparentes en Manuela—. Solo quería hablar con ella.

—Vale, hablad, yo tengo que subir al club. Adiós.

—Vaya carácter —comentó levantando las cejas mientras lo miraba salir a grandes zancadas. Manuela, que no podía dejar de mirarlo como hipnotizada, asintió observando la barba rubia que le cubría el rostro—. Feliz Navidad.

—¿Qué? —Se fijó en que le extendía un paquetito de regalo y lo sujetó sonriendo como una niña—. ¿Para mí? Muchas gracias.

—Es para que aprendas algo.

—¿Ah, sí? —Se encontró con un CD de The Dubliners y soltó una carcajada.

—Música tradicional de mi tierra, ¿eh? *Spanish Lady*.

—Muchas gracias, me encanta, ¿viene *Spanish Lady*? Supongo que… —Él se inclinó y le besó el cuello, la sujetó por la cintura y ella lo abrazó con mucha fuerza—. Me alegro mucho de verte.

—No tanto como yo. —La agarró por el cuello y le acarició la cara con los pulgares antes de inclinarse y besarla, con la boca abierta, directamente. Manuela se apoyó en la encimera y se dejó llevar por esa lengua deliciosa que era capaz de sacarla de allí y elevarla por encima del bien y del mal como ninguna otra cosa.

—¡Manuela!

—¿Qué? Sí, hola.

Se encontró con los ojos escrutadores de María mirándolos con las manos en las caderas y se limpió la comisura de los labios muy nerviosa. Detrás de ella Borja, su novio, intentando sujetar la risa y la sorpresa a la vez.

—Me da igual lo que hagas, pero no aquí. Tenemos normas muy estrictas al respecto y tú eres la primera en exigir que la gente las cumpla y…

—Ya vale, lo sé. Borja, ¿cómo estás? —habló en castellano acercándose a su amigo para abrazarlo—. ¿Qué tal el viaje?

—Todo genial, ¿y tú? —Miró de reojo a ese tipo que era clavadito a Michael Fassbender, Magneto en la última de los X-men, una de sus sagas favoritas y sonrió—. ¿Qué tal?

—Te presento a Patrick O'Keefe. —Los acercó y ellos se estrecharon las manos—. Paddy, este es Borja Fernández, el novio de mi querida amiga María, nos conocemos desde el instituto.

—Encantado, ¿vienes de vacaciones?

—Lo siento, mi inglés es bastante malo —respondió Borja— yo…

—No te preocupes, a veces yo tampoco lo entiendo —bromeó Manuela y María miró al techo moviendo la cabeza—. Pregunta si vienes de vacaciones, y sí, viene una semana —se dirigió a Patrick, que los miraba con las manos a la espalda—. Borja es médico interno en un hospital de Madrid, no tiene mucho tiempo libre.

—Bienvenido, pues, ¿y tú? —se dirigió a Manuela—. ¿Puedes venirte conmigo ahora?

—Ahora es imposible, ya ves cómo está todo, pero tengo un descanso a las tres y…

—Vale, a las tres te paso a recoger. —Se acercó y la

besó en la boca, luego miró a sus amigos y volvió a estrechar la mano de Borja con mucha amabilidad—. Encantado de conocerte, a ver si nos volvemos a ver.

—Adiós —dijeron y Borja se giró hacia su amiga, que seguía a ese individuo con los ojos más dulces y brillantes de lo habitual—. Menudo guaperas, ¿eh, Manoli?

—No me llames Manoli si no quieres que te rompa los dientes. ¿Y qué pensáis hacer?

—Este, desayunar —ladró María señalando a su novio—, y los demás a trabajar. ¡Vamos!

El sitio era estrecho pero increíblemente cómodo, un colchón mullido y unas sábanas suavísimas que sentía en la espalda mientras Patrick le hacía el amor sin hablar, tapándole la boca con sus besos cada vez que ella quería decir algo, porque prefería amar en silencio, decía, solo oyendo el ruido de sus lenguas al acariciarse, de su piel al tocarse, del roce de sus caderas al balancearse dentro de ella, y de hecho era mejor así, mucho más íntimo, y se aferró a su espalda mordiéndole el hombro, jadeando y con lágrimas en los ojos, llegando a un orgasmo intenso y prolongado que la dejó completamente rendida, a su entera disposición, observando como él estiraba la mano y agarraba el paquete de tabaco.

—¿Fumas aquí dentro?

Miró el techo de la caravana y luego la ventana que tenía justo al lado de la cama, cubierta por una persiana metálica blanca y sin una mota de polvo. Era increíble, pero ese sitio era extraordinariamente confortable. Muy moderno y muy limpio, inmaculado, a pesar de estar aparcado en un parque de caravanas de las afueras de Battersea.

—¿Te molesta? —Pasó el brazo por encima de ella y abrió un poco la ventana—. ¿Mejor así?

—Estoy bien, solo era una pregunta. —Se incorporó apoyándose en los codos y miró el resto del vehículo con curiosidad—. Es muy bonito, ¿vives siempre aquí?

—Solo cuando vengo a Londres.

—¿En Irlanda no?

—En Derry tengo una casa, grande y hasta con piscina, ¿qué te crees?

—No me creo nada, solo me interesa saber cosas. —Lo miró y vio que estaba muerto de la risa—. Siento sentir tanta curiosidad.

—No me molesta, ven aquí. —La asió con fuerza para pegarla a su pecho—. No todos los gitanos viven en caravanas. Mis bisabuelos recorrían el país en carromatos y caravanas, pero mi abuelo empezó a quedarse más tiempo en Eire, luego mi padre se casó con una como tú y se instaló a las afueras de Dublín. Yo nací en una caravana bastante peor que esta, pero me crie en una casa.

—¿Tu madre es paya?

—Sí.

—¿En serio? ¿Y eso es muy habitual? Quiero decir…

—Sí, lo sé, no es muy habitual, pero ellos se conocieron en una feria. Mi padre dice que era tan guapa que no podía dejarla escapar y se casó con ella.

—¿Y dónde viven ahora?

—Cerca de Dublín.

—¿Pero tú prefieres Irlanda del Norte?

—No prefiero Irlanda del Norte.

—Pero…

—Tengo mi casa en Derry porque Violet es de allí y si está con sus hermanas y su madre, a mí me deja en paz… —Manuela se incorporó y lo miró a los ojos, no estaba sonriendo ni de broma, así que prefirió guardar silencio y no hacer más preguntas—. Toda mi familia vive en Eire, mis seis hermanos, mis sobrinos… ¿Conoces Dublín?

—Sí, me gusta muchísimo.

—A mí también, y paso todo el tiempo que puedo allí.

—¿Y cuánto tiempo te quedarás en Londres?

—Unos quince días, tengo que entrenar y…

—¿Entrenar?

—Tengo un combate el veinticinco de este mes.

—¿Boxeo sin guantes? —Se sentó y se tapó con las sábanas—. Peter me contó que lo hacías, pero que ya casi lo habías abandonado.

—¿Hablas con Peter de mí?

—¿Importa eso? —Él negó con la cabeza y estiró los dedos para despejarle la cara del pelo largo y suelto—. ¿Es eso? ¿Un combate de boxeo? ¿Por qué?

—Por pasta.

—¿Y vale la pena?

—Ya lo creo que sí… me gusta tu pelo, es tan oscuro y tu piel tan clara… Mírame. ¿Qué pasa?

—Peter dice que son combates ilegales.

—¿Importa eso? —dijo remedando su acento y se

echó a reír—. Sí, pero gano una pasta gansa y ahora me viene bien.

—¿Cuánto?

—Nunca, jamás, me preguntes sobre dinero, nosotros no hablamos de dinero.

—Ok, debo marcharme. —Hizo amago de salir de ese cubículo, pero era imposible si él no se levantaba primero—. Patrick, por favor, si no te importa, déjame salir, son las cinco de la tarde y debo estar en el restaurante a las seis, no sé ni cómo ir desde aquí en metro.

—Yo te llevo. O, mejor, no vayas.

—Tengo que ir.

—¿Por qué?

—Porque es mi trabajo, tengo responsabilidades, ¿sabes?

—Pero no quiero que vayas. —La recostó sobre la cama y la penetró antes de que pudiera reaccionar. Arqueó la espalda y él sonrió sobre su boca—. Dónde vas a estar mejor, ¿eh?

—Luego me marcho, en serio.

—¿Quieres verme pelear?

—Creo que no.

—¿Por qué?

—Porque no me gusta el boxeo y dudo mucho que me apetezca ver cómo te hacen daño.

—Nunca me hacen daño.

—Es igual.

—Si vas a verme, te dejo marchar.

—¿Por qué? —Suspiró al borde del abismo otra vez y lo miró a los ojos—. ¿Te gusta presumir ante tus amantes?

—Jamás he llevado a ninguna mujer a ver un combate, como tampoco había traído a nadie aquí. —La empujó con fuerza contra el colchón y acabó rápido, luego se levantó de un salto, se puso la ropa con prisas y se fue directo a la puerta para dejarla sola—. Vístete, me ocuparé de que llegues a tiempo al trabajo.

—Un momento. —Se envolvió en la sábana, aún con la adrenalina bombeando por cada rincón de su cuerpo y se levantó deteniéndolo con la mano—. ¿Te has enfadado? ¿Qué ha pasado?

—No me gusta eso.

—¿El qué?

—Eso que hacéis las mujeres, empezar a hablar de otras tías —movió las manos y encendió otro pitillo—, hacer preguntas sobre las demás.

—Estaba bromeando.

—No lo parece.

—Estaba bromeando, pero ya que has sacado el tema... —Respiró hondo y por alguna razón extraña pensó en María antes de seguir hablando—. ¿Hay más? ¿Te acuestas con otras?

—No.

—¿En serio? Prefiero saber qué terreno piso.

—Sabes muy bien qué terreno pisas.

—Sé que tienes mujer e hijos, y también que te has acostado con al menos tres amigas de Peter, además de otros cientos de conquistas, me imagino, pero necesito saber si ahora, además de a mí, ves a alguien más, aquí o donde sea, necesito saberlo.

—No hay otra.

—¿De verdad? —Le clavó los ojos negros y él le sostuvo la mirada muy tenso—. ¿Me lo juras?

—No tengo motivos para mentirte, no lo necesito, no eres ni mi madre ni mi esposa ni nada… —se calló y Manuela dio un paso atrás.

—Tienes razón, yo no soy nadie… en fin… —Sonrió y miró a su alrededor—. ¿Puedo darme una ducha? —Él asintió haciendo una venia hacia el diminuto cuarto de baño—. Gracias.

Si le contaba a alguien que en una de esas caravanas la ducha pudiera ser tan buena no se lo creería, pensó debajo del potente chorro de agua caliente. Apoyó la mano en la pared metálica y se echó a llorar. No quería hacerlo, pero lo hizo, fue superior a su habitual autocontrol, y no salió del baño hasta que pudo controlar el llanto y disimular los ojos irritados. Le habían dicho muchas cosas en su vida pero jamás que no era nada, nadie, ni para que le mintieran ni para que le dieran explicaciones, pero era así, no había más vueltas y mejor oírlo así de claro a vivir engañada.

Estaba acostumbrada a oír a las madres de sus amigas decir que era como una hija, o a las amigas decir que era más que una hermana, o a hombres decir que era lo más importante de sus vidas, cuando a la hora de la verdad los hijos, los hermanos y los amores verdaderos de esa gente estaban cientos de escalones por encima de ella. Había ido asimilando esa realidad con los años y con los palos que se había ido llevando, por eso no creía en casi nadie y no esperaba nada de nadie, tampoco de Patrick O'Keefe, que al menos era un tío sincero y directo, se le veía venir y eso solo se le podía agradecer en un mundo donde toda la gente estaba acostumbrada a engañar para ser amable o caer bien.

Tras la ducha, Patrick y uno de sus amigos la llevaron a un coche aparcado al final de aquel bullicioso campamento de caravanas. Las mujeres salieron a la calle para mirarla de arriba abajo, cuchicheando entre codazos, y los niños los siguieron gritando y haciendo bromas que no comprendió, hasta que al fin la sacaron de allí y la llevaron directamente a Mayfair, en silencio, solo hablando entre ellos dos, en ese idioma ininteligible que Paddy decía que solo se trataba del acento irlandés, y la dejaron frente a la puerta de La Marquise. Se bajó y agradeció que la hubiera llevado sin mirarlo a la cara. No podía hacerlo y no sabía si volvería a hacerlo, al menos durante una buena temporada que esperaba superar, como siempre, gracias al trabajo, al estrés y a su fuerza de voluntad.

—Buenas —oyó a su espalda y maldijo por lo bajo.

Eran las dos de la madrugada y se había escondido en el club para acabar de revisar los pedidos en el ordenador. Abajo no quedaba casi nadie y estaban cerrando las cajas. La noche había sido intensa y se había olvidado de él, había evitado llorar y, sin embargo, oír su voz la devolvió de golpe a la puñetera caravana y le dieron muchas ganas de echarse a llorar otra vez.

—Te dejaste esto en Battersea. —Ella no se volvió, así que él se acercó a la barra y puso el CD encima, acariciándole la espalda con un dedo—. *Spanish Lady.*

—Ah, gracias por traerlo.

—Así te llevo a casa.

—No, gracias. —Suspiró, levantó los ojos y lo miró forzando una sonrisa—. Me voy con Borja y María, me están esperando.

—Podemos ir todos juntos, ¿o no quieres mezclarme con tus amigos? —bromeó, pero ella no hizo caso y cerró las ventanitas del ordenador—. ¿Estás enfadada?

—No, no estoy enfadada.

—Hablan de una fiesta de cumpleaños cerca de Covent Garden.

—Sí, de uno de los cocineros, pero nosotros no vamos a ir.

—¿Por qué?

—Estamos cansados.

—Podemos pasarnos un rato.

—No, mira. —Cerró el portátil y se apartó para mirarlo a la cara. Patrick O'Keefe sonrió apoyándose en la barra y Manuela se quedó medio segundo enganchada en sus ojos, pero parpadeó y miró al suelo—. Debo irme, y no te quedes mucho tiempo aquí arriba o te dejarán encerrado.

—¿Estás cabreada? ¿Qué te pasa?

Movió las manos completamente desconcertado y Manuela, allí de pie, observándolo, se acordó de la teoría de Laura respecto a las personas que te hacían daño o te decían barbaridades y luego tenían la desfachatez de preguntarte qué te pasaba. Laura opinaba que las personas que no eran capaces de entender que lo que habían dicho o hecho podía haberte herido de verdad, tampoco se merecían que les explicaras nada, así que, calibrando a O'Keefe con sinceridad, decidió callar y largarse cuanto antes de allí. No valía la pena intentar explicarse o romper algo que en realidad nunca había empezado.

—¿Qué? —insistió él.

—Debo irme, Patrick. Adiós.

—¿Te recojo mañana?

—No, mejor que no, el novio de María viene solo por unos días y estaremos muy ocupados.

—¡Manoli! —gritó Borja desde la escalera imitando la voz de su abuela—. ¿Te vienes?

—Sí, ya bajo. —Agarró sus cosas y caminó hacia él con la cabeza gacha, aunque antes de llegar a la escalera se giró y miró a Patrick O'Keefe, que seguía impertérrito apoyado en la barra, con el CD de The Dubliners al lado—. Y suerte en el combate.

—¿Qué combate? —Borja la agarró del cuello mientras salían disparados hacia la calle, donde hacía un frío de muerte.

—Una pelea de esas sin guantes.

—¡¿Entonces es verdad?! ¿Peleas ilegales? ¿Y puedo ir yo?

—Es a fin de mes.

—No importa, si me dan invitaciones vengo a verlo, ¿te lo puedes imaginar? Es de puta madre. Si no te lleva alguien de dentro, jamás podrías acceder a un sitio de esos…

—Pregúntale a Pete, a lo mejor él te consigue algo.

—Mejor si se la pides a tu novio, ¿no?

—¿Qué novio? No es mi novio…

Llegaron a Bond Street casi corriendo y María se abrazó a Borja para bajar hacia Picadilly Street, por donde pasaba el autobús nocturno, muy deprisa.

—¿Qué tal si cogemos un taxi? Me estoy helando. ¿Y a ti qué te pasa? —Miró los ojos llenos de lágrimas de Manuela y esta se los limpió con el dorso de la mano.

—El frío, siempre me hace llorar. —Bajó la cabeza, se giró para mirar hacia La Marquise y vio como O'Keefe salía en ese mismo instante derrapando al volante de su coche, el mismo con el que la había llevado esa tarde a Battersea, y se despidió mentalmente de él. Era lo mejor y se sentía muy orgullosa de haberlo decidido.

—¡Manuela!

—¿Qué?

—El autobús —la llamaron y corrieron hacia la parada—. Genial, así no nos gastamos la pasta en taxis.

—Lo que tendríais que hacer es comprar un coche —protestó Borja subiendo al autobús repleto de gente—. Es una vergüenza que salgáis a estas horas y os mováis en transporte público.

—Podría ser. ¿Qué dices, Manu?

—¿Eh? —Levantó los ojos del suelo y los miró, pensando en la mujer a la que Paddy estaría llamando en ese preciso momento para pasar el resto de la noche con ella.

—¿Por qué lloras?

—¿Llorar? Es el frío. ¿Qué decíais de un coche?

Capítulo 10

Dos clases de spinning por puro masoquismo y por acompañar a Laura, que era una deportista nata. Rowan, el monitor del que estaban prendadas todas sus alumnas, acabó la clase y aplaudió acercándose a ellas con una enorme sonrisa, las felicitó por su esfuerzo y Manuela se bajó de la bicicleta con las endorfinas a tope, sintiéndose mejor y más fuerte que nunca, con ganas de comerse el mundo, aunque en cuanto entró en la ducha y se empezó a vestir, las defensas volvieron a caer y sintió ganas de llorar y de meterse en la cama hasta fin de año. Estaba agotada, tal vez enferma, empezó a temer, aunque el culpable de todo ese abatimiento no era la gripe, sino ese «nada» de O'Keefe, que cada vez que recordaba la hacía sentir como un zapato viejo.

Ya había roto con ocho novios, sacó cuentas, y ninguno le había dicho nada semejante, como tampoco ella había sido capaz de decir algo parecido a nadie, aunque claro, la cuestión no era lo que le habían dicho, sino quién se lo había dicho y la evidencia la deprimía aún más.

—No me lo puedo creer. —Laura dejó el café y se apoyó en el respaldo de su butaca—. ¿Cuándo te dijo eso?

—La semana pasada, el día que llegó Borja y justo después de hacerlo dos veces… —Hizo un puchero y soltó una lagrimita al tiempo que se tapaba la cara.

—Estás encoñada, tía.

—Seguramente.

—¿O hay más?

—¿Qué más?

—María tiene razón. ¿Y te has enamorado?

—No lo sé, creo que no. —Tomó agua y observó King's Road, por donde la gente paseaba a esas horas tan tranquila—. Yo qué sé, no me ha dado tiempo, solo sé que me gustaba mucho y que no puedo olvidarme de todo eso… No hago más que repasar una y otra vez esa charla y cada vez me duele más.

—Bueno, seguramente no quiso decir exactamente eso, no creo que sea tan cabrón, tampoco es que te echara a patadas…

—No me dijo «eres la nada y vete a la mierda», no, pero en medio de la charla soltó «no eres ni mi madre ni mi mujer ni nada». La nada, así de simple, y yo, allí desnuda, después de meterme con él en la cama no sé cuántas veces ya, y claro —se enjugó las lágrimas—, somos adultos y nadie debe nada a nadie y este tipo de relaciones se dan a diario y la gente las disfruta, pero parece que yo soy idiota y no sé vivir la vida, relajarme y dejar de torturarme con toda esta mierda.

—Cuando las mujeres mantenemos relaciones sexuales liberamos no sé qué cosa en el cerebro que nos vuelve vulnerables, sentimos un apego emocional por el hombre que tenemos al lado sin poder controlarlo... quiero decir —sonrió mirando sus enormes ojos negros y brillantes—, que te pilló vulnerable, en una situación muy sensible y te sentiste fatal, pero a lo mejor no fue para tanto.

—Puede ser, pero eso no me consuela.

—Vale, pero piénsalo.

—Lo haré.

—Creo que es la primera vez que te veo pillada por un tío y eso que no es Máster en nada, ni siquiera tiene una licenciatura, ¡por el amor de Dios! —bromeó, haciéndola reír—. Siempre has sido muy exquisita con esas cosas.

—Lo sé, pero aunque no haya tenido una formación académica al uso, es un tío muy inteligente, lo ves en cuanto lo miras. Está atento a todo, controla su entorno, no sé... conocemos a abogados del Estado o médicos que entienden las cosas veinte segundos después que el resto de la gente, que te miran con esos ojos vacíos que no aguanto, que hay que explicarles dos veces todo, que son incapaces de ver la tele y hablar contigo a la vez. Sin embargo, Patrick es muy espabilado, que diría mi abuela, jamás he tenido que repetirle nada, está al loro de todo y tiene un sentido del humor muy fino, es muy irónico, sin contar con esa serenidad que mantiene cuando habla o cuando te escucha, es muy templado... —Dejó de mirar por la ventana y clavó los ojos en su amiga, que la observaba con la boca abierta—. ¿Qué?

—Estás completamente enamorada de ese individuo.

—No es cierto.

—Lo es, Manuela —le sujetó la mano—, y no es nada malo.

—Está casado.

—¿Y eso lo convierte en transparente?

—Debería.

—Pero la vida es así de puñetera y no puedes oponer resistencia. ¿Por qué no lo llamas y le dices todo lo que piensas sobre la «nada»?

—No tengo su número de teléfono.

—¿En serio?

—Ya, ya lo sé, soy gilipollas.

—Vale, pues que sea lo que Dios quiera, y vamos —miró la hora—, me muero de hambre.

Era agradable pasear por King's Road a pesar del frío, con las preciosas tiendas, y a esa hora había mucho movimiento de gente comiendo en la calle o paseando mientras disfrutaban de su hora del *lunch*.

Manuela se agarró al brazo de Laura y caminaron con prisas hacia uno de los restaurantes del señor Minstri, el padre de Peter, que era de los mejores indios de Londres, y que volvía loca a Laura, quien decía que allí se comía mucho mejor que en la propia India, país que ya había visitado cuatro veces enamorada como estaba de la cultura hindú y del yoga. Por su parte, Manuela prefería quedarse en casa y comer unas patatas fritas con huevos, pero por acompañarla se había animado a reservar mesa en su día libre. Luego podrían ir al cine y volver a casa pronto, para acostarse antes de las ocho de la tarde, que era uno de sus mayores placeres desde que trabajaba de noche en hostelería.

—¡Hola! —oyeron a su espalda y se giraron antes de entrar en el restaurante. En la entrada, en ese pequeño aparcamiento de gravilla, Manuela divisó a Patrick O'Keefe junto a un Austin Mini azul oscuro y perdió de golpe todo el oxígeno de los pulmones.

—Bendita madre de Dios —susurró a su lado Laura, observando con ojos golosos a aquel tipo extraordinariamente guapo que avanzaba hacia ellas con vaqueros, una chaqueta de cuero negra y una camiseta blanca de algodón. A su espalda otro espécimen igualmente interesante lo seguía sonriendo de oreja a oreja.

—¿Qué tal? ¿Vienes a comer?

—Sí, claro, ¿qué tal? Te presento a mi amiga Laura. Laura este es Patrick O'Keefe y...

—Sean, Sean O'Keefe, soy su hermano.

—Ah... —Lo miró mejor y vio que tenían casi los mismos ojos y la misma estatura, pero ni de lejos parecían hermanos—. Encantada.

—Vinimos a una reunión con el señor M y ya nos íbamos, pero podemos comer juntos si queréis. —Paddy no le quitaba los ojos de encima y Manuela se oyó aceptar, aunque no le apetecía en absoluto—. Vale, entremos.

—¡Manuela!

La madre de Peter salió a recibirlos y los saludó con mucho cariño. Luego los llevó a su mesa y les dejó las cartas, observando con curiosidad cómo se sentaban los cuatro a la misma mesa, aunque no quiso preguntar, y llamó a la camarera para que se ocupara de sus pedidos.

—¿Tenéis trabajo con el señor Minstri? —preguntó Manuela mirando a Patrick, que se sentó a su lado sacándose la chaqueta y dejando a la vista esa camiseta de algodón de manga larga y con botones que le sentaba tan bien.

Miró de reojo a Laura y comprobó que no apartaba la vista de él.

—Bueno, más o menos, es por el combate.

—¿El combate?

—Se hace en uno de sus locales, siempre es así, desde hace años.

—¿En serio? No lo sabía.

—Sí, tiene un sitio estupendo y se ocupa del catering y demás —intervino Sean O'Keefe muy simpático—. Nos da suerte.

—¿Qué combate? —preguntó Laura.

—Boxeo sin guantes —susurró Manuela.

—¿Cuándo? ¿Podremos ir?

—La *Spanish Lady* dice que no va —contestó Paddy, antes de pedir una retahíla de platos a la camarera—, pero si tú quieres ir, te invito, ¿verdad Sean? ¿Te ocuparás de ella?

—Claro, será un placer.

—¿La *Spanish Lady*? —preguntó Laura señalando a Manuela con el dedo. O'Keefe asintió sonriendo y Laura se echó a reír—. Bueno, ¿y por qué no quieres ir, *Spanish Lady*?

—No me gusta el boxeo.

—No quiere ver cómo me hacen daño. —Estiró el brazo y lo apoyó en el respaldo de su silla, ella sintió como se disolvía de pies a cabeza y solo atinó a mirar a Sean, que no dejaba de sonreír.

—No te preocupes, no suelen hacerle daño, el otro caerá al primer o segundo asalto.

—¿Y podré apostar? —Laura los miraba indistintamente, cada vez más interesada.

—Si sabes apostar fuerte, guapa, yo soy tu hombre.

Sean le guiñó un ojo y Laura se echó a reír, explicándoles un montón de historias sobre apuestas en Atlantic City o Las Vegas. Manuela la oyó como en trance durante varios minutos, mientras les servían la deliciosa comida y la probaba con el estómago cerrado. Oyendo las diferentes voces a lo lejos, mirando de reojo a Paddy, que charlaba y se reía tan animado… sus manos preciosas, el vello rubio de sus antebrazos, recordando sin querer escenas de sexo de lo más rocambolescas con él en su dormitorio o en el cuarto de baño. El sexo oral, que no solía practicar con nadie y que, sin embargo, con él había sido delicioso y natural, un paso más para proporcionarle placer y derretirlo en su cama… pensó en su calor y en ese aroma embriagador que desprendía, hasta que sus propios pensamientos la avergonzaron y se pegó a la silla al oír que el grupo estaba riéndose a carcajadas.

—Su madre es de Larne, condado de Antrim, Irlanda del Norte… —estaba explicando Sean—, pero él se crio en Cork…

—¿Quién? —preguntó y todos la miraron con los ojos muy abiertos.

—Michael Fassbender, Manuela, le estaba preguntando a Paddy si no lo confunden demasiado con él, porque son clavaditos.

—Y sí que lo confunden, tanto que a veces nos han colado en algún restaurante de moda o en algún club, solo por su facha —puntualizó Sean y Manuela miró a Patrick, que seguía comiendo con una sonrisa en la cara—. Increíble, aunque mi hermano es más guapo, ¿no crees, *Spanish Lady?*

—¿Y tú vives en Dublín con tu familia, Sean? —interrumpió Manuela ignorando el comentario, y él asintió—. ¿Tienes hijos? Patrick tiene a su esposa y a sus tres hijos en Irlanda del Norte, ¿sabes, Laura?

—¿Ah, sí? —Laura respondió muy sorprendida por el tono bélico del comentario y la miró enarcando las cejas.

—Sí, tres hijos nada menos —farfulló sirviéndose más agua.

—Yo tengo cuatro —contestó Sean y Manuela sonrió, percibiendo los ojos enormes de Patrick O'Keefe encima—. Nos gustan las familias grandes, ¿vosotras no tenéis hijos?

—No.

—Sean, si has acabado, ¿puedes venir un momento? —El señor Minstri se acercó a la mesa y acarició el hombro de su amigo antes de mirar a las chicas—. Hola, guapas, ¿qué tal la comida?

—Deliciosa, señor Minstri, muchas gracias.

—Con vuestro permiso. —Sean y el dueño del local se marcharon y Manuela se levantó a su vez, preguntando a Laura si quería ir al servicio.

—No, no voy, pero deberíamos pedir la cuenta si queremos llegar al cine.

—Vale, pídela —Manuela sacó un billete de veinte libras del bolso y lo tiró encima del mantel antes de irse al cuarto de baño.

Entró al servicio y respiró. Había estado toda la comida tensa y ausente, pensando en sus cosas, en su Patrick O'Keefe desnudo en su cama, que en la mesa apenas la miraba atento a su hermano, a Laura y a su charla animada sobre boxeo, apuestas y mil cosas más que ella no escuchó, convertida en una mujer insoportable y antipática, pendiente de sus cuitas y no de sus amigos, especialmente de Laura, que no se merecía que se comportara de esa manera tan infantil. Se lavó la cara, se recogió el pelo y salió prometiéndose a sí misma ser más cortés y educada con los O'Keefe, que no eran conscientes en absoluto de la revolución interna de la que estaba siendo víctima. Así que forzó una sonrisa antes de llegar a la mesa, aunque cuando llegó, comprobó que ya solo quedaba Laura, que estaba poniéndose el abrigo para salir.

—Toma tus veinte libras. —Le extendió el billete—. Patrick nos ha invitado y, realmente, tía, has sido muy borde, no preguntaste si pagaríamos a escote o qué y quedó muy feo dejar tu dinero así.

—¿En serio?

—En serio, vamos a despedirnos de la familia de Peter, ¿quieres?

—Sí, claro. Lo siento…

—A mí no me mires, yo te conozco, pero los O'Keefe no, y seguro que se han quedado flipando contigo.

—Joder —susurró entrando a esa enorme cocina donde el caos contrastaba muchísimo con el orden y la disciplina que siempre reinaba en la de La Marquise. Saludó a las tías, la hermana y la madre de su jefe, y se acercó para ver las tartas que acababan de sacar del horno. Olían muy bien y abrazó a su autora para felicitarla en el preciso instante en que la voz de Patrick O'Keefe retumbó en el office.

—¿Tienes un boli? —preguntó dirigiéndose a una camarera. Manuela se giró a tiempo de verlo coger el bolígrafo y acercarse a ella en dos zancadas—. Ven conmigo.

—¿Qué? —Sintió el tirón en la mano y tuvo que seguirlo casi en volandas a la puerta principal. Llegaron a la entrada, se paró en seco y la arrinconó contra la pared girándole la mano para escribir algo en su palma.

—Nunca quise humillarte, ni despreciarte cuando dije que no eras nada, al contrario, quise decir que a ti no necesito mentirte, no te lo mereces, pero está visto que no supe explicarme y… —Subió los ojos y le apretó la mano—. Aquí tienes mi número de teléfono. Si me quieres llamar, hazlo; si estoy en Londres, iré a verte adonde sea y a la hora que sea, porque me gusta mucho estar contigo, ¿queda claro?

—Yo… —Sintió que se ponía roja hasta las orejas. Él se inclinó y le dio un beso fugaz en la boca.

—Soy muchas cosas, pero no adivino. Si te pasa algo conmigo me lo dices, ya tienes mi teléfono. Adiós.

—Adiós. —Lo vio subirse al coche, donde ya esperaba Sean hablando por teléfono, y se quedó quieta viéndolos salir derrapando. Tragó saliva y miró el número de teléfono con una ganas enormes de echarse a llorar.

—Me encanta este tío, te lo digo en serio. —Laura se acercó y la abrazó por los hombros—. Es obvio que le gustas un huevo y a ti se te cae la baba con él.

—¿Fuiste tú…? ¿Tú le dijiste…?

—Sí, vamos. —La obligó a salir camino del autobús—. Me preguntó si te pasaba algo porque parecías otra persona y se lo aclaré, si no lo hago yo…

—¡Laura! —Paró y la miró a los ojos.

—¡¿Qué?! Está como un tren y ni te vas a casar con él ni nada parecido, pero deberías disfrutar de semejante regalo del universo, está como un queso y ya tienes hasta su número, ¿eh? —Le guiñó un ojo—. Y yo el de su hermanito.

—¿Qué?

—Sí, hemos quedado después de que te deje en casita, espero sacarle hasta la humedad de los riñones…

Capítulo 11

Aparcaron el coche en la entrada del aparcamiento privado y un tipo inmenso se les acercó para hacerse cargo de las llaves del Austin Mini azul oscuro que Paddy les había dejado para que pudieran llegar hasta Richmond sin depender de nadie.

Manuela se bajó del vehículo y se arrebujó en el abrigo mientras observaba a Laura y a Borja, que salían del coche charlando tan animados. Estaban emocionadísimos con el famoso combate clandestino y ella esperó pacientemente a que dejaran de charlar sobre apuestas, *rounds* y ganchos de derecha e izquierda, sin abrir la boca hasta que decidieron entrar en aquella nave enorme, propiedad del señor Minstri, que estaba acondicionada para celebrar eventos de todo tipo, incluso un combate de boxeo sin guantes al que acudirían la flor y nata de la alta sociedad británica, según le había contado Peter. Un evento extraordinario donde correría el champán y las apuestas millonarias de espalda a las autoridades locales, al menos de forma oficial, porque se rumoreaba que más de algún alto cargo del gobierno o del Ayuntamiento se pasaría por allí para disfrutar del espectáculo.

Manuela entró sintiendo otra vez náuseas y ganas de volver a su casa y se encontró con un local enorme, muy caliente gracias a los potentes focos de calefacción que funcionaban a todo tren. Observó estupefacta las primorosas mesas alrededor del *ring,* las gradas que se habían acondicionado para albergar a los invitados de última hora, el ir y venir de camareros con librea que atendían con guantes blancos a todo el mundo, repartiendo bebidas varias. La gente, elegantísima, charlaba, se reía y bebía con generosidad, dejando billetes de cien encima de las mesas, como si se encontraran en el hotel Ritz, y no en una nave de las afueras de Richmond, incumpliendo un montón de leyes y participando en un evento completamente salvaje.

Al menos eso le parecía a ella, que se había negado de todas las formas posibles a asistir, aunque al final Patrick había conseguido convencerla a fuerza de chantaje emocional y muchas carantoñas, porque la quería allí, cerca, le dijo mil veces, a su lado, junto a sus amigos, Borja, Laura y Peter, que estarían en primera fila para aplaudirlo.

Odiaba que trataran de convencerla con malas artes, no lo soportaba, pero había accedido porque en el fondo le provocaba mucha curiosidad ver aquello, verlo pelear en loor de multitudes. Desde que le había dado su teléfono y habían aclarado lo de la «nada» no habían dejado de verse. Él la recogía puntual a la salida del restaurante y se iban juntos a casa para hacer el amor el resto de la noche, a veces como locos, a veces despacito, oyendo su cuerpo, le había explicado Patrick, que era un amante maravillosamente intenso, apasionado y muy paciente. Mirándose a los ojos, besándole cada rincón de esa piel de caramelo, le decía, que quería devorar una y mil veces mientras ella desfallecía satisfecha cada madrugada hasta las siete de la mañana, momento en que sonaba el despertador y él se marchaba para desayunar y trabajar con Sean y Charly, su entrenador inglés, que apuraba su preparación antes del combate.

Llevaban diez días así, como de luna de miel, o como ella se imaginaba que debía ser una luna de miel, viviendo en una nube de besos y deseo constante, añorándolo todo el día, especialmente después de que le susurrara al oído que cuando se pusiera la ropa interior imaginara cómo se la iba a arrancar él esa noche, y desde entonces pensaba en eso continuamente, no solo después de la ducha, cuando se vestía, no, lo pensaba en el trabajo, en el metro, en el autobús o incluso allí, en aquella nave llena de gente bien vestida que olía a perfumes carísimos, gente que la rodeaba entre carcajadas, gritos y comentarios muy divertidos que le no le interesaban lo más mínimo. A ella solo le interesaba Patrick O'Keefe desde hacía dos meses, y solo quería verlo bien, acabando cuanto antes con aquello para llevárselo a La Marquise, donde le había organizado una cena de celebración, y luego a casa, para devorarlo de pies a cabeza el resto de la noche.

—¿Manuela?

—Hola, Sean —encontrar una cara amiga en medio de aquello la alegró y se levantó sonriendo. Sean O'Keefe silbó mirando su aspecto arrebatador con aquel minivestido plateado, las medias negras y los taconazos, y se acercó para cuchichearle al oído:

—Mejor que el campeón no te vea así o tendremos un problema.

—No lo creo —contestó echándose a reír—. ¿Cómo está? No sé nada de él desde ayer.

—Bien, muy concentrado, todo irá bien, y mira, te quería presentar a alguien. Paddy, ven aquí —llamó a un chico alto y pelirrojo que se acercó con la mano extendida—. Te presento a Paddy junior, mi sobrino; Paddy, esta es la señorita Manuela, trabaja con los Minstri.

—Hola. —Manuela se sonrojó hasta las orejas observando con atención al hijo mayor de Patrick, que tenía su misma estatura y su cuerpo fibroso, pero nada más, ni un rasgo parecido en la cara. Incluso tenía el pelo pelirrojo, pensó que seguramente se parecía a su madre—. Encantada de conocerte, Paddy.

—Hola… —respondió él, calibrándola con los ojos entornados, y Manuela comprendió enseguida que él sabía exactamente la relación que mantenía con su padre. Aquello fue como recibir un golpe en el esternón, así que se giró y le presentó a Borja y a Laura intentando mantener la calma.

—Paddy junior también pelea, aunque hoy no.

—Ah, qué bien —atinó a contestar sintiendo los ojos del chico encima.

—Y tenéis la mejor mesa, así que disfrutad, ¿eh?

—Sí —respondieron todos, y Sean se acercó a Manuela antes de marcharse—. No te muevas mucho por aquí, ¿de acuerdo? Quedaos en la mesa y después celebraremos todos juntos, pero mi hermano no quiere que te relaciones con nadie.

—¿Qué? —Parpadeó viendo como Paddy junior se dirigía hacia la salida.

—Su chica, en su mesa —indicó la mesa con el pulgar y le dio la espalda—. Hasta luego.

—¿Lo habéis oído? —Miró a sus amigos con la boca abierta y ellos se echaron a reír.

—No seas tan susceptible, Manuela —opinó Laura viendo que la cosa tenía pinta de empezar—. Esta gente es como de otro siglo y a mí me pone, pero ahora a cruzar los dedos. Borja y yo hemos apostado en los tres combates y, como perdamos en alguno, María le corta las pelotas.

—No perderemos, la información de Patrick va a misa. —Borja, que se había hecho amigo íntimo de Patrick O'Keefe en las pocas horas que había estado con él, se sentó y tiró de la mano de Manuela para que lo siguiera—. Venga, no seas aguafiestas y sonríe un poco.

—¿Y tendré permiso para sonreír? Debería haberlo consultado con Sean.

—Calla y observa, Manoli.

—¿Habéis visto el percal? —Peter Minstri llegó a la mesa con su novio y se sentó indicándoles algunas mesas donde actores, directores de cine y muchas modelos rusas o ucranianas tomaban champán y whisky de primera calidad—. La bomba... Ah, ya empieza.

Y empezó. Peter le había explicado que las peleas eran cortas. Debían serlo porque no se trataba de alargar un combate ilegal, pura lógica, así que los adversarios se enfrentaban en una media de tres *rounds,* en tres peleas diferentes esa noche, con lo cual en una hora, como mucho, estaría finiquitado el combate y lo demás se quedaría solo como una gran fiesta privada en las afueras de Richmond.

Manuela, que solo había visto algo parecido en el cine, vio aparecer a tres jueces y un presentador, uno de primera división, le dijo Pete al oído, que dio por inaugurado el primer combate con el típico sonsonete del boxeo, presentando a continuación a los dos primeros púgiles, un escocés y un inglés, que parecían bastante jóvenes, con su procedencia, su peso y demás.

La campana sonó, ellos se lanzaron un par de amagos y antes del minuto y medio el pelirrojo, un escocés de Glasgow, tiró un puñetazo con la izquierda —un *uppercut* de izquierda, según le había explicado una mañana Paddy en la ducha—, que lanzó al otro al suelo con un par de dientes menos. La gente se levantó gritando y Manuela vio a Borja y a Laura abrazándose como locos, acababan de ganar tres mil libras y aquello no había hecho más que empezar.

Unos minutos después llegaban al *ring* un irlandés del Ulster y un galés de Cardiff, y la operación se repitió, salvo que esa vez los boxeadores, que eran mayores y más corpulentos que los primeros, llegaron al cuarto *round* y Manuela, con el estómago revuelto, tuvo que ver como al final caía uno de rodillas antes de desplomarse sangrando por la nariz. Un espectáculo tan lamentable que decidió largarse de allí y esperar en el coche, aunque evidentemente no lo hizo por pura lealtad, lo había prometido y no se comportaría como una cobarde, aguantaría y luego iría a vomitar al cuarto de baño.

—Ya viene, es su turno... —Todos los de su mesa se levantaron para aplaudir y pudo ver entrar a Patrick O'Keefe con su batín negro, seguido por su hijo, su hermano, su entrenador y unos diez tipos más de los que conocía al menos a tres. Caminaban mirando a la gente y silbando y aplaudiendo, mucha bulla, salvo Patrick, que iba en silencio, serio y concentrado. Manuela se sintió de repente muy orgullosa, aunque cuando apareció su adversario, que era un tipo enorme que le sacaba al menos una cabeza, apretó el brazo a Borja.

—Creo que me voy, no puedo ver esto.

—¿Qué? No le harán nada.

—¿Que no? Imposible que no le hagan daño, esto es una puñetera salvajada, Borja.

—Calla y cierra los ojos, aunque primero saluda. —Él levantó la mano y Manuela los ojos, cruzando una mirada fugaz con Paddy, que la tenía bien localizada, luego le dio la espalda y se sentó en su rincón, que estaba muy cerca de su mesa—. ¡O'Keefe, O'Keefe, O'Keefe! Venga, tonta, anima un poco, nunca nos hemos visto en una igual.

La pelea duró solo dos *rounds,* pero para ella fue eterno. El tipo grande atacó desde el primer segundo como un toro de lidia y lo alcanzó un par de veces, pero Patrick se recompuso y escupió sangre antes de sentarse en su rincón a esperar tranquilamente la segunda campanada, que lo llevó de un salto al centro del cuadrilátero. Bastante cabreado, en medio de los gritos que apoyaban a su contrincante, avanzó un paso casi sin mover el cuerpo y le asestó un *hook* de derecha que tiró al tipo de un golpe seco al suelo, dejándolo inerte en la lona mientras estallaban los aplausos y los gritos, y todos se ponían de pie y se abrazaban. Manuela, con lágrimas en los ojos y una congoja muy confusa en el cuerpo, acabó sentada en la silla viendo a lo lejos como sacaban a Paddy de allí en medio de la ovación y se cerraba la noche apagando las luces del *ring* y convirtiendo aquello en una fiesta.

Diez minutos después Borja se le sentó al lado y le sujetó las manos.

—¿Qué hacemos ahora? ¿Estás en estado de shock?

—Eso creo.

—¿Te imaginas lo que dirían en el Ramiro de Maeztu si nos vieran aquí?

—No. —Miró a la gente dispersándose. Un grupo enorme se había ido hacia los vestuarios para saludar a los vencedores, pero ellos habían preferido no molestar y esperar a que Patrick les avisara para recogerlo, así que suspiró y miró a su amigo moviendo la cabeza—. Y yo me pregunto qué demonios hacemos aquí. Seguro que hay gente muy peligrosa y no sé, ¿te imaginas que entra la poli y nos pillan a nosotros, españolitos de a pie, en medio de este circo?

—No ha pasado nada, y he ganado siete mil euros, amiga, siete mil pavos en cuarenta y cinco minutos.

—Pues no sé qué decirte.

—Nada, pringada, que te mueres de la envidia por no haber apostado.

—Yo no apuesto. ¿Cómo hemos llegado hasta aquí? —Como siempre empezó a dar vueltas a la cabeza y miró a su amigo, cada vez más confusa.

Tan solo unos meses antes ni siquiera sabían de ese tipo de cosas y ahora estaban allí, él con siete mil euros en dinero negro y ella esperando a su amante casado y campeón de boxeo sin guantes. Una locura.

—Oh, no, nada de la Manuela loca de atar, te dejo, voy a buscar a los demás.

—Vale.

Se quedó sola en el local cada vez más vacío, observando como los camareros, a los que no conocía, recogían las mesas y el guardarropa se llenaba de gente reclamando sus abrigos de visón. Mucha moda italiana, pensó, mucho Versace, Dolce & Gabbana, de esos muy llamativos, y creyó reconocer en medio del grupo a un par de futbolistas famosos y a sus mujeres modelos.

—Manuela…

—¿Qué? —Uno de los amigos de Paddy se le acercó y le extendió la mano—. No deberías estar sola aquí.

—¿Ah, no? Estoy esperando a mis amigos.

—Paddy dice que vayas al vestuario. Ya ha atendido a todo el mundo.

—Prefiero esperar aquí.

—No, tengo que llevarte al vestuario —repitió con los ojos vacíos, y supo que sería imposible dialogar con él, así que se levantó y lo siguió hasta la zona de vestuarios, donde aún había muchísimas personas saludándose y charlando, entre ellos Laura y Borja, que conversaban muy animados con todo el mundo, incluidos unos tipos muy trajeados y sus amigas con pinta de bailarinas de Las Vegas. Entró en el vestuario y se quedó junto a la puerta observando como Patrick, vestido con una camisa negra hecha a medida abierta hasta el tercer botón, tomaba cerveza de un botellín y saludaba a unos admiradores muy sonriente —cuatro tíos y un par de mujeres que ella conocía del restaurante—, tan atento al grupo que tardó varios minutos en reparar en ella.

—*Spanish Lady*... —susurró al fin llamándola con la mano. Ella se acercó y la abrazó por la cintura, despidiéndose de sus amigos—. Bueno, ya nos veremos más tarde, adiós. ¿Dónde demonios te habías metido?

—Estaba esperando fuera.

—¿Por qué? —Se separó de ella y se puso una chaqueta también negra, muy elegante.

—No sé, creí que estarías ocupado. Antes he conocido a tu hijo...

—Pensé que serías la primera en entrar.

—Pues no, lo siento. ¿Dónde está Paddy junior?

—Fuera, me imagino, está aprendiendo el negocio familiar. —Se echó a reír mirándola de arriba abajo—. Estás preciosa.

—¿Y tú cómo estás? —Se acercó y le inspeccionó las manos. Tenía un par de cortes en los nudillos y un pequeño hematoma junto a la boca—. ¿Te duele?

—No.

—Vale, muy bien. —Lo abrazó y él la apretó contra su

pecho deslizando los dedos por su pelo largo y ondulado—. Y ahora serás todo mío, ¿no?

—No voy a poder ir contigo a cenar a La Marquise, ni a tomar una copa, no quiero dejar a Paddy solo con esta panda que pretende llevarlo de fiesta, así que luego te llamo y…

—Vale. —Se apartó fingiendo que no le importaba lo más mínimo y dio un paso atrás.

—Tampoco puedo llevarte conmigo.

—Por supuesto, lo entiendo. —Se le hizo un nudo en la garganta. «Qué idiota», se reprendió cerrándose inconscientemente el abrigo—. Ya nos veremos. Lo hemos pasado muy bien, ha sido… interesante. Muchas gracias por invitarnos. Me voy.

—Manuela.

—Mañana te llamo.

—No. —Avanzó un paso y cerró la puerta de un golpe, la agarró y la llevó junto a la camilla de masajes, se apoyó en el borde y la puso entre sus piernas para mirarla a los ojos—. ¿Por qué siempre haces eso?

—¿Qué?

—Fingir que no te importa nada, no esperar a las explicaciones.

—¿Qué explicaciones? Por favor, lo entiendo, yo…

—Ya sé que quedamos en celebrarlo juntos, y que estás preciosa para mí, pero hoy no puede ser, mañana pasaré el día contigo.

—Yo trabajo.

—Mentira, te lo has pedido libre.

—Puedo cambiarlo e ir a trabajar. —Bajó los ojos y

tragó saliva—. Mira, mejor me voy, no me apetece seguir aquí con la puerta cerrada. Es lógico que no podamos ir juntos de fiesta con tu hijo, es de sentido común y yo no soy idiota.

—No es por mi hijo, él sabe perfectamente que…

—¿Le eres infiel a su madre?

—Que hago mi vida. Él no supone ningún problema, no es él, es la gente que nos ha organizado una fiesta fuera de aquí. Son personas que no te conviene conocer y que no quiero que te conozcan.

—Perfecto —bufó y se apartó quitándole las manos de su cintura—. Esto cada vez se parece más a una película.

—No son personas que debas conocer, Manuela, confía en mí, y no puedo escaquearme porque han puesto mucha pasta para traerme hoy aquí.

—Vale, ya nos veremos otro día. Pasadlo bien.

—Manuela…

—Adiós.

Abrió la puerta y salió con mucha energía al pasillo, donde aún pululaban las modelos de la Europa del Este y los amigos de Paddy, entre bromas y abrazos, y de repente consideró la idea de que toda ella era del tamaño solo de la pierna de cualquiera de esas mujeres tan espectaculares. Se acercó a Borja y a Laura y les habló al oído.

—Patrick me ha dado plantón, se va con sus amigos de fiesta, así que quiero irme a casa, por favor.

—Yo… —Laura la miró viendo como Paddy se acercaba a ellos, esquivando a sus admiradoras, y fijó los ojos en Manuela, que parecía a punto de echarse a llorar, y con razón, porque se había pasado horas arreglándose y había sacrificado sus principios por acudir a ese sitio, solo por cumplir con él, sin contar con la reserva que había organizado en La Marquise para la cena y el club—. Me voy con ellos, Sean me ha invitado.

—¿Qué? —Soltó una carcajada y agarró a Borja del brazo—. Maravilloso. Vale, Borjita, no me falles tú, por favor, salgamos de aquí.

—Yo te llevo, Paddy me lo pidió antes y...

—*Spanish La*... —O'Keefe la sujetó por la espalda y ella se apartó de un salto.

—Manuela, me llamo Manuela. Cuántas veces tendré que decírtelo, ¿eh?

—Vale, si te largas cabreada no es mi problema.

—Claro que no, nadie ha dicho lo contrario.

Agarró a Borja y salieron como una exhalación hacia la calle, donde hacía un frío de muerte. Enseguida rescataron el Austin Mini y se subieron sin hablar. Su amigo aceleró y ella echó un último vistazo a la parcela donde varias limusinas esperaban a Patrick y a sus amigos para llevarlos a una fiesta exclusiva y secreta, repleta de mujeres preciosas, donde ella, a la que se tiraba cada vez que pisaba Londres, no tenía ni la más mínima oportunidad de asistir. Sacó un pañuelo de papel del bolso y se sonó. Marcó el número de María y respiró hondo.

—María, cariño, todo ha ido muy bien, Borja se lleva siete mil euros... Genial, pero escucha, anula la cena y lo del club, por favor, finalmente no podremos ir.

—¿Qué? —María desde el otro lado oyó su voz a

punto de quebrarse y salió al pasillo para oírla mejor—. No me jodas, tengo el reservado vacío toda la noche, estamos esperando, y en el club… ¿Qué coño pasa? Llevas dos días dándonos la vara con lo de esta noche.

—Patrick no puede ir, tiene otros compromisos.

—¡¿Otros compromisos?! —gritó y Manuela miró a Borja de reojo—. ¿No sabe lo que le tienes organizado aquí?

—Bueno, mira, da igual, y no me apetece nada pasarme por allí, hazme el favor de anular. Ya hablaré con Peter para pagar un porcentaje del reservado de esta noche. No te preocupes, me voy a casa. Borja me deja y se va a recogerte. Hasta luego.

—¡Manuela! —oyó, pero colgó igualmente y miró por la ventana sintiéndose como una imbécil.

Jamás había tratado a un tío tan bien, se había pasado días organizando la cena, había tenido que pelearse con todo el mundo para reservar una zona del club, y a él le importaba una mierda, por supuesto. Una mierda, que es lo que era. La tonta de turno a la que tirarse con regularidad, pero a la que aparcas en un rincón cuando te sobra.

—¿Qué dice María?

—Ya sabes cómo es tu chica. Se ha puesto a gritar y se pasará varios días restregándome por la cara lo mal que hago todo, aunque esta vez tiene razón.

—Tú no tienes culpa de nada.

—¿Sabes? Acabo de acordarme de Javier Maestro —soltó sin venir a cuento y Borja la miró—. Me invitó a un partido de baloncesto y fui, aunque me aburría como una ostra, y cuando acabó, me dijo que se iba a Moncloa con sus amigos y ahí me quedé yo sola, en el Palacio de los Deportes, sin saber qué hacer, como una idiota, y volví caminando a casa para que no me vieran llorar en el metro... Tenía quince años, y once años después un capullo al que apenas conozco me hace lo mismo. No he aprendido una puta mierda.

—Dice que son gente peligrosa, mafiosos o algo así.

—Sí, claro, ya te digo, a veces creo que piensa que somos gilipollas.

—No tiene por qué mentir.

—Pues yo te haría una lista. Si fuera así no mezclaría a su propio hijo con ellos. Simplemente, yo no encajo con su gente, Borja, seamos realistas.

—No creo que sea eso, al tío le gustas de verdad, es evidente.

—Le gusto yo y cuatro o cinco más que sí se fueron con él a la dichosa fiesta, pero... —Sonó el móvil y al ver que era Laura lo contestó—. ¿Laura?

—No, soy yo... —Había mucho ruido de fondo, risas y gritos y música, pero no colgó—. Laura me ha dejado su teléfono para que respondieras. Mira, estás equivocándote conmigo otra vez, y estás en tu derecho, pero me jode que te vayas a casa así, sé que tenías otros planes y...

—Patrick.

—¿Qué?

—Ya no importa.

—Mañana te llamo y pasamos el día juntos.

—No, y no vuelvas a llamar, por favor. Creo que acabo de superar mi propio límite, así que hazme ese favor, no me llames.

Colgó y apagó el móvil, agarró el pañuelo y se echó a llorar con tanta congoja que Borja paró el coche para intentar consolarla, pero no pudo, nadie podía, así que volvió a poner en marcha el coche y la llevó a casa antes de volver al centro para recoger a María del restaurante.

Capítulo 12

—¡¿Qué coño haces aquí?! —Se sentó en la cama y vio a Patrick O'Keefe en carne y hueso desvistiéndose junto a su cama—. ¡¿Cómo has entrado?!

—No grites. —Tiró la chaqueta al suelo y se sacó las botas sin sentarse—. Son las cuatro de la mañana, todos duermen… y no te alteres tanto, Laura me ha dejado entrar.

—¡Sal de mi casa! —Hizo amago de levantarse y él saltó para sentarse en la orilla de la cama y sujetarla por los brazos—. Quién coño te crees que eres, ¿eh? Te dije…

—Que no te llamara y no lo he hecho. ¿Te puedes quedar un segundo en silencio?

—¡No! ¿Cómo te atreves…?

—¡Manuela! Ya basta. —La zarandeó un poco y ella se calló de golpe. Entonces la soltó y la miró a los ojos—. No pienso dejarlo así, yo no soy un capullo, y al contrario que a los idiotas de tu familia, a mí sí me importa lo que te pase.

—Uno no se presenta en la casa de la gente de este modo.

—No me has dejado otro remedio. —Se pasó la mano por la cara y ella se abrazó las rodillas, mirándolo con sus enormes ojos negros hinchados por el llanto. Él suspiró y habló con calma—. Mis patrocinadores son unos rusos multimillonarios que no suelen aparecer por Londres, a ellos solo les interesa el negocio de las apuestas, la mina de oro que significa organizar un combate como el de hoy, así que me llaman, me convencen con un cheque muy generoso y además permiten que Sean participe en los beneficios de las apuestas. Visto y no visto. De hecho, he peleado para ellos en Moscú, dos veces, y no los he visto. Sin embargo, esta noche aparecieron aquí, no sé por qué, pero vinieron y no son gente a la que tú debas conocer, no lo necesitas y lo más importante, no quiero que sepan que tú eres mi chica, así de simple.

—Pero sí están con tu hijo… —intervino sintiendo un pequeño vuelco en el corazón al oír de su boca eso de «su chica».

—Paddy es boxeador, muy bueno, y necesita aprender a negociar con ellos, le conviene conocerlos, conmigo o Sean delante, es diferente… Lo siento —estiró la mano y le acarició el pelo—, siento mucho haberte mandado de vuelta a casa sola, siento que hayas tenido que anular lo de La Marquise, siento que hayas llorado, lo siento todo, pero era lo más conveniente.

—¿Son mafiosos?

—Algo así, supongo, no lo sé, pero me parecen peligrosos, gente que no quiero cerca de los míos, de ti, y, además, te hubieses aburrido muchísimo allí, solo nos quedamos un par de horas. ¿Lo entiendes ahora?

—Sí. —Buscó un pañuelo y se sonó, se había quedado dormida llorando y seguía moqueando como una cría.

—¿Puedo acostarme? Estoy agotado. —Ella asintió y él se levantó para terminar de desnudarse.

—¿Y dónde está Paddy ahora?

—Lo dejé en Battersea, mañana a primera hora Sean se lo llevará de vuelta a Dublín.

—¿A Dublín?

—Vive con mis padres desde hace un año. —Se tiró en la cama y se tapó con el edredón—. Está acabando el instituto y así he conseguido evitar que su madre lo case con alguna de sus sobrinas.

—¿Su madre quiere casarlo ahora? —Giró la cabeza y vio su perfil perfecto, sus pestañas largas, sintió su calor, pero no se acercó.

—Su madre solo piensa en endosarle a alguna de sus sobrinas y luego celebrar una boda carísima que tendré que pagar yo enterita. ¿Manuela?

—¿Qué?

—No soy como los demás.

—Lo sé.

—No supongas nada, ni adelantes nada, solo escúchame. Yo digo lo que quiero decir, no hagas segundas interpretaciones. No te equivoques conmigo.

—Lo intentaré.

—Vale, ven… —La abrazó contra su pecho y le acarició la espalda y el trasero—. Creo que hoy solo puedo dormir.

—Yo también.

—De acuerdo... —Se giró despacio y se puso de lado abrazando la almohada, ella se abrazó a su espalda, le acarició el abdomen y el pecho suave, y luego le besó la nuca con los ojos cerrados.

—Nunca nadie había hecho algo así por mí —susurró. Patrick balbuceó algo ininteligible, dormido como un bebé—. Gracias.

Despertó y le costó unos segundos situarse porque había dormido muy profundamente. Se incorporó y miró la hora: las once de la mañana. Se pasó la mano por la cara y se dio cuenta que la televisión estaba encendida en el canal de la BBC News, y se acordó de Patrick y su entrada triunfal a las cuatro de la mañana. Se sentó y comprobó que ya no estaba en la cama, pero su abrigo, su chaqueta y sus botas continuaban en el suelo, en un rincón sobre la alfombra, y al poner más atención, escuchó su voz grave y con ese acento tan cerrado, que le llegaba desde el salón bastante alta. Se levantó, entornó la puerta del dormitorio y enseguida le llegó el delicioso aroma de la cebolla frita desde la cocina, donde él charlaba con María y Laura, que, al parecer había dormido allí, y decidió pasar por el cuarto de baño y lavarse los dientes antes de salir y comprobar qué estaban haciendo todos juntos y en armonía en su diminuta cocina americana.

—Hola —saludó acercándose al salón, donde Laura y María observaban a Patrick con la boca abierta y una taza de café en la mano.

Ni se molestaron en mirarla. Estaban ocupadas mirándole el cuerpazo y el estupendo trasero mientras cocinaba salchichas y huevos revueltos con cebolla. No llevaba camiseta, ni camisa, y solo tenía puestos los vaqueros negros mal cerrados, que le caían un poco, dejando a la vista una imagen insuperable. Avanzó un paso y se cruzó en el campo visual de sus amigas con el ceño fruncido—. ¿Qué hacéis?

—¡Es la leche! —dijo Laura moviendo los labios sin emitir sonido. María asintió moviendo la cabeza—. Está buenísimo.

—¿No os da vergüenza...? —Las dos negaron y ella bufó y entornó los ojos.

—*¡Spanish Lady!* —exclamó él ajeno, o no, al revuelo, y la llamó con la mano. Ella se acercó y dejó que la abrazara y le besara la cabeza—. ¿Tienes hambre? Estaba haciendo un desayuno en condiciones, solo tenéis cereales y galletas integrales.

—¿Te echo una mano?

—Si me encuentras una bandeja, te lo agradecería mucho.

—Muy bien. —Miró a sus amigas con cara de asesina y se dedicó a revolver las estanterías buscando una bandeja.

—Paddy nos ha contado que tienen reservas hasta finales del 2014 para los salones de boda —intervino María procurando portarse bien.

—Sí, lo sé, es fantástico, ¿verdad?

—Tienes que venir a ver aquello, *Spanish Lady*... —Se acercó y le pellizcó el trasero—. ¿Vendrás conmigo?

—Ya veremos. ¿Has hecho tostadas? Voy a preparar unas cuantas.

—Preparé, pero me las comí todas, así que unas cuantas más se agradecen. Bueno, chicas —se giró hacia su público y les sonrió de oreja a oreja—, la *Spanish Lady* y yo agradecemos vuestra atención, pero me la llevo a desayunar a la cama.

—Manuela siempre ha sido una chica muy afortunada —bromeó Laura sentándose en un sofá.

—¿Ah, sí? —contestó con la bandeja en la mano—. Ya me explicará eso. Vamos, señorita Vergara, no quiero que se enfríe.

—¿Que se enfríe qué? Dudo que algo se te enfríe a ti, Paddy —soltó Laura, y se echó a reír a carcajadas viendo el enfado de Manuela, que salió de detrás de su chico muy seria.

—Siento tanto cachondeo… —Lo vio sentarse a los pies de la cama y cerró la puerta con seguro—. Esto es muy pequeño y…

—Son muy simpáticas y María empieza a mirarme con otra cara, así que… Ven… —le indicó un sitio a su lado y cuando se sentó le metió el tenedor en la boca—, huevos, salchichas y cebolla, ¿hay algo mejor?

—Me encanta, muy rico.

—Delicioso —comió lo suyo y luego la miró a los ojos, estaban muy cerca y sonrió—. Eres la cosa más guapa que he visto en mi vida.

—Lo mismo digo —susurró sintiendo que se ponía roja hasta las orejas, aunque le sostuvo la mirada.

—Eres como un ángel… un ángel que se sonroja. —Se

echó a reír y se inclinó para besarle el cuello—. ¿Te da vergüenza que te digan lo guapa que eres?

—No estoy tan acostumbrada como tú.

—Nah, seguro que no paran de decírtelo.

—¿Y a ti?

—Deberíamos tener un hijo —soltó sin quitarle los ojos de encima.

—¿Un hijo? Ya puestos, ¿por qué no dos o tres?

—Tres o cuatro, ¿no?

—Tú ya tienes hijos.

—Pero no contigo —enarcó las cejas y ella se levantó para instalarse en la cabecera de la cama recién hecha.

—¿Estás de broma?

—No.

—Soy muy joven para tener hijos. —Lo vio echarse a reír y movió la cabeza—. Ya sé que para ti soy una especie de solterona madura, pero para nosotros, los payos, no soy tan vieja y aún tengo mil cosas que hacer antes de sentar la cabeza y tener niños.

—¿Qué cosas?

—Primero quiero hacer el Máster en la London Business School por el que me estoy matando a trabajar los últimos cuatro años. Luego quiero ver más mundo, consolidar mi carrera…

—¿Qué máster?

—En Dirección y liderazgo de empresa.

—¿No has aprendido suficiente al lado de los Minstri?

—Muchísimo, pero necesito enriquecer mi currículo académico y eso lleva tiempo y mucho dinero, el máster es carísimo y llevo todo este tiempo ahorrando para poder pagarlo.

—¿Cuánto cuesta?

—Necesito unas quince mil libras por año, son dos, sin contar con que no podré trabajar a tiempo completo porque tendré que ir a clase y estudiar. No ganaré lo mismo que ahora, así que representa una fortuna, pero con ese fin vine a Londres.

—¿En serio?

—Claro, para mejorar el inglés y hacer el máster, pero aún no he conseguido el fondo que necesito, aunque espero que el próximo mes de agosto, si Dios quiere, pueda matricularme.

—¿Y después?

—Si todo va bien, después me gustaría ir a Dubai, a los Emiratos Árabes Unidos o a las Seychelles, a dirigir un hotel de lujo, un restaurante de cinco tenedores o algo así, no está muy claro, dejaré que la vida me sorprenda. —Lo observó terminar de comer, dejar la bandeja en su escritorio y caminar lentamente para sentarse a su lado en la cama, estirarse y girar la cabeza para clavarle los ojos transparentes—. ¿Qué?

—¿Por qué?

—¿Por qué estudiar?

—¿Por qué tantos planes?

—¿Tantos planes? ¿Y qué quieres que haga? Tengo que pensar en mi futuro.

—María me ha contado que vino a trabajar para ahorrar dinero y pagar su casa de Madrid, el piso donde vivirá con Borja cuando se casen.

—Sí, esos son sus planes.

—De vida con su novio.

—Claro, pero yo no tengo su vida, tengo la mía, y en la mía debo procurarme un futuro sólido y seguro, y eso pasa por ampliar mi formación y seguir trabajando duro, ¿te parece mal?

—¿Y después de todos estos estudios y viajes?

—No lo sé, tal vez entonces busque un buen hombre, me case y tenga hijos.

—Si algún día… —bajó los dedos por su abdomen y le levantó la camiseta del pijama para tocarle el vientre liso; ella sintió un escalofrío y estiró la mano para acariciarle el pelo—, va a crecer un bebé aquí, prefiero que sea mío.

—Patrick —se echó a reír a carcajadas—, qué cosas dices, por favor.

—No estoy de broma.

—Tú tienes hijos, familia. Cuando yo pueda formar la mía, tú serás un abuelo respetable, en Irlanda del Norte, que apenas recordará mi nombre.

—¿Eso crees? —Levantó los ojos y la miró muy serio—. ¿Eso quieres?

—Eso pasará.

—Tú tienes una vida llena de planes y proyectos ¿y yo solo me convertiré en un abuelo respetable?

—No en el mal sentido. ¿Te estás enfadando conmigo? ¿Por qué?

—No me estoy enfadando, te estoy diciendo —se acercó y la besó, despacio, con esa lengua deliciosa que podía pasar de dulce a exigente en cuestión de segundos— que cuando quieras tener un hijo, me avises, y yo te hago un niño.

—¿Te hago un niño? —Volvió a echarse a reír y él se puso serio—. Traduzco eso en mi cabeza y es que suena fatal, lo siento, en castellano suena muy mal.

—Pero yo hablo inglés.

—Lo sé, lo siento, vale, lo tendré en cuenta.

—¿Ya no estás enfadada conmigo? Anoche creí que no te volvería a ver…

—Me cuesta estar mucho tiempo enfadada contigo, y eso me preocupa, pero que vinieras hasta aquí, tan tarde, te exime de todo, aunque no me gustó nada cómo me sentí ayer allí.

—¿Te preocupa? ¿Qué te preocupa?

—Ejerces demasiada influencia sobre mí.

—¿Y eso es malo? Tú también ejerces influencia sobre mí y no me quejo.

—Vale, estamos en tablas.

—Vale, y ahora, menos cháchara y desnúdate para mí… —Se apartó, se apoyó en la almohada y se acomodó para observarla mejor—. Vamos…

—¿Por qué no empiezas tú?

—Nah, mejor tú primero, *Spanish Lady*, tú primero.

Capítulo 13

Peter Minstri caminó alrededor del Austin Mini y se encendió otro pitillo pensando en las mil tragedias que podrían estar acechando a «su» Manuela Vergara, como él la llamaba, sin que ella diera muestra alguna de ser consciente, ni de lejos, de lo que se le vendría encima tarde o temprano si seguía avanzando en su relación con Patrick O'Keefe.

Así que se arrebujó en su carísimo abrigo de piel y miró a su empleada y amiga con el ceño fruncido, decidiendo empezar a tomar medidas *motu proprio*, mientras ella, con el portátil en mano y sin parar de moverse por el frío, esperaba para revisar con él el orden del día en el aparcamiento, fumándose el primer cigarrillo del día antes de entrar en la oficina.

—¿Así que te dejó su coche? ¿Y tiene los papeles al día? ¿La CCZ?*

*Abreviatura de *Congestion Charge Zone.* Peaje urbano que funciona

—Todo en orden, ¿lo dudabas? —Lo miró ceñuda y luego sonrió—. ¿Prejuicios?

—No, solo estoy preguntando, conozco a los O'Keefe desde hace siglos, no tengo prejuicios.

—Vale, escucha, el camarero italiano no se acopla y...

—¿Y es su coche? ¿De Paddy?

—Sí, y yo no quería quedármelo, pero María se apuntó rápido, lo tenemos desde el combate, hace dos semanas, ¿no te habías dado cuenta?

—Sí, pero creí que estaba soñando...

—Vale. —Lo miró a él, luego al coche y suspiró—. ¿Empezamos? Me estoy helando.

—Hasta hoy, creo que es la primera vez que lo veo salir más de una vez con la misma chica, pero en fin, dile al italiano que se puede quedar de pinche en la cocina, es majo, pero Dios no lo llamó por el camino de la atención al cliente y tal vez debería estudiar inglés.

—Se lo he dicho.

—¿Te vas a llevar a Paddy de vacaciones a Mallorca?

—No.

—¿Por qué?

—Por mil razones que ya conoces, pero además porque tiene miedo a volar. —Sonrió y Peter movió la cabeza.

—¿Te parece gracioso que tenga miedo a los aviones? —preguntó Peter.

como tasa que se aplica a determinados conductores que circulan por la zona central de Londres fundamentado en el concepto económico de tarifa de congestión.

—Sí, porque no me pega que un tío tan duro tenga esas debilidades. Es tierno.

—Dios bendito... —La miró fijamente y luego observó el cielo—. Apunta el primer fin de semana de mayo, los días tres y cuatro, creo; nos vamos a Irlanda del Norte.

—¿Nos vamos?

—Sí, María, tú y yo. Iremos a ver los hoteles de bodas, saludar a la gente, hacer acto de presencia y disfrutar de la primera comunión de April O'Keefe.

—¡¿Qué?! No gracias, yo no voy.

—No estoy preguntando, es una orden, un viaje de trabajo. Si empiezan a marearme con el negocio me perderé. Necesito que estés a mi lado.

—Puede ir María.

—No, os venís las dos y lo hago por ti, porque María no me hace falta, pero se viene para que no te enfrentes sola a la realidad de tu dios gitano de ojos imposibles.

—¿Qué?

—Oh, sí, será una experiencia muy interesante, ya lo verás, nos lo pasaremos bien... —El ruido de una moto los interrumpió y ambos se giraron para ver entrar una Harley Davidson en el aparcamiento. Su conductor, vestido de motero, se sacó el casco y les sonrió se oreja a oreja. Manuela tragó saliva y observó con la boca abierta a Patrick O'Keefe en persona, que se acercaba a ellos con gafas de sol y quitándose los guantes como en un anuncio de perfume—. ¡Bendito sean los ojos que te ven, Paddy! Deberías dedicarte a la moda, macho, estás cada día más imponente.

—Menos mariconadas —contestó él acercándose a Manuela, la agarró por la cintura y le dio un beso en la boca, beso que ella recibió con las rodillas temblorosas—. *Spanish Lady,* ¿cómo estás?

—Sorprendida, pensé que venías el viernes.

—Cambio de planes, ¿qué tal, tío? —Dio una palmadita en la espalda a Peter y se quitó las gafas—. ¿Me puedo llevar a esta señorita un par de horas?

—¡No! —intervino ella, y Peter se echó a reír—. Tengo mucho trabajo, te veo a las tres.

—Haced lo que queráis, yo llamaré a mi chico para consolarme, me acabáis de poner los dientes largos —apagó el cigarrillo y entró en el restaurante.

—Ya lo has oído, vamos.

—No, tengo cosas que hacer, estoy ocupadísima.

—He recorrido doscientos kilómetros para estar aquí, no me jodas, *Spanish Lady*, vamos, te he comprado un casco.

La hizo girar en la cama y sintió su mano abierta sobre el trasero. Como siempre, la obligó a desnudarse primero y la besó de arriba abajo, despacito, mientras se sacaba la chaqueta y las botas, aunque permanecía con la camisa y los vaqueros puestos. Patrick era así cuando se reencontraban, muy dominante, tomaba las riendas y por alguna extraña razón le encantaba, porque era capaz de imponer sus deseos con una sola mirada y a la vez ser considerado y dulce, adorable… Cerró los ojos y oyó que se desabrochaba los botones de los vaqueros jadeando. Estaba muy excitado, ella ya había superado un orgasmo e iba directa hacia el segundo sintiendo el roce de sus pezones erectos contra esas sábanas suavísimas, y su cuerpo detrás, cercano y caliente, pero sin llegar a tocarla. Contuvo la respiración al sentir la presión de su dedos sobre la vagina y se aferró a las sábanas para no gritar y apurar el clímax. «No, calma, Manuela», se dijo percibiéndolo cada vez más cerca, más caliente e inmenso, penetrándola con fuerza, deslizando las manos por su vientre hasta alcanzar sus pechos, balanceándose dentro de ella, sin tregua, gimiendo contra su oído, hasta que al fin llegaron al orgasmo juntos y soltando un gruñido al unísono que los hizo sonreír y desplomarse sobre la cama entre risas, besos y mordiscos deliciosos que tuvo que parar pronto para regresar al trabajo cuanto antes.

—Eres una obra de arte, *Spanish Lady.* —Expulsó el humo del cigarrillo sin moverse de la cama, observando con atención cómo ella se ponía la ropa interior. Un sencillo conjunto de algodón blanco que le sentaba muy bien, demasiado bien. Manuela lo miró y le guiñó un ojo.

—Lo mismo digo.

—Preciosa. —Se incorporó e intentó agarrarla, pero ella se alejó lo que pudo dentro de la caravana, que seguía estando fría a pesar de que habían puesto la calefacción—. Ven.

—Debo irme, han pasado dos horas.

—Eso no es nada.

—Tengo trabajo.

—Ven.

—No, Patrick, en serio, debo irme y me alegro de haber traído el coche, sabía que me lo pondrías difícil.

—Duerme conmigo.

—No, son las doce del mediodía, tengo que marcharme, esta noche te la dedico entera, ¿quieres?

—No, ven.

—Tengo dos preguntas para ti. —Se alejó más y se apoyó en la encimera para ponerse las botas. Él le hizo un gesto para que hablara y se desplomó en la almohada, resignado—. Peter quiere que lo acompañe a Derry en mayo para ver los hoteles y asistir a la primera comunión de tu hija, ¿te importa que vaya?

—¿Y a ti?

—No sé si es muy correcto que aparezca en el banquete de comunión de tu hija.

—Yo quiero que vengas.

—¿En serio?

—Sí, es una gran noticia. Así podré enseñarte aquello.

—¿Y tu mu… Violet?

—Quiero que vayas. ¿Cuál era la otra pregunta?

—Debo tomarme un descanso de los anticonceptivos orales y… —se sonrojó un poco, pero siguió adelante viendo que él se ponía serio—, tú eres mi pareja ahora y, bueno, debería pasarme a los preservativos o al diafragma y yo, bueno…

—Perfecto, hay preservativos muy divertidos.

—Estupendo. —Respiró hondo más aliviada, porque la bruja de María le había dicho que seguramente un tío como ese se negaría a usar condones, y buscó su bolso—. ¿Tú te ocupas?

—¿En comprarlos? Claro.

—Vale, debo irme.

—No, ven, no puedo mirarte sin ponerme duro.

—Patrick...

—Patrick... —la imitó, levantándose de un salto—, vamos, *Spanish Lady*, uno rapidito, desnúdate.

—«Uno rapidito» y «desnúdate» no suelen ir en la misma frase. Y de verdad, debo irme, por favor.

—No... —Se agachó para besarla y le arrancó el abrigo—. Vamos, uno más.

—Patrick...

—Sigue diciendo mi nombre, vamos, con ese acento tuyo me pones cachondo.

—Escucha... —sonrió mirándolo a los ojos, esos enormes ojos de aguamarina que eran tan brillantes—, Patrick.

—Patrick, Patrick... —la sujetó por el trasero y se pegó a sus caderas—, el pequeño Patrick está en posición firme y a tus órdenes, *Spanish Lady*.

—¡Dios! ¿Alguien te niega algo a ti alguna vez? —le preguntó.

—Umm, creo que no.

—Vente conmigo a Mallorca y nos pasamos cinco días en la cama.

Oírse decir aquello la sorprendió muchísimo, pero lo miró a los ojos. Paddy la besó mordiéndole la lengua y luego la abrazó.

—Es un gran plan, pero no puedo.

—Puedes ir en barco.

—¿Y tardar una semana?

—No exageres. Valdrá la pena. O puedes tomarte un somnífero y dormir las dos horas de vuelo.

—Tengo otros planes.

—Vale, pues no te lo vuelvo a pedir.

—Trabajo, aprovecharé que no estás aquí para concentrarme en el trabajo, aunque no creo que pueda sabiendo que te paseas en biquini por la playa.

—Bueno, debo irme, en serio.

—¿Te enfadas conmigo? —se apartó y se apoyó en la pared—. No vayas a Mallorca y quédate conmigo en Londres, encerrados aquí cinco días, esa es mi contraoferta.

—Muy tentadora, pero ya pagué las vacaciones y necesito un poco de sol. —Se puso el abrigo, se cruzó el bolso en bandolera y sonrió—. No me enfado contigo, tengo prisa, y por favor, ¿puedes vestirte y acompañarme al coche? No es muy agradable caminar entre las miradas y los murmullos de tus paisanos.

—¿Alguien te ha dicho algo?

—No —mintió, porque había oído comentarios de todo tipo a sus espaldas cada vez que se les ocurría ir allí, pero prefirió callarse y esperar a que se vistiera.

—Si alguien te dice algo, me lo cuentas.

—¿Los vas a castigar de cara a la pared?

—No hace falta —dijo acabando de ponerse las botas, y la animó a salir—. Solo los llamaré al orden, y que sepas que me debes un polvo extra.

Capítulo 14

Vacaciones, las primeras en casi cuatro años. Miró la maleta y suspiró. Se les había ocurrido coger el primer vuelo desde Stanstead porque era más barato, y aquello suponía salir de la ciudad a las cinco de la mañana. Afortunadamente, había un autobús directo al aeropuerto que salía desde Russell Square cada media hora y solo tardaría diez minutos a pie en llegar a la parada, es decir, que debía levantarse a las cuatro para ducharse y tener tiempo de tomar un café, muy necesario para aguantar el tipo hasta subir al avión, donde pagarían dos libras y media por el desayuno. Metió la última ropa y repasó la bolsa con las cremas, las vitaminas, los artículos de aseo. Todo en orden, así que ya podía relajarse e intentar dormir, algo del todo imposible porque desde que trabajaba en hostelería le costaba horrores conciliar el sueño antes de las dos de la madrugada.

Miró la hora, las diez de la noche. María ya estaba en la cama, dormida. Ella era así de disciplinada, pero en su caso era imposible, así que buscó una película en la tele y se acostó abrazada a la almohada, cerró los ojos y aspiró el aroma de Patrick, masculino y delicioso, que lo impregnaba todo. Había estado dormido allí mismo dos horas antes y el mero hecho de pensar en él le produjo una excitación instantánea. Apretó la almohada y se frotó contra ella, lo que le produjo un orgasmo instantáneo. Así de potente era Patrick O'Keefe, meditó sonriendo, le provocaba orgasmos a distancia desde hacía meses y, aunque no se había atrevido a contárselo, sabía que si él se enteraba, le haría muchísima gracia.

Agarró el móvil y miró por enésima vez si tenía mensajes suyos, pero no había nada. Él estaba en La Marquise, en una reunión con los rusos del boxeo y los Minstri, y ya no lo vería hasta dentro de diez días como poco, porque aunque ella llegara de Mallorca seis días después, él no le había asegurado que pudiera estar en Londres esperándola. Así era la situación, así que se habían despedido sin fecha de reencuentro, cosa por otra parte muy normal con Paddy, que lo mismo desaparecía una semana, que regresaba a los diez minutos de haberse despedido, arrepentido de dejarla sola en la cama. Así se habían pasado los últimos dos meses, entre el éxtasis y las despedidas, haciendo el amor a todas horas, encerrados en su casa, en la caravana o escondidos en La Marquise. Nada importaba, solo estar juntos y era estupendo, lo estaban pasando muy bien y ella no podía dejar de sonreír porque él era maravilloso y estaba locamente enamorada de sus besos, de su cuerpo y de sus ojos, y todo lo demás le sobraba. Para qué cuestionarse cosas, para qué hablar de futuro, de ellos, de su relación o de sus carencias, mejor disfrutarlo y lo estaban haciendo a tope. Un regalo del universo, le decía siempre a Laura, que ya estaba instalada en Manhattan, y no estaba dispuesta a pensar en nada más. El tiempo ya pondría las cosas en su sitio y entonces, solo entonces, tendría que aterrizar y volver a la realidad.

Estiró la mano y agarró la camiseta que le había dejado para que la usara de pijama, la olió y meditó en su plan B, la última locura que se le había ocurrido, y que pasaba por mandar Mallorca al carajo y quedarse con él en casita, solos, sin María, para dedicarle las veinticuatro horas del día y tener tiempo, además de amarse en todas partes, de salir a comer o al cine o al gimnasio juntos, ¿por qué no? ¿No eran sus primeras vacaciones en mucho tiempo? ¿No tenía derecho a disfrutarlas como realmente le apeteciera? Se estiró y respiró hondo, abrió los ojos y se levantó, ¿por qué no? Sinceramente, solo quería estar con Patrick, lo sentía por María y Borja, pero esa era la verdad y no tenía por qué torturarse haciendo justamente lo contrario a lo que le pedía el alma. Era una mujer adulta, autosuficiente, ¿qué demonios hacía cogiendo un avión para estar a miles de kilómetros de la única persona que de verdad le importaba en ese momento? ¿Para qué morir de añoranza? Marcó su número de móvil y esperó a que saltara el contestador, dos veces, pero no dejó mensaje, se puso las botas, agarró el abrigo y salió a la calle, feliz, convencida de que le daría la mejor noticia del mundo cuando le contara que había decidido quedarse con él en Londres.

***

—Hola, ¿habéis visto a Patrick? —Entró en el Club y se acercó a Helen, que frunció el ceño—. O'Keefe.

—¿No estabas de vacaciones?

—Sí, desde hoy, ¿lo has visto? —Se sacó el abrigo y miró el local lleno. Había tardado media hora en llegar y estaban en hora punta—. ¿O se ha ido?

—No, están arriba, en la zona vip, y suerte…

—¿Suerte? —Se giró y Helen dedicó una mirada reprobatoria a sus vaqueros y a su jersey de punto.

—Por nada, están arriba.

—Gracias.

Subió corriendo las escaleras, tan contenta como no había estado en años, saludó a sus compañeros y buscó con la mirada a Patrick, no lo encontró y de repente pensó en el reservado de Peter. Seguro que se habían metido allí para hablar con los rusos. Se arregló la ropa, que era completamente inadecuada para estar allí de noche, y entornó el biombo que separaba ese reducto superexclusivo del resto de los vips y entró muy confiada.

Vio solo a una pareja acaramelada en un sofá, ella encima de él e hizo amago de salir, pero antes de girar del todo, oyó el susurro típico de Patrick. Se le contrajo el estómago y se le subió el corazón a la garganta, pero no reculó. Por el contrario, avanzó un paso y se le puso delante, a medio metro de donde él hablaba con esa mujer rubia que le besaba el cuello sentada en sus rodillas, mientras él la sujetaba por el muslo desnudo, porque llevaba una minifalda de campeonato. La chica lo besó en la boca y él apoyó la cabeza en el respaldo del sofá, como en cámara lenta, y Manuela esperó con serenidad. Abriría los ojos, lo sabía, lo conocía bien y sabía que abriría los ojos en medio de ese beso y así fue, él abrió los ojos y se encontró con los suyos llenos de lágrimas.

Apartó a la mujer de un empujón y entonces ella giró sobre sus talones y salió corriendo de allí como si le quemaran el pecho, con el llanto subiéndole a los ojos sin poder detenerlo y con tanta prisa que llegó al aparcamiento en menos de cinco minutos.

—¡Manuela! ¡Manuela!

—¡Déjame en paz! —Se giró y se enfrentó a él llorando a mares. Paddy estiró la mano para tocarla y ella le dio un manotazo—. ¡No me toques, hijo de puta! ¡No te atrevas a volver a tocarme en tu puñetera vida! ¿Me oyes?

—No es lo que te piensas, Manuela, escucha… —Dio un paso hacia ella sintiendo de repente la lluvia sobre la camisa y ella lo empujó con las dos manos con una fuerza insólita.

—Una cosa es que tenga que compartirte con tu mujer y otra muy diferente es que no acabe de darme la vuelta y tú te estés tirando a otra, en mi propio trabajo. ¿Cómo coño te atreves?

—No me estaba tirando a nadie.

—¡No me toques! Solo eres un cabrón hijo de puta… —Se dio la vuelta al ver que había público mirando el espectáculo y empezó a caminar hacia Picadilly Street. Solo necesitaba coger el autobús y desaparecer, nada más, luego ya lloraría y lo superaría, solo necesitaba salir de allí.

—No te vayas así. —Otra vez su manaza en el hombro; giró y volvió a empujarlo.

—¡Déjame, coño! ¡Joder, vete a la mierda! —Esto último lo dijo en español y siguió andando.

—Manuela, ya basta, ya es suficiente.

—¡No! —Ya estaban en la parada y mojados hasta los huesos. No le importó que estuvieran rodeados de gente, ni una mierda le importó; se acercó y le habló alto y claro sin apartar los ojos de los suyos—. Déjame en paz, se acabó, y no pienso volver a hablar contigo, ¿está claro? Te ríes de mí una vez, ni una sola más, así que déjame en paz.

—No...

—Y si eres tan hombre, no vuelvas a dirigirme la palabra.

—Manuela... —Vino un autobús con destino Trafalgar Square y se volvió para cogerlo—. Manuela, por favor.

Pero no lo oyó, no quiso, subió al autobús lleno de gente y afortunadamente los cristales estaban empañados, porque fuera hacía un frío de muerte. Se quedó cerca de la puerta dando la espalda a la parada y bajó la cabeza llorando como una cría. Una señora le preguntó si estaba bien y ella aseguró que sí. Se bajó en Trafalgar para coger el autobús 91, camino de Russell Square, de su casa, a salvo, con María, a la que no le dijo nada hasta que se subieron al avión ocho horas después, camino de España. No aguantó más y se lo contó todo llorando, limpiándose las lágrimas que no habían parado de atormentarla en toda la noche, mientras él llamaba y llamaba por teléfono dejando estúpidos mensajes en el contestador.

—Ya sabía yo que te pasaba algo.

—Lo superaré.

—Por supuesto que sí. —Le agarró las manos—. Me cae bien Patrick y eras muy feliz con él, pero te mereces mucho más.

—No quiero hablar del tema, ¿vale?

—Me alegro de que le devolviéramos el coche antes del viaje.

—Sí… —subió los ojos oscuros y trató de sonreír—, o te hubiese tocado a ti llevarle las llaves.

—Y darle un par de hostias bien dadas.

—Sí, claro.

—Claro… —María sonrió y luego se echó a llorar. Manuela suspiró y la abrazó—. Lo siento, no me gusta verte llorar.

—Ya pasó, ya pasó, he salido de cosas peores.

Capítulo 15

Tampoco había tanto sol como esperaban. Se estiró en la tumbona de la maravillosa piscina, del maravilloso hotel, de la maravillosa y apacible Costa de los Pinos, en Mallorca, y agarró su novela para leer, aunque no podía concentrarse. Suspiró y cerró los ojos sintiendo el calorcito en la cara. No podía ponerse morena porque su piel no aguantaba los rayos del sol mucho tiempo, pero el clima acompañaba y no se iba a achicharrar por quedarse tan a gusto junto a la piscina a esas horas de la tarde. Necesitaba descansar después de la noche toledana que había tenido en Londres antes de la partida, el madrugón para ir al aeropuerto en autobús, el viaje en avión y el primer día en España, que había empezado demasiado mal para disfrutarlo. Eso la había llevado a quedarse durmiendo y lloriqueando en la cama durante su primer día en Mallorca, pero nada más. Después de aquel despropósito había tenido desayuno en la cama, paseo matinal por la playita, comida en un chiringuito y, finalmente, la piscina del hotel. Era estupendo. No había demasiados niños, ni demasiado ruido, y María y Borja seguían durmiendo la siesta, o descansando en su habitación o lo que fuera que estuvieran haciendo a las cinco y media de la tarde. Mejor, los adoraba a los dos, pero a veces era bueno descansar incluso de ellos.

Sonrió imaginándose a María y Borja en plena faena. Era gracioso imaginarse a los dos —que se trataban como un matrimonio de veinticinco años—, siendo demasiado apasionados o aventureros en la cama. Alguna vez lo había comentado con María y ella se había negado en redondo a hablar del asunto, aunque en cierta ocasión, borracha como una cuba, les había confesado, a Laura y a ella, que lo suyo con Borja era muy bueno, y que les gustaba probar cosas nuevas. Aleluya. Aunque lo cierto era que le resultaba muy difícil imaginar alguna locura apasionada entre esos dos. Claro que lo suyo era amor verdadero, asentado, lleno de respeto y compromiso, y eso sí que era lo importante, no unos polvos salvajes a cualquier hora y en cualquier parte, con un individuo al que definitivamente le importabas un pimiento.

Tragó saliva y se le llenaron los ojos de lágrimas otra vez y no pensaba permitirlo, así que tomó un sorbo de refresco y se dedicó nuevamente a la lectura.

—Hola.

—Hola —Subió los ojos hacia la voz masculina y se encontró con un tipo que le sonaba un montón.

—¿Manuela Vergara? Soy Álvaro, del Ramiro de Maeztu.

—Ah, claro, Alvarito, ¿qué tal? —Ni se movió de la tumbona maldiciendo por lo bajo el hecho, muy desagradable, de encontrarse con un conocido en vacaciones.

—Joder, tía, estás imponente —balbuceó con su polo de marca, y se sentó en la tumbona de al lado—. ¿Qué haces aquí?

—Vacaciones... —Movió la cabeza y él se echó a reír.

—Yo no, trabajo aquí.

—Ah, qué suerte.

—Me habían contado que estás trabajando en Londres.

—Sí.

—¿Y qué tal? —Nunca se habían caído muy bien y Manuela respiró hondo. Sabía que en el instituto se había hecho una fama de borde bastante considerable y esperaba mantenerla porque, por lo que recordaba, nunca había encajado demasiado con pijos recalcitrantes como aquel—. ¿Sigues allí con María?

—Sí, trabajamos juntas, todo bien.

—¿Y no te has casado?

—No.

—Yo tampoco, soltero y sin compromiso. Imagino que habrás venido con tu novio.

—No, con María y Borja.

—¿En serio? Qué bien. ¿Y esos dos aún no se han casado? Llevan siglos de novios, ¿no?

—Así es, esperarán a que Borja termine el MIR.

—Ah, claro, pues os invito a cenar cuando queráis, hoy mismo, y luego os puedo llevar de fiesta.

—Gracias, Álvaro, eres muy amable, pero trabajamos

en hostelería hasta muy tarde, y de vacaciones solo nos apetece descansar y acostarnos pronto, pero me he alegrado de verte. —Sonrió y fijó los ojos en el libro.

—¿No me vas a dar ni una oportunidad? No me la diste en el insti ni en la facultad ¿y ahora tampoco?

—¿Qué? —Frunció el ceño ya enfadada y el tipo sonrió, poniéndose de pie.

—¡Álvaro Gutiérrez! —María llegó a la carrera y se abrazó a su antiguo compañero de instituto—. Ana Ruiz me dijo que currabas por aquí, pero no sabía que estabas en este hotel.

—Sí, ya ves, qué suerte. ¿Y tu media naranja?

—Ah, no me hables, el muy gili anda pegado al teléfono, pero ya paso. ¿Cómo estás?

—Bien, invitando a tu amiga a cenar y luego de fiesta, pero dice que venís en plan descanso total.

—Ya. —María miró a Manuela y ella le dedicó una mirada asesina—. Estamos agotadas, pero tú insiste, tiene que salir y divertirse. Acaba de romper con su novio.

—¡María! —protestó indignada, y la otra agarró a Álvaro del brazo.

—Podríamos salir, Alvarito. Intentaremos convencer a la señorita Vergara. Estás guapísimo, tío —lo miró de arriba abajo y luego a Manuela—, cachas total. Te tratan bien los años, cabrito.

—Entrenador personal… —Se miró a sí mismo, encantado de haberse conocido, y Manuela dejó de mirarlo definitivamente—. Bueno, yo insistiré, a mí no se me resiste nadie, pero os dejo descansar. Luego vuelvo, tengo que currar.

—¿No me digas que vinimos a este hotel por tu amiguito Álvaro?

—Por supuesto que no, tonta, qué pesadita eres, ha sido una coincidencia.

—Pues yo no pienso ir ni a la esquina con ese capullo. Si queréis, salid vosotros, pero a mí me olvidáis, ¿de acuerdo?

—¿Por qué? Hace años que no nos vemos.

—Me cae fatal, todos esos capullos.

—Hace siglos del insti.

—Me da igual, tengo buena memoria. ¿Y Borja?

—Ah, lo voy a castigar sin postre.

—¿Por?

—Anda con llamaditas secretas desde anoche, no sé qué se trae entre manos, pero a mí no me las mete dobladas. Lo conozco mejor que su madre y sé que me oculta algo y él, muy digno, dice que tiene derecho a su intimidad. —Se estiró en la tumbona y suspiró—. ¿Qué intimidad? ¿Se cree un famoso de la tele? Pero, por favor, este niño está cada día más gilipollas.

—Oye, a lo mejor no te interesa en absoluto… —se calló al ver su mirada asesina y volvió a su libro—. Vale, tú misma, pero deberías dejarle respirar.

—Como sea alguna zorra del hospital, te juro que voy y le corto la yugular, a los dos. No me estoy matando a trabajar en Londres para que él me ponga los cuernos en Madrid. No, señor, antes se queda sin pelotas, ya lo sabe, así que mejor que vaya con cuidadito.

—Eres una bruja.

—Mejor bruja que cornuda…

La miró de reojo y se calló.

—A lo mejor esto es como el dicho ese —entornó los ojos—: «ladrón que roba a ladrón…». Yo fui la amante de un tío casado que obviamente acabaría por ponerme los cuernos. Es cíclico, ley de vida, es un infiel de manual, así que tonta yo. No pasa nada, puedes hablar de cuernos delante de mí, no me voy a ofender.

—No quería decir eso…

—Déjalo, cariño, es igual… Oh, Dios, otra vez tu amiguito… —Vio llegar a Álvaro con sendos vasos de zumo.

—Un regalito, señoritas. Manuela. —Ella levantó los ojos y lo miró—. Voy a insistir hasta que salgas conmigo, a cenar o a comer, por cansancio. Puedo llegar a ser muy pesado.

—No lo pongo en duda.

—No le hagas caso, Álvaro, y gracias.

—De nada, creo que he visto a Borja en la entrada.

—¿Ah, sí? —María se puso de pie muy interesada—. ¿Y qué hace?

—Ni idea, pero…

—Vamos, vamos a buscarlo juntos, le encantará verte. Manuela, ahora vuelvo.

—Qué pesadita eres —susurró y volvió a la novela, aunque no pudo leer.

Cerró los ojos y trató de echar una cabezadita antes de nadar un poco e ir pensando dónde ir a cenar. Mejor una terracita tranquila y luego a la cama pronto. Le horrorizaba pensar en la zona de marcha de Mallorca, llena de chavales británicos y alemanes borrachos hasta desfallecer en las discotecas. Era espantoso, ya habían visto varios reportajes al respecto en la BBC y daba vergüenza ajena. Tremendo. Sexo, drogas y rock & roll, pensó recordando que Patrick le había contado, cuando se conocieron, que conocía Ibiza, pero mejor ni imaginar todo lo que habría hecho él, con su facha y sus malas artes, en la isla. Mejor no. Tragó saliva y sintió la sombra de alguien que le estaba tapando su estratégica posición frente al sol. Supuso que era el gracioso de Alvarito Gutiérrez otra vez, así que no abrió los ojos y esperó a que se largara, pero no lo hizo.

—No me apetece hablar, no voy a salir contigo, ni hoy ni nunca. Necesito descansar y, si eres un buen profesional, deberías respetar el deseo de tus clientes.

—No tengo ni idea de lo que estás diciendo. —El acento irlandés cerrado y abrupto de Patrick O'Keefe sonó completamente fuera de lugar allí y ella sintió que se le contraía el estómago. Abrió los ojos y se lo encontró delante, con vaqueros y una camisa holgada blanca, observándola con las gafas de sol puestas—. Hola, *Spanish Lady.*

—¿Qué haces tú aquí? —Se levantó, agarró el pareo e intentó atárselo con los dedos temblorosos.

—He venido para hablar contigo.

—¿Ah, sí? Un poco tarde.

—¿Tarde? No han pasado ni cuarenta y ocho horas desde que me dejaste empapado en la calle, y he tardado un día entero en localizarte.

—No entiendo nada, en serio… —Se arregló el pelo mirando a su alrededor. Había personas observándolo con la boca abierta y supuso que toda esa gente creía estar delante de Michael Fassbender en persona—. No deberías estar aquí, Patrick, no tenemos nada de que hablar.

—Te dije una vez que me importa lo que te pase.

—Te vi, ¿de acuerdo? —Por primera vez lo miró a los ojos y sintió que le temblaba la voz, pero siguió adelante—. Estabas con otra mujer en mi trabajo, besándola en el reservado. No hay nada más que explicar.

—¿Y por qué lloras?

—Porque me duele. ¿Te crees que soy de piedra?

—No es lo que piensas…

—Joder, no me vengas con esas frases hechas, ¿quieres? Además, no me debes ninguna explicación, no soy tu mujer ni tu ma…

—¡Ya basta, no seas cría! Me he pasado horas al puto teléfono intentando que esos amigos que tienes me dijeran dónde estabas exactamente. He cogido el primer vuelo a Mallorca, dos putas horas volando para venir hasta aquí y mirarte a la cara. No me trates como a un gilipollas, ni me digas que no te debo ninguna explicación, porque te la debo, los dos lo sabemos, Manuela. Deja de joderme, ¿quieres?

—No me grites.

—Deja de comportante como una cría y mírame. —Ella lo miró y él se sacó las gafas bufando, se inclinó, agarró el vaso de zumo y se lo bebió de un trago antes de seguir hablando—. Es cierto, estaba besando a esa mujer con la que tuve una noche loca hace unos años… No te vayas… —La agarró del brazo al ver sus intenciones y la sujetó para que no se moviera—. Lo vas a oír todo, así que quietecita, ¿de acuerdo? O montaré tal escándalo aquí que no volverán a dejar que te alojes en este puto hotel. ¿Está claro?

—Habla.

Se apartó de un tirón y se cruzó de brazos localizando al otro lado de la piscina a Borja y María, que los observaban muy atentos.

—Me la encontré y se puso muy pesada. Al final me dejé llevar. Estaba realmente cabreado porque habías preferido venir con tus amigos a Mallorca a quedarte conmigo en Londres... Me dejé querer, para ver si de ese modo dejaba de sentirme como un gilipollas.

—¿O sea que es culpa mía? Increíble.

—No estoy diciendo eso.

—¿Ah, no?

—¿De verdad eres tan poco comprensiva o es una pose para hacerte la dura conmigo?

—Eres increíble, tío, te lo digo en serio.

—Si llegas cinco minutos después, me hubieses encontrado cogiendo el coche para ir a tu casa, para dormir contigo y llevarte temprano al aeropuerto.

—Y si tú no hubieses estado dándote el lote con ella en mi restaurante, yo podría haberte dicho que me quedaba en Londres. Pero el destino es el destino y tenía que pasar. Mejor así.

—¿Qué?

—Tarde o temprano esto se tiene que acabar, así que mejor ahora, porque está empezando a afectarme demasiado.

—¿Te ibas a quedar conmigo?

—Sí, ¿pero no me escuchas? Te digo que… —Sintió sus manos en la nuca y luego su lengua separándole los labios. Intentó apartarse de él, pero era demasiado fuerte para ella—. ¡Patrick!

—Todo esto compensa el puto viaje en avión. Vamos a tu habitación, necesito una ducha.

—No me escuchas.

—Porque dices gilipolleces.

—¡¿Qué?!

—¿Quieres romper conmigo en serio? Nah, tú no quieres romper conmigo, ni en sueños. Quieres que sigamos juntos y discutir sobre esto es estúpido.

—¿Cómo…? ¿Cómo puedes ser tan arrogante? —Lo siguió por el jardín mientras tiraba de su mano, hasta que se giró para mirarla a la cara.

—Eres una tía inteligente, *Spanish Lady*, mejor seamos sinceros, ¿eh? Tú quieres subir a tu cuarto y acabar con…

—Estás casado, tienes tres hijos, una familia. ¿Crees que me apetece seguir adelante con esto? ¿En serio?

—Tengo una mujer en Derry, tres hijos, seis hermanos, veinticinco sobrinos, una pila de parientes, pero aun así, te encanta follar conmigo.

—¡Joder! —Se tapó la cara y se echó a llorar. Paddy la abrazó y le besó la cabeza acariciándole la espalda al mismo tiempo.

—Lo siento, estoy de broma. Venga, no llores, por favor.

—Yo no soy así, no quiero esto para mí, no…

—Lo siento, estaba bromeando, Manuela… —Se inclinó y le lamió las lágrimas, le besó la cara—. Me he subido a un avión y he venido a verte solo para hablar contigo. Jamás había hecho algo así por nadie, jamás, te lo juro por Dios, como te juro por lo más sagrado que no hubo nada con la mujer del restaurante, te lo juro.

—Deberías dejarme en paz.

—No puedo. —Lo miró a los ojos y vio que estaba hablando en serio.

—Nunca nadie había hecho algo parecido por mí, solo tú, la noche del combate y hoy, y… para mí es muy importante.

—¿Me dejas subir a tu cuarto y darme una ducha? Si no quieres, no te molestaré, solo necesito descansar, ¿de acuerdo? —Ella asintió y él la abrazó mientras se dirigían a los ascensores—. Gracias.

Miró la cama y vio el pasaporte encima del edredón, se estiró y lo agarró para leer sus datos: Patrick Michael O'Keefe. Dublín, 14 de diciembre de 1975. Tenía por tanto treinta y siete años, había sido su cumpleaños en diciembre, cuando ya se conocían, y ni siquiera lo había podido felicitar. La historia de siempre.

Se apoyó en el respaldo del sofá y se dedicó a mirar el mar a través de su pequeña pero estupenda terraza. Hacía una temperatura muy agradable y aún era de día. Las seis y media de la tarde y de día, cuando en Londres, en invierno, a las tres y media ya era noche cerrada. Y en marzo seguían cenando a las seis y media con las estrellas sobre sus cabezas. Eso era lo mejor de España, la luz, y de vez en cuando era necesario disfrutar de ella.

En el cuarto de baño, Patrick seguía duchándose. Llevaba quince minutos debajo del agua, estaba acalorado por el cambio de clima y especialmente tenso por su viaje en avión, y necesitaba el agua, le había dicho antes de desnudarse y meterse bajo la ducha, dejando la ropa sembrada por el suelo, sin ningún cuidado, aunque cinco minutos después de entrar en la habitación, un botones apareciera con su maleta de ruedas, muy cara, y al abrirla comprobara que estaba perfectamente ordenada. Una caja de sorpresas llena de contradicciones, se dijo, observando su bolsa de aseo transparente, muy organizada, encima de la cama. Era un misterio y no sabía qué hacer con él porque, aunque lo hubiese pillado besuqueándose con esa chica en La Marquise, no lo negaba, tenía una explicación plausible y muy tierna, y, además, había tenido la enorme deferencia de acudir a verla a Mallorca, nada menos que a España, y eso no tenía precio, ninguno, y le derretía el alma. ¿Cómo no comérselo a besos y olvidarse de todo lo demás?

—¿Hay servicio de habitaciones? —Salió del baño desnudo y abrió la bolsa de aseo buscando el desodorante.

—Creo que sí, pero podemos salir a cenar a una terraza, a orillas del mar, si te apetece.

—Me muero de hambre.

—Pero es carísimo pedir…

—Me da igual, mira la carta y dime qué puedo comer, ¿quieres?

—Claro —buscó la carta y se levantó para enseñarle algunos bocadillos y hamburguesas. Eligió el pantumaca y Manuela lo pidió mientras lo veía admirar el paisaje desde la terraza—. Patrick, no te asomes sin ropa a la terraza.

—¿Por qué? Estamos en la playa.

—Pero es un hotel familiar.

—¿Y? —Se giró y le sonrió—. Estoy aportando algo al hermoso paisaje. Si me acompañaras, sería ya insuperable.

—Qué gracioso.

—Estás preciosa en biquini. —Ella se calló y se sentó, observando en silencio mientras él buscaba un pitillo y lo encendía sin dejar de mirar el mar.

—Trabajo desde hace cuatro años con Peter, ¿por qué no te había conocido antes?

—Lo mismo digo.

—No, en serio. Es muy raro, ¿no?

—No sé. Normalmente mi padre y su gente son los que trabajan con los Minstri. El año pasado me llamaron a mí, porque casualmente estaba en Londres y fui a echar un cable.

—Ah...

—Si hubiese sabido que estabas tú allí...

—Pero sí veías a Pete, por lo de los combates y demás, ¿no?

—Pero nos reuníamos en el restaurante de su padre, en King's Road. Nunca me dijo que tenía a una *Spanish Lady* trabajando para él, o si no, hubiese ido antes a conocerte.

—Sí, claro.

—¿Aún lo dudas?

—Ya traen la comida… —Se giró hacia la puerta.

—¿Tan rápido?

—Solo es un bocadillo, no tardan nada, siéntate. —Salió a la puerta, recogió el pantumaca y el refresco y volvió al cuarto, donde él se había sentado en la cama con una gran sonrisa—. Que aproveche.

—¿Y tú?

—Yo te acompaño mirando. —Se sentó a su lado y le indicó el pasaporte—. ¿Así que fue tu cumpleaños en diciembre?

—Sí.

—Eres once años más viejo que yo —sonrió y él asintió, comiendo con mucho apetito—, y de segundo nombre Michael. Me encanta ese nombre.

—Ya sabemos cómo llamar a nuestro primer hijo.

—Ya, claro…

—¿No te gusta? ¿Prefieres Patrick?

—Oye, mira, sinceramente, no sé ni qué decir. Hasta hace media hora te estaba odiando con toda mi alma, no quería volver a saber nada de ti, pero lo que has hecho, que vinieras hasta aquí, no sé, me rompe todos los esquemas y estoy muy…

—No hace falta que digas nada.

—¿Cómo que no? Has sido muy… —Él se acercó y le mordió la boca.

—Solo dime que me crees y que lo entiendes.

—No lo entiendo pero te creo.

—No pienso mentirte, nunca, no lo haré, contigo no

y quiero que lo sepas, ¿de acuerdo? Solo necesitaba que supieras lo que pasó.

—Gracias.

—De acuerdo. Entonces, ¿cómo llamaremos a nuestro primer hijo? ¿Patrick o Michael? —Le guiñó un ojo y ella se echó a reír.

—¡¿Qué?! Tú ya tienes un Patrick.

—Pero no es nuestro.

—Estás loco, Paddy O'Keefe. ¿Qué tal el viaje?

—Largo.

—¿Y cuánto te quedas?

—Hasta el domingo. ¿Me vas a dar alojamiento o tendré que ir a dormir a la playa? Aunque tampoco me importa dormir en la playa, ¿sabes, *Spanish Lady*?

—¿Cómo que en la playa? —Se acercó y lo abrazó montándose encima de él—. Ahora que has venido, serás mi prisionero.

Capítulo 16

—La paella no suele comerse de noche, Paddy, mejor a mediodía. —María se echó reír viendo como Patrick O'Keefe cogía la paellera con las dos manos y se la ponía como plato para él solo. Manuela sonrió y extendió la mano para acariciarle el pelo, que se veía muy claro cuando lo tenía más largo.

—Déjalo, es como un niño.

—La comida es comida.

—Estoy de acuerdo con Paddy, comida es comida. —Borja sirvió más vino y miró a las chicas—. Vaya noche más estupenda, ¿eh?

—Ya te digo —Manuela respiró hondo y sonrió. Llevaba un vestido hippie muy corto e iba descalza. Una verdadera gozada. Miró a su irlandés de ojos imposibles y él le guiñó un ojo comiendo un buen bocado de paella—. Maravillosa.

Se habían pasado veinticuatro horas enteras metidos en la cama, sin parar, durmiendo y despertando para volver a devorarse, meterse en la bañera o comer sobre sus propios cuerpos, hasta que decidieron aprovechar un poco la estancia en la playa y salir a nadar, a pasear por la isla y compartir la cena con los amigos. Habían tenido una jornada maravillosa y no podía sentirse más afortunada. Él era increíble y sintió una punzada de deseo en el vientre al recordar lo que habían probado por la mañana, cuando después de llevarla al abismo con su lengua juguetona y experta, le había enseñado el preservativo lleno de agua que había metido en la nevera del minibar la noche anterior. Era un consolador de hielo, explicó muy serio, haciéndola doblarse de la risa, un invento que le había descubierto un amigo italiano y que era perfecto para el cálido clima de las islas Baleares. Un invento que le hizo probar con calma, llevándola poco a poco a sentir una sensación extraordinariamente deliciosa y nueva, extraña, que provocó que su vagina se relajara y se contrajera de mil formas hasta conseguir casi derretir el hielo, momento en que él lo retiró con calma para penetrarla mirándola a los ojos, muy excitado, llevándola a un clímax casi desesperado que aún le hacía sentir las rodillas temblorosas.

—¿Más hielo?

—¿Perdón? —preguntó en inglés y miró al camarero con sorpresa. De reojo, percibió la sonrisa cómplice de Patrick y se puso roja hasta las orejas—. Sí, gracias.

—¿Quieres ir de copas? —preguntó él extendiendo la mano y posándola en sus muslos desnudos.

—¿Y tú?

—Yo quiero meterte en la cama en cuanto me acabe la cena, a mí no me preguntes.

—¡Paddy! —Se echó a reír viendo la cara de espanto de María y lo reprendió como a un niño—. Esas cosas no se dicen en la mesa.

—Podríamos ir a la zona de marcha, no a la más popular, pero sí a algún club de esos exclusivos. Igual nos dejan entrar con Michael Fassbender —bromeó Borja.

—Deberíamos llamarlo Michael a partir de ahora —contestó Manuela tomándose su ensalada—. En realidad, es su segundo nombre, ¿sabéis?

—¿Ah, sí? Es muy bonito.

—Sí, así llamaremos a nuestro primer hijo —soltó él muy serio y a María se le atragantó la lasaña—. A ella le encanta.

—Está de broma, María, no te ahogues.

—No estoy de broma.

—¿Quieres matarla de un infarto?

—Es un buen nombre.

—No es por el nombre. —Manuela se echó a reír y él se apoyó en el respaldo de la silla moviendo la cabeza—. Está de broma, María, y en fin, a mí no me apetece salir de marcha. Mejor mañana temprano podemos salir a navegar, ¿qué os parece?

—Una cosa no quita a la otra.

—¡Hola! —Álvaro Gutiérrez se materializó de pronto junto a la mesa y los saludó sin quitar los ojos de encima a Manuela—. Vaya, qué guapa, Manuela.

—Hola —respondieron todos menos Paddy, que siguió comiendo.

—¿Os vais luego de marcha? —Le sonrió a ella con cara de bobo y María frunció el ceño.

—Eso estamos decidiendo —intervino Borja—. Queríamos llevar a Patrick a conocer un poco la movida.

—Ah, ya veo, o sea que ha venido tu novio… —susurró y Manuela lo miró sonriendo. Estaba tan feliz que nada podía amargarle la noche.

—Es Patrick. Paddy, este es Álvaro, estudiaba con nosotros en el instituto y ahora trabaja aquí, en Mallorca— explicó en inglés y él levantó los ojos calibrando medio segundo al chico antes de extenderle la mano.

—¿Así que tú eres el novio formal de Manuela? —preguntó Álvaro en un pulcro inglés y ella miró a sus amigos un poco incómoda.

—Para ti como si fuera su marido, ¿de acuerdo? —contestó con una media sonrisa y volvió a su paella.

—¿Cómo dices? Lo siento, pero no…

—El acento, no te preocupes —intervino Borja—, cuesta pillarlo. Sí, es su novio, ¿y qué haces por aquí?

—Estaba buscándoos, pero mi gozo en un pozo, ya veo que tenéis mejores planes.

—Bueno… —María se puso a charlar y Manuela vio como Patrick contestaba al teléfono móvil y, tras disculparse con un gesto, se levantaba para hablar. Al parecer, se trataba de su hijo Paddy y a Manuela se le contrajo el estómago viéndolo alejarse de ella para hablar en privado—. ¿Verdad, Manu?

—¿El qué?

—Que mañana nos gustaría salir a navegar, Álvaro dice que puede conseguirnos una barquita de alquiler, ¿no escuchas?

—Sí, vale, perfecto.

Siguieron charlando un rato y Patrick no regresó a la mesa. Álvaro animó a sus amigos a acompañarlo a la barra para presentarles a una gente con la que salía esa noche y ella prefirió quedarse esperando a Paddy en la mesa vacía, con los restos de la comida y pensando en si él decidiría marcharse enseguida y dejarla plantada sin una explicación o si no se marcharía y acabarían las vacaciones juntos. Tal vez su mujer lo necesitaba, tenía una emergencia en casa o con los niños y empezó a imaginar todo tipo de barbaridades cada vez más angustiada. De la felicidad más plena pasó al miedo más profundo y, finalmente, decidió levantarse e ir a buscarlo para salir de una vez por todas de dudas y de esa sensación absurda y completamente inadecuada que amenazaba con matarla de pura preocupación. Caminó unos pasos por la terraza del hotel y se lo encontró apoyado en la balaustrada, hablando en un tono un poco severo mientras miraba la inmensidad oscura del mar frente a ellos.

—¿Los abuelos están bien? —Notó la presencia de Manuela cerca, se giró y la llamó con la mano—. Vale, hijo, hablamos. Adiós.

—¿Va todo bien?

—Era Paddy. Su madre lo llamó para que me pidiera más dinero. La dichosa comunión…

—¿Y lo llama a él para que te lo pida a ti?

—Sí… —Sacó el tabaco del bolsillo de su camisa y encendió un pitillo.

—¿Porque Paddy es tu ojito derecho? —Sonrió y él la miró serio.

—No tiene mi número de teléfono.

—¡¿Qué?! —Dio un paso atrás—. Lo siento, no…

—No tiene permitido llamarme, no soporto su voz ni sus quejas. No me llama, no molesta, y así yo le paso el dinero… —La observó entornando los ojos por culpa del humo y ella se cruzó de brazos sin saber qué decir—. Es un buen trato.

—¿Y si tiene una emergencia?

—Llama a Paddy, a Sean o a mis padres.

—Claro.

—No somos una familia muy convencional, *Spanish Lady*.

—No es asunto mío.

—Desde hace unos nueve años solo paso por Derry para pagar cuentas, ver a los críos, hacer acto de presencia. Tenemos negocios allí, pero aquella no es mi casa.

—No tienes que explicarme nada, yo…

—Quiero que lo sepas. —Le sonrió y le acarició la cara con un dedo—. Me casé a los diecisiete años con una prima que permitía que le metiera mano desde los trece. Éramos novietes y aunque ella era mayor que yo, a nuestros padres siempre les pareció bien esa relación. Nos casamos para que sentara la cabeza, porque estaba un poco perdido con el boxeo, la juerga, las mujeres… y yo estaba encantado con la idea de poder mojar a diario si tenía una esposa en casa, en Dublín. Pero los problemas empezaron a multiplicarse. Ella creyó que chantajearme con el sexo era un buen método y pronto empezó a incordiar para que la llevara de vuelta a Derry, donde vivía su familia, y mis padres, hartos de sus lloros, sus desplantes y sus malos modos, me presionaron para que le comprara una casa allí y me instalara con ella para comportarme como un buen marido, y lo intenté, pero fue imposible. Cuando nació April, había superado con creces mi límite y me largué. Fin de la historia.

—¿Pero sigues casado?

—Es mi prima, la hija de la hermana de mi padre, no puedo divorciarme, sería un deshonor. No puedo por respeto a mi padre. Solo espero que ella la acabe cagando bien y entonces nadie pueda reprocharme nada.

—¿Y qué podría pasar?

—Que la pillaran con uno de los tíos que se tira...

—¿Como si te pillaran a ti conmigo?

—No, no es lo mismo. Somos gitanos, yo hago mi vida, ella no puede, no lo aprobaría nadie, lo sabe, y aunque esencialmente es una inútil, no es tan estúpida. Es lista, sabe lo que se cuece. Su familia y ella lo saben, y tienen cuidado porque no quieren perder a la gallina de los huevos de oro.

—A lo mejor te quiere.

—¿Que me quiere? —Se echó a reír a carcajadas—. No me soporta porque yo me he trabajado a pulso el que no lo haga. No soy precisamente un angelito y menos cuando la tengo delante. No le pego, no pongas esa cara... —puntualizó al ver sus ojos abiertos como platos—, pero no disimulo ni un pelo lo que me despierta el solo hecho de tener que verla.

—¿Y tus hijos?

—Como te dije, me llevé a Paddy a Dublín. Las crías se parecen a ella, sobre todo Bridget, que solo está esperando casarse. La sacó del colegio a los doce años y se pasan el día maquillándose, comprando ropa… En fin —se pasó la mano por la cara—, Bridget es como ellos y es feliz. April aún es una niña y seguramente me la lleve con mis padres el próximo curso.

—¿Te dejará?

—Claro que sí, está deseando estar más libre. ¿En qué piensas? —Volvió a acariciarle la cara y ella se encogió de hombros.

—En que debe de ser tremendo tener que mantener una situación así.

—A mí me la suda, me importa una mierda mientras me deje en paz.

—Pero ante algo así de claro, lo normal sería acabarlo y pasar a otra cosa, no es muy lógico, desde mi punto de vista, mantenerlo.

—No me afecta, jamás me ha importado, solo te lo cuento para que sepas lo que pasa, pero normalmente nunca pienso en ello.

—Cuando nos conocimos, lo primero que dejaste claro era que estabas casado, y me enseñaste tu alianza —le agarró la mano y se la acarició con un dedo—: a las chicas y a mí.

—Esta no es mi alianza de boda, era de mi abuelo, Patrick, es un recuerdo, y contar que estás casado siempre es un buen método.

—¿Para mantener a raya a las mujeres?

—Claro.

—Bueno… —Suspiró y le apretó las manos—. Si tú estás bien, a mí me vale.

—Estoy perfectamente. —La abrazó y le acarició el

trasero ronroneando—. Nunca he estado mejor. ¿Pedimos algo de postre?

—¿Aún tienes hambre? —Buscó sus ojos y vio que estaba muerto de la risa.

—Me agotas, *Spanish Lady*, tengo que reponer fuerzas.

—Vale, pidamos algo de postre.

—¿Quién coño es ese tío de antes y por qué te mira así?

—¿Quién? ¿Álvaro? —Lo llevó de vuelta a la mesa y llamó al camarero—. Un antiguo compañero de colegio, y no me mira de ninguna forma.

—Se le cae la baba y no me gusta que miren así a mi mujer, y menos delante de mí.

—No soy tu mujer, así que no hay problema —bromeó, y pidió tarta y helado viendo a María y Borja, que volvían a la mesa.

—Es como si lo fueras, ¿o necesitas papeles? Manuela… —insistió buscando sus ojos, y ella negó con la cabeza frunciendo el ceño.

—¿Nos vamos de copas? —María se desplomó en su silla y sonrió—. Pero sin esa panda, nos vamos los cuatro y volvemos pronto, ¿qué os parece?

—Sí, hay un sitio estupendo en Puerto Portals para tomar la penúltima y mañana organizamos lo de la barquita, ¿te parece bien, Paddy? —Manuela lo miró y lo vio con sus ojos fijos en ella y muy serio—. ¿Patrick?

—Lo que quieras —respondió al fin, desviando la mirada hacia el camarero que traía los postres.

—Vale, perfecto.

Capítulo 17

La primavera era, tal vez, la mejor época del año para La Marquise. No el verano o la Navidad, cuando la mayoría de sus clientes, fijos y potenciales, salían del país para disfrutar de las vacaciones, no, en primavera llegaban a su máximo rendimiento y a diario agotaban las reservas, a mediodía y especialmente por la noche, y sus empleados andaban al trote, muy ocupados e irascibles. En semejante tesitura, Manuela decidió contratar a seis personas de apoyo por primera vez en años, contra la opinión de Peter pero apoyada por Jonathan, que, por otra parte, andaba enfrascado en poder abrir a tiempo una terraza de verano de copas como las de España, en Chelsea.

En general, estaba hasta arriba de trabajo después de las vacaciones, no podía ni pensar, ni escaparse al gimnasio todos los días, ni pasear en bici por la ciudad; andaba a la carrera como los demás y preocupada, de paso, por Patrick O'Keefe, que, de repente, se estaba mostrando como una persona completamente nueva, un hombre celoso que la estaba empezando a preocupar.

Los celos son un monstruo de ojos verdes, decía William Shakespeare, y no los quería experimentar, como tampoco estaba segura de poder soportarlos. Había tenido varios pretendientes y novietes celosos a los que había mandado de paseo rápido, porque no le importaban lo más mínimo, pero Patrick sí le importaba, muchísimo, y desde su regreso de Palma de Mallorca, donde había pasado los mejores cinco días de su vida, estaba mostrando un lado posesivo y celoso difícil de ignorar, teniendo una actitud a veces muy tierna y otras mucho menos agradable que hacía que se sintiera rara, no del todo incómoda, porque a veces una pizca de celos era halagador, o eso decía todo el mundo.

Lo que sí era evidente era que estaba confusa porque no sabía cómo manejar aquello sin perderlo para siempre.

En España, en el hotel, ya mostró una actitud belicosa contra Álvaro Gutiérrez sin ningún motivo, y desde que había vuelto al trabajo, se fijaba sin ninguna lógica en la longitud de su falda o miraba con ojos de asesino a los clientes más cariñosos. Él, que era un infiel de manual, se atrevía a mostrarse celoso, aunque claro, según la filosofía de Laura, «piensa el ladrón que todos son de su condición».

Y al parecer era cierto, porque el tío casado y padre de familia que se tiraba todo lo que se meneaba desde hacía siglos se estaba reconvirtiendo en un novio atento pero dominante y no solo entre las cuatro paredes de su dormitorio. Un asunto que no podía ignorar, al menos por mucho tiempo, aunque aquello, tal vez, provocara un distanciamiento definitivo y contemplar esa idea le partía el alma en dos.

—Paddy ha pagado el alquiler de este mes. —María se acercó a la barra y se apoyó mirándola con una sonrisa de oreja a oreja.

—¿Qué?

—Fui a pagarle al señor Minstri y dice que tu Paddy pagó el mes. Lo llamé para confirmarlo y dice que sí, que pasa demasiado tiempo en el piso y que lo mínimo que puede hacer es colaborar con los gastos.

—Pues no me hace ninguna gracia.

—Tía, es un regalo estupendo y es verdad que duerme allí todo el tiempo que se pasa en Londres.

—Solo ha estado una semana desde que volvimos de Mallorca.

—Una semana y muchos días sueltos. Le has dado la llave. A mí me parece un detallazo y se lo agradezco en el alma. ¿Cuál es el problema?

—Principalmente, que se queja de que todo el mundo le pide dinero, que siempre tiene que pagar él, que mantiene a no sé cuánta gente, y no me apetece que nosotras también entremos en el paquete.

—Pero tú eres su novia.

—Sí, ya... por favor... su novia... —La miró de reojo y siguió trabajando en el ordenador—. No me parece bien. Borja también viene y no por eso le cobramos el alquiler.

—No se lo hemos cobrado, él se adelantó.

—No me parece justo y no voy a permitirlo… —Agarró el teléfono móvil y marcó su número, esperó los tonos de llamada con los ojos de María pegados a la nuca y él contestó casi enseguida cantando *Spanish Lady*—. Patrick…

—*As I came down through Dublin City / At the hour of twelve at night / Who should I see but the Spanish lady / Washing her feet by candlelight. / First she washed them, then she dried them / Over a fire of amber coal. / In all my life I ne'er did see / A maid so sweet about the sole. / Whack for the toora loora laddy / Whack for the toora loora lay…*

—Muy bonito.

—Canta conmigo.

—No, no tengo tiempo. ¿Puedes hablar?

—Habla.

—Me ha dicho María lo del alquiler y no me parece bien, debiste consultarlo conmigo primero y te lo agradezco, pero no, gracias, cuando te vea te daré el dinero.

—¿Desprecias mi dinero?

—No, no lo lleves a tu terreno, no es eso y lo sabes.

—No, no lo sé.

—Vienes a mi casa y yo feliz, no tienes que pagar por quedarte conmigo.

—Tú eres mi mujer y yo cuido de ti… —Oír aquello otra vez, y ya iban por la tercera o cuarta ocasión, la hizo sentir un escalofrío y se calló—. Pago tu alquiler y en paz.

—No, no es así, es mi casa y yo —se alejó de María

y bajó el tono de voz— no soy tu mujer. Salimos juntos y es maravilloso, pero no necesito que me mantenga nadie, ni que pague mis cosas. Para eso me mato a trabajar desde los diecisiete años, para ser autosuficiente.

—¿Salimos juntos?

—No te pongas difícil, ¿quieres? No quiero discutir contigo, no me gusta, no lo quiero para nosotros, por favor. No sé qué te pasa, en serio. Desde Mallorca me lo discutes todo y no me gusta nada.

—Tal vez prefieras salir con otros.

—Mira, ¿sabes qué? —bufó ya enfadada—. No voy a entrar en tu juego, haz lo que quieras, piensa lo que quieras, yo solo intento dejar las cosas claras y ya está, y cuando te vea, te daré tu dinero y en paz. Muchas gracias. —Colgó y tiró el teléfono encima de la barra.

—Eres de un borde, Manolita… —María la miró e hizo amago de irse—. Nos hubiese venido maravillosamente bien ahorrarnos el dinero de un mes entero de alquiler.

—No es solo por el dinero. Cada uno en su casa y Dios en la de todos, ¿no lo sabes?

—Vale, adiós, pesada.

—¡Manuela! —Peter se asomó y le hizo un gesto para que lo siguiera a su despacho—. Zafarrancho de combate.

—¿Qué? ¿Qué pasa?

—Me ha llamado la representante de esos chicos tan monos, los de la *boyband* esa…

—Ya. ¿Y?

—Vienen esta noche. Cena y fiesta en la zona vip, quieren quedarse hasta la una, así que ya lo sabes…

—¿Qué? Tengo reservas, compromisos. Esa gente no puede llamar el mismo día y pretender que modifique todo para que vengan a cenar. ¿Cuántos son?

—Doce para la cena.

—No deberíamos entrar, diles que otro día, la semana que viene.

—No, hoy por hoy esos chavales son lo más. Están arrasando y los quiero en mi local, así que arréglalo, sé que puedes hacerlo.

—No deberíamos consentirlo, no somos un chiringuito de playa… —Se sentó frente al escritorio y frunció el ceño.

—¿Un qué?

—Nada, déjalo, lo haremos, pero no me parece bien, deberías dejarte querer, esto es La Marquise.

—Vale, la próxima vez… —Sonrió y se apoyó en el respaldo—. Estás radiante, Manuela. ¿Qué tal con tu *gipsy king*?

—Bien.

—Él está —movió las manos bufando— viviendo la primera relación de su vida. Me hace mucha gracia.

—¿La primera? —Soltó una carcajada y movió la cabeza—. Por favor.

—Se casó a los diecisiete con su prima hermana y después se ha dedicado a ir de depredador sexual de una noche. Tú eres su primera novia y se le cae la baba. Está como un adolescente. Cuídalo mucho porque es virgen en esto.

—¿Tú crees? —Meditó por primera vez en aquello y miró a Peter tragando saliva.

—¿Bromeas? ¿Cuánto lleváis juntos?

—Nos vemos desde noviembre. Cinco meses.

—Cinco meses, y duerme en tu casa, te llevó a su combate, a su caravana, se va contigo de vacaciones. Para él es como estar en otro planeta. Alucino, te lo digo en serio.

—Yo más.

—No te quiero preguntar por el sexo, pero me juego una pierna a que es la caña, menudo se le ve, y está buenísimo… —Suspiró mirando al infinito—. Cuando lo conocí, él tenía unos catorce años y yo diecisiete más o menos. Me enamoré perdidamente de ese rollo macarra que lo rodeaba. Precioso como un angelito, pero machote total. Moría por sus huesos hasta que me dio un puñetazo.

—¿Te pegó?

—Yo ya tenía dieciocho años y fui con mi padre a Irlanda, a una boda, me parece. Le dije que me gustaba y él reaccionó dándome un puñetazo. Después de eso jamás lo ha mencionado y me trata muy bien, pero a mí no se me olvida el trauma. No te asustes, cosas de críos. —Miró sus ojos negros y se echó a reír—. Disfrútalo mientras dure. Es muy fuerte.

—A mí me preocupa un poco.

—¿Su mujer?

—Lo cierto es que eso no.

—¿Entonces?

—No sé… —Se sonrojó y carraspeó—. Se está volviendo un poco celoso. El otro día pensé que pegaba a un cliente que me cogió la mano y bueno, dice cosas como que soy su mujer… Este mes pagó nuestro alquiler a tu padre, se toma muchas atribuciones y no quiero pelearme con él por esto o por otras cosas. Me gustaría que siguiéramos como hasta ahora, tranquilos y disfrutando de estar juntos, nada más.

—La cabra siempre tira al monte. Es gitano, al fin y al cabo, y para él tú eres su mujer. Solo es una forma de hablar, pero, imagínate, eres su primera chica, la primera seria y te ve así, se pone celoso, protector. A mí se me derretirían los huesos.

—Si es muy halagador, a mí él me vuelve loca, pero no sé…

—Déjate llevar y no le des más vueltas. Miles matarían por estar en tu lugar, dale un poco de cuartel. Es como es, no dramatices, y hazme caso, disfruta mientras dure.

—Porque no durará demasiado…

—Mi opinión ya la conoces, pero la repito, él es gitano, jamás cambiará su vida o dejará a su mujer. No lo hará porque la presión de su entorno es brutal, así que…

—Tarde o temprano se largará.

—Exacto.

—Lo sé.

—Vive el momento. —Suspiró—. Es tan mono… yo me lo comería a besos.

—Vale, voy a intentar arreglar el tema de esta noche. Hasta ahora. —Se levantó y él la llamó—. ¿Qué?

—Uno de los One Direction te tiró los tejos el año pasado, ¿no? Se puso pesadísimo.

—Sí, pero es un crío y por lo que sé ahora tiene novia, y famosa.

—Ya no, han roto.

—Sabré controlarlo.

—Ya, por si acaso, no vaya a meterse demasiado contigo y a Paddy O'Keefe le dé por romper la cara a un ídolo de millones de fans.

—No está en Londres, así que no hay riesgo.

—Por si acaso, guapa. Qué envidia me das.

Manuela sonrió y regresó a la cocina para intentar arreglar el desatino. Llamó a todos los vips invitados de la noche y se disculpó desviándolos al club si les apetecía. Llamó a un DJ de renombre y finalmente decidieron ampliar el comedor con más mesas y acotar un reservado para el grupo de doce al fondo del local, lejos de los ventanales que daban al jardín de entrada, y se reunió con Günter para reforzar la seguridad porque con esos chicos no solo aparecía una nube de paparazzi, sino también alguna que otra fan, menor de edad, capaz de colarse por cualquier rincón para llegar hasta ellos y darles la noche. Era necesario tener cuidado y ser prudentes. Günter tomó las riendas y llamó a un par de vigilantes más para curarse en salud.

A las seis de la tarde miró por primera vez la hora en todo el día y se acordó de Patrick y su última charla telefónica, que no había sido nada amable. Tal vez se hubiera pasado un poco con él y, si Peter tenía razón y para Paddy todo aquello de la relación era nuevo, debía ser más considerada, menos agresiva e intentar tomarse las cosas con calma, así que decidió llamarlo mientras se cambiaba, varias veces, aunque él no contestó y comprendió que estaba enfadado.

—Sean, lo siento, soy Manuela Vergara… —A las once de la noche, ya preocupada por Patrick, decidió llamar a Sean O'Keefe, que respondió muy amablemente.

—Hola, guapa, ¿cómo vas? ¿Mucho jaleo?

—Sí, perdona, estoy en el restaurante. —Salió al pasillo y trató de encontrar un poco de silencio en medio del caos—. ¿Sabes algo de Paddy? Lo he llamado varias veces y no responde.

—¿Necesitas algo?

—No, solo hablar con él. ¿Está en Derry?

—Ayer sí. Hoy estamos en Londres.

—¿Ah, sí? No ha venido.

—Ya lo sé.

—¿Está bien?

—Sí, está bien. Condujo todo el día, llegamos baldados y se fue a Battersea, directo a la cama.

—Ok… —Menos orgullo y más compasión, pensó y respiró hondo—. Me gustaría ir a verlo, ¿está solo? No quisiera…

—Está solo y hecho polvo. Si quieres yo te llevo.

—¿En serio? Muchas gracias.

—¿A qué hora te recojo?

—Si no te importa, a la una y cuarto.

—Estaré allí. Adiós.

—Gracias, Sean.

Sean la esperaba en el Austin Mini azul en la puerta del restaurante a la una y cuarto en punto. Estaba solo.

Lo saludó al subir y se fueron volando a Battersea hablando de negocios, del restaurante, de los hoteles de Londonderry y de la comunión de April para la que quedaba una semana. Nada personal y ella lo agradeció, comprobando una vez más que Sean era un tipo muy simpático, que compartía el mismo timbre de voz con su hermano, y que conocía perfectamente bien el tipo de relación que la unía a Paddy, cosa que era muy de agradecer, porque era realmente considerado con ella.

—Bueno, ahora te las arreglas sola. —Abrió la puerta de la caravana y la dejó pasar.

—Muchas gracias, eres un sol.

—Adiós.

—Hasta luego… —Entró en la caravana oscura y le costó un poco situarse, pero se sacó el abrigo y los zapatos, que abandonó junto al bolso en la encimera de la cocina, y se acercó a la cama, donde Patrick dormía completamente desnudo y mal tapado con el edredón. Se quitó el jersey y entonces él abrió un ojo de repente y se sentó en la cama de un salto.

—¡La madre que te parió! ¿De dónde coño sales? Menudo susto, Manuela, joder.

—He venido a verte. —Ignoró el grito y siguió desvistiéndose con prisas; se sacó el sujetador y se metió en la cama pasando por encima de él para acurrucarse en el rincón. Se tapó con el edredón y se giró para mirarlo a los ojos—. Tú también vas a verme sin avisar, no te enfades.

—No me enfado, me has asustado. —Se desplomó en

la almohada y se pasó la mano por la cara—. ¿Qué hora es? ¿Cómo has venido?

—La una y media más o menos. Sean me hizo el favor de traerme, ¿no me miras? —Él giró la cabeza y le clavó esos maravillosos ojos transparentes—. Siento haber sido tan borde esta mañana, perdóname, pero ponte en mi lugar, no quiero que te sientas responsable de mí, no hace falta, te lo agradezco mucho, pero no es necesario. Yo soy feliz solo con poder estar contigo en casa, no tienes que pagar nada, Patrick.

—Buenas noches. —Patrick se dio la vuelta y le dio la espalda. Ella se abrazó a él y le besó el cuello.

—No quiero que te enfades conmigo, por favor.

—Vale.

—Paddy… —Bajó la mano suavemente por su abdomen y le acarició el pene ya erecto—. Estoy loca por ti, jamás he sentido algo así por nadie, ni he compartido tanto tiempo ni tanta intimidad con nadie. Eres lo más importante de mi vida ahora. Ni el trabajo, ni los estudios, ni mis amigos, solo tú, Patrick O'Keefe, no me lo pongas difícil.

—¿Y por qué me hablas así? —Se giró y la miró a la cara—. ¿Eh?

—No te hablo de ningún modo, solo digo lo que pienso y a ti no te gusta.

—Porque de momento trago ya con mil cosas.

—¿Qué cosas? Si soy una facilona contigo —bromeó, pero él no sonrió—. Haces lo que quieres conmigo.

—Deberías dejar tu trabajo, venirte conmigo a Irlanda, tener hijos conmigo. Eso es lo que quisiera hacer ahora contigo y no lo hago. Solo hacemos lo que tú me permites hacer.

—Acabamos de conocernos… —No sabía si reír o llorar ante esa confesión y empezó a sentir que un miedo extraño le subía por la espalda—. No tenemos prisa, no hace falta correr, solo quiero disfrutar contigo, pensé que tú también lo estabas pasando bien.

—Solo pagué el maldito alquiler y me sueltas no sé cuántas mierdas juntas.

—Lo siento.

—Y si yo solo quisiera pasarlo bien no andaría como un perrito faldero detrás de ti, no me hace falta.

—Por pasarlo bien no me refiero solo al sexo, me refiero a estar bien juntos y no empezar a discutir como las demás parejas. Eso no me apetece nada y seguro que a ti tampoco.

—Eres tú la que discute, tú la que llamas y me jodes el viaje en coche, tú la que se altera, no yo.

—Vale… —se sentó en la cama y se tapó con las sábanas— tienes razón, puedo ser un poco… intolerante, estar a la defensiva más de lo normal, pero soy así y me cuesta relajarme. No estoy acostumbrada a que alguien se preocupe por mí o me pague el alquiler.

—Solo quería ayudar, teniendo en cuenta que duermo allí muchos días, y que quiero seguir haciéndolo sin sentirme un aprovechado… Puedo permitírmelo.

—Muy bien… —lo miró a los ojos y extendió la mano para acariciarle el pelo—. Muchas gracias, pero la próxima vez que quieras hacer algo así, pregúntamelo a mí primero y nos evitamos sorpresas, ¿vale?

—Eres insufrible, *Spanish Lady*, te lo digo en serio.

—¿Insufrible? —Repasó mentalmente su vocabulario en inglés y sonrió—. ¿Así que soy insoportable?

—Un poco.

—Trataré de mejorar, lo prometo. —Se acercó y lo besó muy despacito, tapándole la cara con el pelo largo y suelto. Él sonrió sobre sus labios y ronroneó.

—Si no estuvieras tan buena, te pondría de patitas en la calle.

Capítulo 18

—Esto va cada vez peor… —salió del cuarto de baño de la zona de llegadas del aeropuerto de Eglinton, a trece kilómetros de Londonderry, y respiró hondo. María y Peter la miraron moviendo la cabeza y ella se arregló una vez más el pelo—. Me he tomado la valeriana.

—No exageres, no hay nada malo en venir. Se lo prometiste a Paddy y solo cumpliremos un rato con la familia.

—Lo sé, pero me siento como una verdadera hija de puta acudiendo a la comunión de su hija, su mujer estará allí…

—Ya sabes cómo va lo de su mujer —intervino Peter muy serio—, así que no hay nada de qué avergonzarse. Y salgamos o pensarán que al final nos hemos quedado en Londres. Estás muy guapa.

—Eso es lo que menos me preocupa.

—Si fueran una familia al uso, jamás te hubiese permitido venir. —María la agarró del brazo—. Así que a disfrutar, ¿vale?

—Vale.

Recogieron su exiguo equipaje y caminaron por los pasillos del diminuto aeropuerto. Ya empezaba a relajarse. Paddy le había hecho jurar casi de rodillas que iría a Derry, que no lo dejaría solo, y a cambio le había prometido que todo marcharía bien, que se lo pasarían genial, pero que debía confiar en él, que era el último interesado en ponerla en una situación incómoda, así que mejor respirar y fiarse de él, dejar de dudar y empezar a comportarse como una mujer adulta o ella solita acabaría entregándose a los leones, decidió, saliendo a la terminal donde lo vio enseguida, con vaqueros, una camiseta blanca de manga larga y las gafas de sol puestas. Detrás de él estaba Sean. Los dos se acercaron para darles la bienvenida con una enorme sonrisa.

—¿Qué tal el vuelo, *Spanish Lady?* —se acercó y le quitó la maleta, besándola en los labios.

—Todo bien, ¿tú como estás?

—Un poco harto de tanto rollo, ¿por qué no habéis venido esta mañana?

—Porque teníamos que dejar controlado el restaurante, Paddy, me he llevado a los dos pilares, ¿sabes? —Pete le sonrió—. Y esto es un viaje de trabajo, menos es más.

Subieron a la furgoneta blanca que tenían preparada para el traslado y los O'Keefe se subieron delante para conducir y enseñarles el paisaje. No llovía y hacía un tiempo muy agradable. Manuela miró sin ver lo poco que le enseñaron hasta llegar al primer hotel de su propiedad, donde se celebraría el banquete de la comunión, y donde tuvieron el primer contacto con los empleados y pudieron comprobar el negocio, que funcionaba a las mil maravillas. La idea de la visita era que Peter Minstri hiciera acto de presencia y que pudieran ver los informes del negocio de paso. Jonathan quería cifras y detalles, y Patrick parecía feliz y orgulloso de enseñarles su proyecto, que iba muy bien. En un mes pensaban abrir dos hoteles más en Irlanda del Norte y antes del otoño uno más, cerca de Dublín. El asunto era rentable y solo estaban topando con una traba, encontrar hoteles disponibles y en venta con las características que ellos necesitaban en Irlanda o Inglaterra. Llevaban semanas haciendo visitas con un agente inmobiliario y estaban encontrando muchas dificultades para comprar, pero en general, el negocio pintaba excelentemente bien y ese fin de semana ellos podrían dar fe. Manuela podría estudiar el tema y elaborar su propio informe, y Peter podría volver con más dinero en el bolsillo a Londres o, al menos, con la posibilidad de seguir ganando pasta sin invertir un céntimo.

En el Down Hotel —complejo con salón de bodas, piscina, minigolf y catorce habitaciones— recorrieron el comedor, las cocinas y el jardín, charlaron con el gerente y los cocineros y María pudo sugerir algunas ideas a los encargados del comedor, mientras Manuela observaba y tomaba nota mental en silencio, viendo como Patrick se desenvolvía con mucha soltura y seriedad respondiendo a todas las preguntas, casi sin mirarla a la cara, pero pendiente de todas sus dudas. Finalmente, pasaron revista rápida a los preparativos del banquete de comunión de April O'Keefe, que contaría con más de cien invitados, algunos de los cuales estaban alojados en el Down Hotel, invitados por el orgulloso padre de la pequeña.

—¿Te gusta? —Abrió la puerta de la suite nupcial del segundo hotel, el Golden Hotel, y la dejó pasar acarreando su maleta—. Es la habitación más grande y tiene terraza con vistas al jardín trasero, mucho más tranquilo.

—Muy acogedora.

Miró la cama de matrimonio con dosel y el edredón de plumas blanco inmaculado, sorprendida de la elegancia y sencillez de todo el cuarto, que no era de un hotel de cinco estrellas, y tampoco pretendía serlo, pero era cómodo y muy bonito, con muebles de madera natural y un jarrón con flores frescas junto a una mesita de café. Caminó hacia el cuarto de baño y encendió la luz para admirar los materiales: mármol blanco y metal, con bañera de hidromasaje.

—Muy bonita —añadió.

—Es la habitación más cara de los dos hoteles y ahora será tuya… —Se tiró en la cama y la observó en silencio mientras ella se asomaba al balcón y volvía para apoyarse en el aparador, donde había una gran televisión de plasma—. Me encanta esa faldita vaquera.

—Estoy impresionada, todo es muy funcional pero con mucha calidad. Dais un servicio excelente y…

—¿Me harás un informe? Me interesa conocer tu opinión profesional.

—¿En serio?

—Por supuesto, quiero saber si mi gente lo está haciendo bien.

—Te pasaré el informe cuando tenga más datos. Gracias por la confianza.

—Peter y Jonathan dicen que eres un lince y yo les creo.

—Tú sí que eres un lince, se nota que estás encima de todo, y eso es lo mejor para un negocio.

—Lo intento. Ven, *Spanish Lady.* —Estiró los brazos y la atrajo para acomodarla entre sus piernas. Le subió la camiseta y le besó el abdomen liso y tibio con la boca abierta—. Te echo mucho de menos, a todas horas.

—Yo también… —Enredó los dedos en su pelo suave y ondulado y suspiró—. ¿Va todo bien? ¿Tus padres ya están aquí?

—Sí, desde ayer. Todos poniendo cara de estar encantados de verse.

—Eso pasa en todas las familias.

—¿Por qué no quieres tener hijos?

—¿Quién dice que no quiero tener hijos? —Soltó una risa suave y se apartó para mirarlo a los ojos—. ¿Y a qué viene eso ahora?

—Siempre reaccionas mal ante el tema.

—Porque está muy, muy lejos de mis pensamientos por ahora.

—¿Por qué?

—Porque tengo veintiséis años y adoro mi trabajo. Tengo mucho que hacer durante los próximos años antes de conseguir la estabilidad necesaria para plantearme eso de los hijos y la familia. Te lo he dicho.

—No lo entiendo.

—Y yo no entiendo esa fijación que tienes tú con los hijos.

—¿Fijación? —Levantó los ojos y le sonrió. Ella se inclinó y lo besó en los labios.

—No sé si hablas en serio o no, pero cada dos por tres sacas el tema.

—Es lo natural. Quiero hijos.

—Y tienes tres.

—No contigo.

—Patrick… —Se echó a reír y él con ella.

—Vale. ¿Echamos uno rapidito? —La tiró encima de la cama y deslizó la mano por debajo de su minifalda vaquera.

—Muy rapidito, porque quedamos para cenar dentro de cuarenta minutos y quiero ducharme y cambiarme.

—Yo no me voy a poder quedar… —Le quitó la camiseta y hundió la cara entre sus pechos.

—¿Ah, no?

—Tengo que cenar con mis padres y mis suegros, pero intentaré venir a dormir contigo.

—Prefiero que no.

—¿Por qué?

—Porque no y tampoco me apetece esto, en realidad. —Se levantó de un salto y se arregló la ropa—. Lo siento, no es contra ti, me siento muy rara de estar aquí, al lado de tu familia y… Ya me siento bastante horrible de haber venido, mejor si no… nos acostamos juntos.

—Nah, ya sabes cómo va esto, Manuela, ¿qué coño te pasa?

—No puedo, en serio… —Él la miró unos segundos y se levantó, abrió la puerta y salió dando un tremendo portazo.

—Mejor así —susurró cerrando la puerta con seguro. Se dio la vuelta y se metió en el cuarto de baño para darse una ducha larga y reparadora.

La multitudinaria primera comunión de April O'Keefe y su prima, Kimberly, se celebraba en una preciosa iglesia medieval a las doce en punto del mediodía. Peter, María y Manuela se levantaron temprano, desayunaron juntos y las chicas se arreglaron en el mismo cuarto para ayudarse con el maquillaje y los peinados, que evidentemente eran discretísimos, antes de vestirse para la ocasión con sus sencillos modelitos de Zara. Vestidos que habían comprado especialmente para que Pete no les echara la bronca por ser tan austeras y agarradas. María se puso su falda beige con una camisa blanca preciosa y Manuela su vestido de tulipa azul petróleo de última moda, sin mangas, y corto hasta las rodillas, que acompañó con un chal en el mismo tono y zapatos de tacón negros. En el pelo un moño italiano y en las orejas unos pendientes diminutos de perlas, nada más. Las dos se dieron un notable alto y salieron a esperar que Sean los recogiera y los llevara a la iglesia tan animado, con su traje de chaqueta bastante informal, y fumando como un carretero, igual que Paddy, al que no habían vuelto a ver desde la víspera. Manuela lo llamó antes de dormir y al levantarse, pero no respondió, algo normal teniendo en cuenta que estaba con los suyos, y llegó a la iglesia con el estómago contraído, como si alguien la fuera a acusar de ser la «otra», la golfa insensible que se tiraba al padre de la niña de la comunión. Fantasías que paró tomándose una valeriana y respirando hondo como hacían en yoga, para evitar un ataque de pánico completamente injustificado.

—Madre de Dios, esto es un circo. —María la sujetó de la mano mirando a las mujeres que llegaban en tropel con sus hijos a la iglesia y movió la cabeza—. ¿Has visto? Si parece que van de romería.

—Son un cromo, ya os lo había advertido —contestó Peter viendo los escotes exagerados, los abdómenes al aire, los pelos rubios teñidos, los sombreros de colores y los maquillajes, más dignos de unas bailarinas de *striptease* que de unas sencillas amas de casa.

—En España no las dejarían entrar así en la iglesia. ¿Y dónde están los hombres?

—Bebiendo por aquí cerca. Verás que no se mezclan nunca con ellas o con los críos.

—Y todas van hasta arriba de rayos UVA. El negocio aquí sería poner un gabinete de rayos UVA, te lo digo en serio. —María, con la boca abierta, no podía dejar de observar aquello, desde las niñitas de dos años a las mujeres maduras, con tanto potingue y tanto raso encima.

—A Manuela le da algo… —Peter se acercó y la abrazó por la cintura—. Relájate y observa, jamás verás otra cosa igual, son la caña.

—Y ellas pensarán que María y yo salimos del convento de las Descalzas Reales. Cada uno con lo suyo, no deberíamos ser tan criticones, nos han invitado…

Miró de reojo a las adolescentes supermaquilladas y despelotadas, y tragó saliva más preocupada por ver por primera vez en persona a Violet O'Keefe, la esposa de Paddy, que estaría al caer.

—Vale, perfecto, Patrick O'Keefe senior. Hay que ir a saludar, es el patriarca. —Las arrastró a las dos hasta el señor O'Keefe que, vestido con un traje negro con raya diplomática y sin corbata, charlaba junto a la entrada de la iglesia con otros hombres maduros—. Patrick, ¿cómo está?

—Peter Minstri en persona, ¿cómo va, hijo? ¿No ha venido tu padre?

—No ha podido venir, está un poco delicado con la espalda… Le presento a María y Manuela, son mi mano derecha en el negocio y han venido para ver el asunto de los hoteles que tenemos por aquí.

—Ah, claro. —Apartó la vista de Peter y la fijó en las dos, que lo miraban sonriendo. Manuela vio el mismo porte elegante de Paddy en su padre y le extendió la mano.

—Son muy jóvenes y muy bonitas para trabajar contigo —dijo él fijando los ojos un segundo más en Manuela, que se sonrojó—. Muy bonitas.

—Paddy, mejor entramos. —Detrás de él llegó una mujer aún joven pero madura, realmente guapa, que lo agarró del brazo—. Hola, Peter, hijo, ¿qué tal?

—Hola, Bridget, guapísima como siempre. Le presento a mis chicas, Manuela y María. Trabajan conmigo en Londres. Chicas, esta es la señora O'Keefe.

—Hola, queridas, ¿qué tal estáis?

La madre de Paddy era preciosa, pensó Manuela comprobando a quién se parecía él, y se quedó prendada de sus ojos transparentes, oyendo de fondo un revuelo provocado de repente. Todos se giraron y vieron bajar de dos furgonetas a las niñas de la comunión con sus padres. Patrick venía vestido completamente de negro, también sin corbata, caminando detrás de su hija y de su mujer junto a su hijo Paddy. Manuela se quedó de repente paralizada.

—Hola, abuelo.

—Hola, guapísima, estás guapísima —contestó el señor O'Keefe acariciando la cara de su nieta, que había ido corriendo a saludarlo. Manuela vio su pelo pelirrojo y sus uñas pintadas de azul en medio del enorme vestido de primera comunión y sintió la mano de Peter abrazándola por los hombros—. Venga, corre, que ya empieza. Todos deberíamos entrar.

—¡April!

El grito de Violet la pegó al suelo y levantó los ojos para verla pasar a su lado. Era rubia platino y llevaba el pelo muy cardado, con algo brillante entre los rizos, muy morena, por efecto de los rayos UVA, como había apuntado María, y taconeando con un vestido estilo sirena, fucsia, de seda muy ceñido. No estaba gorda, pero era muy exuberante. A Manuela se le cerró el estómago y le entraron unas ganas enormes de salir corriendo de allí.

—Vamos a entrar, venga. Paddy te está mirando —Levantó los ojos y lo vio junto al altar pendiente de ella—. Venga, no seas tonta.

La ceremonia fue corta y no se parecía en absoluto a la que ellas conocían. La gente charlaba e incluso fumaba dentro de la iglesia. Los más jovenes permanecían sentados en los respaldos de los bancos, pisando los asientos, y las chicas adolescentes comían chicle y jugaban con el móvil coqueteando con los chavales que estaban sentados al otro lado del pasillo. La mayoría de las mujeres con hijos pequeños estaban sentadas delante y, en el primer banco, los padres de las niñas con sus otros hijos escuchaban la ceremonia a pesar del ruido. Un circo, determinó María, escandalizada como católica practicante, hasta que todo acabó y entonces empezó la sesión de fotos junto al altar mientras los invitados salían entre gritos y escándalo a la calle.

Manuela quiso quedarse un minuto para ver a Violet de frente. Era muy guapa, pero parecía muy mayor con tanto maquillaje y tanto moreno, y quiso observar la actitud de Paddy junto a ella. Estaba serio, pero sonreía al fotógrafo con amabilidad, incluso cuando su mujer se le agarró del brazo muerta de la risa, o lo abrazó para retratarse con sus tres hijos como una orgullosa familia normal.

—Yo me voy a ir al hotel para hablar con el gerente, ver los informes que me quieren dar y revisar unas cuantas cosas…

—No puedes irte así, Manuela, queda lo mejor, que es el banquete.

—Yo ya he tenido suficiente, más que suficiente, os lo digo en serio. —Los miró sintiéndose morir por dentro, completamente confusa, y se le llenaron los ojos de lágrimas—. Por favor, disculpadme con la familia, pero no puedo.

—Paddy se va a enfadar.

—No creo que lo note en medio de tanta gente.

—Por supuesto, vete. Peter y yo cumpliremos por los tres y entregaremos el regalo, ¿verdad, Pete? —María le acarició el brazo igual de angustiada—. ¿Cómo puede salir de aquí?

—En taxi, pide que te lleven al Golden Hotel y seguro que lo conocen. Venga, Manuela, te vemos más tarde.

—Vale.

Les dio un beso a cada uno y caminó hacia la calle buscando con los ojos una avenida principal entre los silbidos y los piropos de los parientes más jovenes de Patrick O'Keefe. Cruzó la calle y corrió sin parar hasta estar bien lejos de allí, no tenía ni idea de dónde, pero al menos lejos de toda aquella mierda que no tenía nada, en absoluto, que ver con ella.

Capítulo 19

—Señorita Vergara, el gestor dice que le enviará el tema de Hacienda por email. Está en la comunión de los O'Keefe y es sábado...

El administrativo del Golden Hotel la miró un poco agobiado de tenerla allí, vestida de punta en blanco y trabajando en su ordenador, y Manuela le sonrió tranquilizadora.

Se estaban portando muy bien con ella, tenía acceso absoluto a todos los datos y no pretendía dar demasiado la lata, pero necesitaba hacer su trabajo. Para eso estaba en Derry y, además, necesitaba concentrarse en otra cosa que no fuera Patrick y su familia.

—Está bien, aunque me sorprende, porque sabía que estaríamos aquí.

—Lo sé, pero es de Dublín y ya sabe... —el chico bufó— no somos sus únicos clientes.

—Ya, pues habrá que solucionarlo, lo llamaré yo el lunes a primera hora. Por otra parte, mi compañera María revisó ayer las cocinas y el almacén, pero los gastos del chef tampoco se han subido aquí.

—Sí, están en la carpeta de presupuestos. —El chaval se acercó al ordenador y se le puso detrás para abrir las carpetitas del escritorio, hasta que de pronto se quedó quieto—. Señor O'Keefe, buenas tardes.

—Buenas. —Patrick entró en mangas de camisa, completamente de negro, y les clavó los ojos con las manos en los bolsillos. Manuela miró la hora y comprobó que ya eran las seis de la tarde—. ¿Mucho trabajo?

—Sí, pero casi acabamos —contestó el chico—. La señorita Vergara no ha parado ni para comer.

—Ya me lo imagino. ¿Puede dejarnos a solas, por favor?

—Claro, con su permiso. —Salió disparado y Manuela siguió mirando la pantalla mientras él se apoyaba en la pared.

—¿Qué coño ha pasado?

—¿Qué? —Lo miró de reojo, intentando parecer mucho más tranquila de lo que en realidad estaba, y él no contestó, con los ojos claros fijos sobre ella—. Tenía trabajo, he venido para hacer esto.

—No, has venido para estar conmigo.

—Tú no estabas precisamente solo, así que no empecemos, por favor, no quiero discutir. Estoy muy cansada y quisiera acabar con este papeleo ahora.

—¿Te molestó que estuviera con mi familia? ¿Con Violet? Era la comunión de mi hija, tenía que estar con ellos, lo sabes.

—Ese es tu problema, no el mío, Patrick.

—Muy bonito… —Soltó una carcajada y encendió un pitillo.

—No se puede fumar aquí.

—Estoy en mi puto local, así que déjame en paz… —Manuela lo miró por primera vez con atención y vio un brillo extraño en esos ojos tan grandes.

—¿Estás borracho? ¿Te has tomado algo? Porque si es así no quiero ni verte y te rogaría que me dejaras acabar con mi trabajo.

—¿Vas a controlar las pintas que me tomo, *Spanish Lady*? Porque me he tomado unas cuantas, anoche cuando dormí con mis hermanos y mis cuñados en el salón de casa, y hoy, celebrando la maldita primera comunión de mi hija pequeña.

—Vale… —Tragó saliva y ajustó la silla para seguir a lo suyo.

—Ven, quiero enseñarte algo. Es importante.

—No puedo.

—Esperaré, ¿cuánto tardarás?

—No lo sé.

—Vale, me quedo aquí esperando, me vendrá bien echar un sueñecito. Aunque no estoy tan borracho como piensas.

—Dios mío —soltó y se puso de pie. Llevaba la ropa que había elegido para la comunión y los tacones y él se la comió con los ojos, regalándole una sonrisa picarona—. ¿Qué quieres que vea?

—Eres la tía más guapa que he visto en toda mi vida, te lo digo en serio. Con esos ojazos negros impresionantes que a veces me miran como si quisieran asesinarme.

—¿Qué quieres que vea? —insistió, cruzándose de brazos.

—Vamos… —La agarró de la mano y se la llevó a la calle para rodear el hotel, mirándola de reojo—. Hacemos una pareja de cine, *Spanish Lady*, ¿no crees?

—Sí, claro, una gran pareja.

—No seas tan sarcástica, va en serio. —Llegaron a una enorme caravana plateada, nuevecita, y abrió la puerta con una llave—. Pasa.

—Muy bonita, ¿qué piensas hacer con esto? ¿Habilitarla como alojamiento?

—Para mí… —caminó por el espacio reducido pero muy bien aprovechado y se apoyó en la encimera, junto a la cama— y para ti, si quieres quedarte conmigo.

—¿Esta noche? No, gracias, ya te dije que…

—Para vivir aquí conmigo.

—¿En Derry? —Se sujetó a la mesa y abrió mucho los ojos.

—Si no te apetece, podemos alquilar o comprar un pisito o una casa o…

—No voy a quedarme a vivir en Derry, tu familia vive aquí, ¿cómo se te ocurre semejante idea, Patrick?

—Podemos llevarla a Dublín, es lo bueno de tener como casa una caravana, podemos vivir donde queramos.

—Vamos a ver… —Respiró hondo y trató de no ponerse a gritar como una loca—. Patrick…

—Quiero que vivamos juntos. El negocio crece y cada vez se me hace más difícil viajar a Londres. En las próximas semanas no sé siquiera si podré asomarme por allí, necesito que seas tú la que se venga aquí, aquí o a Eire, lo mismo da.

—Tengo mi trabajo en Londres.

—Ya lo sé, pero no necesitas trabajar.

—¿Quieres que deje el trabajo y me venga contigo aquí? ¿Estás loco? Acabaríamos matándonos antes de dos meses, sin contar con el hecho de que tú ya tienes una mujer e hijos. ¿Cómo…?

—Ya te expliqué mi situación familiar, creí que la habías entendido.

—Y la entiendo, pero eso no implica que me quiera convertir en tu… tu… concubina, Paddy, por el amor de Dios. Es completamente absurdo.

—¿No quieres estar conmigo?

—Por supuesto que sí, pero solo nos conocemos desde hace seis meses, me gusta lo que tenemos y no quiero cambiar mi vida. Si yo dejara mi vida y mi trabajo para venir a vivir a una caravana contigo me volvería loca, te volvería loco a ti y acabaríamos fatal, créeme, yo no nací para estar esperando a un hombre en casa, no va conmigo, creí que eso tú también lo habías comprendido.

—¿Y qué vamos a hacer? No puedo estar todo el tiempo yendo a Londres.

—Claro, pues vendré yo a verte a Dublín, lo organizaremos mejor.

—No me hace gracia seguir estancados en este rollo, deberíamos avanzar un poco.

—Aún es muy pronto, nos estamos conociendo y no puedo, lo digo en serio, ni contemplar la idea de abandonar La Marquise, mi carrera y encerrarme en una casa. Sería pésimo para los dos.

—Las cosas no son tan complicadas, solo se trata de estar juntos. ¿Por qué lo haces todo tan difícil?

—Porque lo de estar juntos es genial, pero el día a día es duro y me conozco. No soportaré ese trato mucho tiempo, tú acabarás harto y buscando otras opciones lejos de mí.

—No te seré infiel. —La miró y ella bajó los ojos—. Estoy loco por ti y no lo entiendes.

—¿Para qué tantas prisas? A lo mejor dentro de un tiempo la situación personal de ambos cambia y podremos tomar otras decisiones.

—No voy a divorciarme de Violet, eso no va a pasar.

—Tampoco va a pasar que yo abandone todo para venirme aquí…

Esa certeza la despertó de repente y cuadró los hombros empezando a enfadarse con él y también con ella por seguir dando vueltas a semejante locura.

—Vale… —se pasó la mano por la cara—. El negocio crece, puedes ayudarme a gestionarlo. Eres muy buena en tu trabajo y puedes dirigir todo el embrollo, podrás trabajar y estar conmigo…

—¿Desde Dublín? —Asintió—. ¿Y me darás carta blanca para gestionarlo todo?

—Claro, al menos hasta que… ya sabes.

—¿Hasta qué?

—Hasta que te quedes embarazada.

Sintió un jarro de agua fría cayéndole encima, se enderezó y lo miró a los ojos. Él, con su cara perfecta y su cuerpo perfecto, vestido de negro, estaba impasible, esperando a que ella saltara a su cuello para agradecerle tanta generosidad. Obviamente, nunca la había escuchado, ni le prestaba atención, ni le importaba lo más mínimo su vida o sus proyectos, estaba claro, así que no pretendía seguir ni un segundo más discutiendo o exponiendo sus argumentos. Respiró hondo y miró al suelo, y acto seguido se giró hacia la puerta de la caravana y salió sin pronunciar ni una sola palabra más. No valía la pena, ya no.

—¡Manu! —María y Peter se la encontraron entrando en la oficina del hotel—. No sabes lo que te has perdido, lo pasamos genial, las hermanas de Paddy son la leche... ¿Qué te pasa?

—Nada... —Apartó la silla del ordenador y buscó Internet para abrir su correo.

—¿Has visto a Paddy? Se enfadó mucho cuando vio que no estabas.

—Ya, Pete, da igual. —Metió todos los documentos en una carpeta comprimida y luego los miró—. Me mando todo esto a mi cuenta y termino de verlo mañana en el restaurante. Hemos avanzado un montón, pero ya estoy harta y esta gente también. ¡Seamus!

—Sí, señorita. —El administrativo apareció en el despacho y sonrió a todo el grupo.

—Hemos acabado. Siento la molestia y muchas gracias. Puedes irte a casa si quieres.

—¿Y el señor O'Keefe?

—Ni idea, creo que se ha vuelto a su fiesta. Muchas gracias, ya hablaremos.

—Claro, adiós.

El chico los despidió y ellos subieron a sus habitaciones charlando. Pete y María muertos de la risa, contando sus cuitas y sus historias de la pintoresca fiesta de April O'Keefe, donde habían conocido a la mayoría de la parentela de Patrick, con los que habían acabado haciendo muy buenas migas.

Manuela los escuchó pacientemente y al final se disculpó para meterse en la cama, alegó un poco de catarro y mucho cansancio, no quiso salir a cenar y comió el trozo de tarta que María le había llevado en una servilleta, con un té caliente, sin mencionar ni remotamente su encontronazo, el último, con Paddy. No quería hablar del asunto, ni escuchar la opinión de nadie, y se metió en la cama a las nueve, con otra valeriana que le provocó un sueño casi instantáneo. Era delicioso no pensar, porque aquello ya se estaba convirtiendo es un sainete, y se durmió con la tele puesta, tan feliz, hasta que la puerta de su habitación se abrió con un portazo seco que la levantó de un salto de la cama.

—¡¿Qué haces?! —exclamó. Patrick trastabilló al toparse con la cómoda y cerró la puerta de una patada—. Había cerrado con llave.

—Es mi puto hotel. —Se sacó la chaqueta y, con el movimiento, tiró un jarrón al suelo. Manuela se levantó y se pegó a la puerta del baño—. Puedo entrar donde me plazca.

—¿Estás borracho?

—¿Te importa? ¿Me tratas como a un zapato y te importa si estoy borracho?

—No voy a hablar contigo así.

—No vengo para hablar, vengo a por mi polvo de rigor. Desnúdate, *Spanish Lady*, recibe a tu hombre con los brazos abiertos, como corresponde.

—Fuera o me pongo a gritar.

—¿Te haces la difícil? Qué divertido, eso no lo hemos probado. Yo te fuerzo y tú te resistes, muy bueno. —Empezó a desabrocharse la camisa y Manuela pensó en sus opciones: no podía enfrentarse a él porque era veinticinco centímetros más alto que ella y mil veces más fuerte, ni montar un escándalo porque había familia O'Keefe por todas partes, así que pensó en encerrarse en el cuarto de baño—. Venga, quítate la ropa.

—Mira, Patrick… —Caminó hacia la puerta principal y él agarró el teléfono de la mesilla y lo estampó contra el ventanal de la terraza.

—¡Quieta, joder! ¡Vuelve a la puta cama ahora mismo!

—No, así, no. Cálmate.

—Estoy calmado. ¡Vuelve a la puta cama!

—¡Manuela! —María llamó a la puerta y Manuela miró a Paddy que se le acercaba furioso, lo esquivó y él acabó sentado en la orilla de la cama bastante mareado—. ¡¿Estás bien?! ¡Abre!

—Sí, sí, estoy bien. —Abrió la puerta y se la encontró en bata, con cara de susto y el móvil en la mano.

—¿Llamo a la policía?

—No…

—¿A su familia? —Se asomó y las dos lo observaron. Se había quedado sentado con las manos en la cabeza y Manuela tragó saliva.

—No, está bien, solo está un poco borracho, se dormirá enseguida.

—Estaba gritando. ¿Qué ha roto?

—Da igual, no te preocupes, yo me hago cargo de él.

—¿Segura?

—Sí, si no te aviso de lo contrario. Gracias por venir.

—Vale, buenas noches. —Se dieron un beso en la mejilla, Manuela cerró la puerta y rodeó la cama para recoger el teléfono y mirar a Patrick desde cierta distancia. Él seguía con la cabeza entre las manos, sin moverse, hasta que de pronto se echó a llorar.

—Te quiero, estoy enamorado de ti y me tratas como a un zapato.

—Patrick... —Se le encogió el corazón y se le llenaron los ojos de lágrimas.

—Nunca había querido a nadie y te quiero a ti...

—Yo también te quiero. —Saltó a la cama y lo abrazó por la espalda, besándole el cuello.

—¿Y por qué no me lo dices?

—No sé... porque no quería reconocerlo o porque no quería que salieras corriendo, supongo. —Lo apretó fuerte sin dejar de besarle la cabeza.

—Si no estuviera ella, me casaría contigo.

—No hace falta que te cases conmigo, mi amor, yo te quiero de todas maneras.

—¿En serio?

—Claro. —Se levantó para mirarlo a los ojos y le sonrió, aunque tenía la cara bañada en lágrimas—. Creo que te quiero desde hace mucho tiempo.

—Entonces, quédate conmigo.

—Estoy contigo.

—Vive conmigo.

—No es una buena idea, necesito un poco más de tiempo.

—¿Cuánto tiempo?

—No necesitamos plazos. ¿Por qué no vivimos lo que tenemos, eh? No hay prisa.

—No puedo respirar cuando no te veo. Te necesito, *Spanish Lady.* Si estuvieras enamorada de mí, lo entenderías.

—Estoy enamorada de ti y por esa razón creo que es mejor no adelantar nada. No quiero estropear lo que tenemos. Mírame. —Se puso de rodillas delante de él y le sujetó la cara con las dos manos—. Para mí también es la primera vez. Nunca antes me había enamorado y te quiero, te necesito, pero no me pidas que renuncie a mi vida y me venga aquí para vivir como tu amante, escondida en una caravana, esperando que hagas malabares para cumplir conmigo y con tu familia. No lo soportaría y acabaríamos fatal, ¿no lo entiendes?

—¿Y entonces?

—Vendré a verte a Dublín, no aquí, porque es muy fuerte para mí estar cerca de tu mujer, pero sí a Dublín, todas las semanas si quieres, y, cuando puedas, nos veremos en Londres.

—¿Y si no quiero?

—Rompe conmigo, hazlo tú, porque yo nunca podré hacerlo. Sé que seré incapaz de dejarte.

—Te amo.

—Yo también.

—No te creo.

—Te lo juro por Dios, Patrick O'Keefe.

—Pues repítelo porque no me lo creo.

—Te amo y creo que te quiero desde el primer segundo que te vi.

—Vale…

De repente se echó en la cama y cerró los ojos. Manuela le sacó los zapatos, los calcetines, lo tapó con el edredón y se acostó a su lado para abrazarlo.

—Te quiero, mi amor.

Capítulo 20

Si mirabas mucho tiempo la pantalla del ordenador se convertía en líneas, puntos o una luz cegadora. Era desagradable, pero no podía apartar los ojos de su portátil intentando hacerse invisible en la oficina. Podía oír las voces de Helen, las risas, las preguntas, las prisas de todo el mundo, porque ahí todos parecían ir con prisas y se preguntó por qué. Estiró la mano y contestó al teléfono fijo, respondiendo al comercial de los aperitivos con voz monótona. Ya había mandado el email con el pedido, no entendía por qué no la dejaban en paz, y le colgó mirando por primera vez hacia el despacho. María y Helen la observaban desde un rincón y frunció el ceño enfadada. Se arregló el pelo y se acercó más a la mesa para fingir que estaba trabajando, muy concentrada, y no rompiéndose por dentro, que era como se sentía en realidad.

Confesar a alguien lo que sentías por él no era en todo los casos un alivio, como decían en las películas. No lo era porque te ponías en sus manos no solo al confesar en voz alta un amor inmenso que experimentabas como una idiota, sino también porque significaba reconocer dependencia y necesidad, dos estados de ánimo que toda su vida se había pasado desterrando de su personalidad. Era doloroso y frustrante. Aunque él hubiese dado el primer paso, había sido una estupidez decir en voz alta lo que sentía, una gigantesca, que esperaba no volver a cometer en lo que le restara de vida.

Buscó los pañuelos de papel, se levantó y se fue a encerrar al baño, como venía haciendo los últimos quince días, varias veces durante su jornada de trabajo, porque no quería que la vieran llorar, cosa inútil, porque su cara era un poema y no conseguía deshinchar los párpados o mejorar su aspecto, por muchos esfuerzos que hiciera o por mucho que se escondiera.

Se encerró en una cabina, se sentó y se echó a llorar. Veinticuatro horas después de confesarse en Derry, entre llantos de lo más conmovedores, que estaban enamorados, Patrick la llamó para decir que no quería seguir con ella, así de claro. No se arrepentía de nada de lo que le había dicho, ni se retractaba de sus sentimientos, pero precisamente por eso no podía vivir así, esperándola, echándola de menos o viajando para verla de pasada, como si fueran unos críos.

—Tengo treinta y siete años, no estoy para vivir así. Me parece agotador y sin ningún futuro. Sé que podremos superarlo.

—Vale.

—Lo siento. Espero que no me guardes rencor.

—No.

—Tú me dijiste que lo hiciera yo, que rompiera yo, y eso hago. Es por el bien de los dos. Yo, al menos, no quiero vivir de este modo, así que mejor cortar por lo sano.

—Vale.

—Adiós y cuídate.

—Lo mismo digo.

Cortar por lo sano y así fue, sin anestesia ni paños calientes; cortó con ella como ella le había pedido y nada más. Seis meses convertidos en humo y ella convertida en un harapo en cuestión de segundos. Despedirse en Derry había sido duro porque él había rogado hasta el final que se quedara y que empezaran en ese momento a construir su nueva vida, pero se había negado, lo había abrazado, besado y repetido que lo amaba con toda su alma, pero no perdió su vuelo y regresó a Londres imaginando, tan feliz, que empezaban una nueva vida como amantes que se querían, que podían decir lo que sentían sin traumas. Aunque el gozo le había durado solo unas horas y desde entonces no conseguía levantar cabeza.

María y Laura lloraban con ella y opinaban que era un acto de amor por parte de Patrick O'Keefe dejarla libre para que viviera su vida. Al fin y al cabo, él estaba atado a un millón de compromisos familiares y no le podía ofrecer nada salvo vivir una vida B en paralelo con su familia y eso no era justo para nadie, mucho menos para ella, que era soltera y joven. El argumento no era malo, pero no le servía, y cuando Peter se enteró de todo, le dijo que creía que Paddy estaba marcándose un farol, intentando hacerla reaccionar y mandar todo al carajo para irse corriendo a Irlanda a pedirle una segunda oportunidad.

—Me parece que te la está jugando, Manuela, te está manipulando.

—Tal vez, pero ya que está hecho, mejor así. Atrás ni para tomar impulso, decía mi abuela, y no voy a volver a lo mismo, ni a esta dinámica de romper y volver, porque no puedo más.

—Cariño… —Peter se levantó y la abrazó besándole la cabeza—. Si hubiera estado soltero, ¿qué habrías hecho?

—¿Cómo?

—¿Hubieses dejado todo para irte con él a Irlanda?

—Supongo que sí. Yo hubiese apostado fuerte, sí, pero no me puede pedir que abandone todo, me vaya allí para tener hijos y criarlos a la sombra de Violet y su otra familia, escondida de su entorno, callada cuando él tuviera que ejercer como esposo y padre amantísimo. No me puede pedir eso, ¿quién puede pedir eso?

—No estamos en su cabeza, es de otra cultura, otra…

—Vale, ya estoy harta de su cultura y de que sea gitano. Ese no es mi problema y mejor que esto se haya ido al carajo.

—Por supuesto.

Dos semanas después seguía repitiéndose lo mismo: que era bueno, lo mejor que podía haber pasado, y que todo era cuestión de tiempo. Podría superarlo y podría volver a dormir en su cama sin llorar, podría mirarse al espejo sin llorar, podría volver a trabajar con la misma energía de siempre, salir con otros hombres y recomponerse de tanta tontería que la estaba convirtiendo en una mujer pusilánime y llorona.

—Manuela… —María tocó la puerta y ella se levantó.

—Sean O'Keefe y su gestor han venido para presentar el proyecto de los nuevos hoteles en Inglaterra. Peter te llama, pero si no quieres ir a la reunión, yo me ocupo. Le puedo decir que estás mala.

—No —dijo y salió arreglándose la falda—. Les tengo que pasar los informes que ya están acabados y no voy a dejar a Peter solo con ellos. Puedo hacer mi trabajo.

—Vale, por lo menos no ha venido Paddy.

—Muy bien, dame un segundo. —Se echó colirio, se repasó el maquillaje y partió con paso firme a la reunión de los nuevos hoteles en Inglaterra, en los que Peter y Jonathan sí participarían con un capital fuerte. Entró en el despacho y saludó a Sean, que se puso de pie para darle dos besos—. Buenos días.

—Hola, preciosa, ¿cómo vas?

—Habéis ido muy rápido con esto, ¿no? —preguntó directamente, mirando las carpetas con las fotos y los datos del nuevo proyecto.

—Dieron con una cadena de hoteles de tres y cuatro estrellas que están dispuestos a venderlo todo —intervino Pete.

—Vale, miraremos y comprobaremos las cifras, pero parece muy bueno.

—Es bueno —Sean la miró fijamente y ella fue incapaz de levantar los ojos de las carpetas, temblando como una hoja—, pero echadles un vistazo. Cuando tengas todo claro, nos reunimos otra vez y lo cerramos.

—Genial —contestó Peter—, y Manuela tenía los informes de Derry, os los daré. Paddy le había pedido su opinión y la tenemos. —Sacó los papeles de su cajón y se los entregó con una sonrisa.

—¿Y cuál es tu opinión, Manuela? Adelántame algo.

—Creo que el negocio está muy bien encaminado, muy bien administrado y tiene un gran futuro. Solo he hecho algunas sugerencias en la cuestión con Hacienda y las ayudas que podéis conseguir del gobierno británico. No habéis contemplado nada al respecto y hay muchos incentivos de negocio. Tal vez Brian podría echarles un vistazo.

—Vale, lo miraré, pero no tenemos necesidad de subvenciones —contestó el gestor.

—Lo sé, pero una ayuda nunca viene mal y, si existen, por qué no acudir a ellas. Además, revierten en el tema fiscal de vuestra empresa.

—Gracias, las veré.

—Bueno, nosotros nos vamos, tenemos una cita en el banco. —Se pusieron de pie—. Gracias por todo.

—De nada.

—¿Qué tal estás? —Sean salió con ella al pasillo y la sujetó por el codo.

—Muy bien, gracias. ¿Y vosotros?

—Tirando.

—Bueno, ya hablaremos, Sean. Adiós.

—Adiós, *Spanish Lady* —susurró y ella sintió igual que un puñal en el centro del pecho. Le dio la espalda y caminó casi a la carrera hacia su oficina y de ahí al cuarto de baño, donde se encerró, se sentó y se echó a llorar otra vez. Una más en ese interminable rosario de despropósitos en los que se estaba convirtiendo su vida.

Capítulo 21

—Hooooola...

—Hola —levantó los ojos del ordenador y miró a aquel chico tan mono con una sonrisa. Su grupo ocupaba toda la zona vip, pero él se había escabullido para buscarla en el club—. ¿Necesitas algo?

—A ti... ¿Siempre estás pegada al portátil?

—La mayor parte del tiempo, siempre currando. ¿Qué necesitas?

—Invitarte a algo, muñeca, y luego, intentar convencerte para que me acompañes a una fiesta privada en el West End. Me han dicho que habrá gente de la realeza.

—No llames a las mujeres «muñeca», suena muy anticuado.

—Soy un clásico. —Sonrió y ella se echó a reír—. Venga, ¿por qué no sales conmigo? Ya soy mayor de edad.

—Ya lo sé —movió la cabeza mirando sus preciosos

ojos celestes y él levantó las cejas varias veces—, pero no quiero salir con un famoso. Las fans y la prensa, todo eso, ya sabes…

—¿En serio? Pues yo soy bastante normalito.

—No me digas.

—Te lo juro. Mi ex, que era americana, no iba ni al baño sin cuatro asistentes, una locura, yo no soy así.

—Pero era una chica muy guapa.

—Como tú.

—Ya claro, qué majo eres. —Le acarició el brazo y él suspiró.

—Si me sigues rechazando me pondré muy triste.

—¿Triste? Tienes un millón y medio de chicas loquitas por mimarte y quererte mucho, no seas quejica.

—¿Vienes al menos a tomar una copa conmigo?

—Después. Ahora tengo que solucionar algo aquí, pero después subo, lo prometo.

—¿Y saldrás conmigo?

—No, Harry.

—¿Por qué? Hay mucha química entre nosotros. ¿No la notas?

—Mi novio me dejó hace poco y…

—No me puedo creer que algún capullo te dejara.

—Ya ves. En fin, ¿tenéis de todo arriba?

—¿Cuándo te dejó?

—Hoy hace un mes y prefiero no hablar de eso.

—Si quieres lo busco y mando a mis escoltas para que le den una paliza.

—Me lo pensaré.

—Vale. ¿Me das un beso?

—No, qué pesadito, y sube a la zona vip o se montará un revuelo aquí que no podré controlar, ¿ok?

—Vale, princesa… —Le agarró la mano y se la besó. Manuela bufó y miró a Sonny, el barman jefe, sonriendo.

—Si mi hija supiera que has rechazado a ese capullín, se suicidaría —bromeó Sonny apoyándose en la barra frente a ella—. Lo adora, a él y a algún otro chaval del grupo.

—Podrías haberla traído hoy, al menos para hacerse unas fotos.

—Lo pensé, pero mejor que no.

—Son majos, se lo tienen un poco subidito, pero es normal. Y ahora, miremos lo de las vacaciones. Intentaré arreglarlo, pero no prometo nada.

—Lo siento, Manuela, pero es que a mi mujer se las han cambiado a última hora. Si no, no te lo pediría.

—Lo sé, dame un minuto.

Le guiñó un ojo y se enfrascó en repasar el cuadrante de las vacaciones muy concentrada. Llevaba ya treinta días sin saber nada de Patrick O'Keefe y aunque esa noche en particular no parara de pensar en él, lo cierto era que estaba empezando a levantar cabeza. Ya no lloraba tanto e incluso había decidido tirar el móvil y comprar uno nuevo para cortar por lo sano y evitar la tentación de llamarlo, mejor así, y estaba funcionando. Hasta María reconocía su mejoría y eso era un triunfo del que estaba empezando a sentirse muy orgullosa. Sin embargo, cuando se metía en la cama y se abrazaba a la almohada, aún seguía extrañándolo con una añoranza brutal, no podía controlarlo, pero acabaría haciéndolo. Estaba segura.

Por las carambolas del trabajo había tenido que ver a Sean O'Keefe una vez más, para cerrar el acuerdo con los nuevos hoteles, pero ninguno había mencionado a Paddy, y superó la reunión con bastante calma, muy tranquila, primera muestra de que estaba en la senda del olvido. Un olvido que llegaría si se concentraba en lo importante: el trabajo, y tenía tanto, que apenas paraba en casa. Además, se mataba en el gimnasio y había retomado la bici para moverse por la ciudad ahora que estaba llegando el verano. Una disciplina draconiana que, como siempre, estaba surtiendo el efecto deseado, volver a tomar el control de sus actos, especialmente en La Marquise, que era su mayor responsabilidad.

—Vale, Sonny, mira. Justin y Celia tienen los días que necesitas, pero ninguno está hoy, hablaré con ellos mañana y veremos si aceptan cambiarlas por las tuyas, ¿te parece?

—Bueno, si no lo consigues tú…

—Tienes unas fechas muy buenas, seguro que tenemos suerte, aunque ya estamos en junio, pero… ¿Qué? —Levantó los ojos y vio los oscuros de Sonny muy abiertos y se temió lo peor con sus clientes vip, pero antes de poder girarse para comprobarlo, sintió esas manos enormes y cálidas abrazándose a su cuerpo, y su inconfundible boca pegada al cuello.

—Lo siento —susurró, apretándola mientras le acariciaba el abdomen con la palma abierta—. Lo siento mucho.

—No, no, no… —Se debatió con todas sus fuerzas y se apartó para mirarlo a la cara. Patrick O'Keefe llevaba una americana azul oscura sobre una camiseta blanca, el pelo más largo y revuelto, y la observaba con los ojos húmedos, mientras a su lado sus amigos tomaban posición casi como una guardia de corps.

—Estás enfadada, lo sé, me lo tengo merecido, pero me muero por tocarte, *Spanish Lady.* Nena… —Lo miró muy seria y no abrió la boca haciendo amago de salir de allí, pero él le cortó el paso y la arrinconó contra la pared—. Manuela.

—No.

—Por favor, solo quiero hablar contigo.

—Si no te apartas, llamaré a seguridad.

—No quieres que acabe rompiendo las piernas a tus gorilas, habla conmigo.

—No.

—Mírame. —Se inclinó intentando que dejara de mirar el suelo, pero ella lo esquivó—. Te quiero, perdóname, estaba confuso y…

—Sonny, llama a Günter —dijo con calma mirando hacia la barra, aunque sentía la sangre bombeándole con fuerza contra los oídos y el estómago contraído.

—No es eso lo que quieres, mírame.

—Déjame en paz, por favor.

—No… escucha… —Quiso tocarla y ella saltó—. Manuela.

—¿Qué pasa aquí? —Günter, otro chico de seguridad y el propio Sonny se acercaron apartando a la gente—. Amigo, deje a la señorita Vergara tranquila o nos veremos obligados a sacarlo del local.

—¡¿Tú y cuántos más?! —Se giró furioso y los encaró con muy malos modos. Sus dos amigos se acercaron y Günter levantó las manos en son de paz.

—Mira, Paddy, nos conocemos, no armemos revuelo, tenemos la sala llena y, por lo que veo, Manuela no quiere hablar contigo, así que compórtate como un caballero.

—¿Vas a dejar que me echen? —La miró a ella abriendo los brazos—. Solo quiero hablar contigo.

—¿No había que cortar por lo sano? Pues ya está… Ahora déjame en paz. —Lo rodeó y salió de allí seguida por Günter, pero antes de llegar a la escalera se giró y le agarró el brazo—. Gracias, Günter, y deja que se queden, es socio de Peter. Yo me largo.

Fabio llegó con la bandeja y la colocó en la alfombra mirándola de reojo. Jamás la había visto llorar, no así, y Manuela lo miró intentando forzar una sonrisa. Al pobre lo había sacado de la cama para que le diera cobijo en su piso esa noche y no pretendía asustarlo más, así que se incorporó y lo ayudó a servir el té con su mejor disposición, aunque él le agarró las manos, la atrajo con fuerza y la abrazó acariciándole la espalda.

Cinco minutos después de ver a Patrick en el club, abandonó La Marquise por la puerta trasera, como una espía. Era pasada la medianoche y María se quedó para sustituirla hasta las dos, la hora de cierre. A la carrera salió con la bici por la zona de descarga, llegó a Picadilly Street y se metió en Green Park a toda velocidad hasta llegar a Buckingham Palace, llorando como una cría, angustiada por no ser capaz de administrar aquello con la cabeza. Dio varias vueltas y finalmente decidió llamar a su amigo Fabio, que vivía en Notting Hill, y suplicarle que la dejara dormir en su casa, cosa a la que él, que era un cielo, accedió de inmediato y sin preguntar nada, no hizo falta. Cuando lo vio esperándola en la puerta, no le quedó más remedio que hablar y desahogarse, contarle todo desde el principio, intentando justificar su llanto, su pena, su desconcierto y tanto revuelo que no le pegaba nada y que la había llevado hasta ese punto lamentable de su vida, según su propia opinión, aunque para Fabio las cosas del corazón no necesitaban justificación y jamás eran lamentables o motivo de burla o arrepentimiento.

—Si quieres que un hombre te deje en paz, no huyas de él, o provocarás justamente la reacción contraria. Parece mentira que no lo sepas, *amore*.

—Me da igual, yo solo quería salir de allí, y si voy a mi casa, estará allí, aparecerá y entonces… —Agarró el pañuelo y se sonó—. No puedo verlo.

—¿Porque acabarás en la cama con él? —Ella asintió—. Señal de que lo sigues queriendo.

—Nadie ha dicho lo contrario, estoy enamorada de él hasta las trancas y…

—¿Y por eso si vuelve y te dice que lo siente sales corriendo? Las mujeres sois muy raras.

—¡Fabio!

—Escucha, te mueres por él y, sin embargo, aceptas que rompa contigo sin oponer resistencia, luego viene a disculparse y entonces tú llamas a seguridad y corres a esconderte aquí… ¿No es raro?

—Está casado, tiene una vida en Derry, una vida que no va a cambiar porque la presión de su familia es terrible, y lo único que nos queda es vivir medio escondidos, porque aunque él diga que vive su vida a su manera, no es verdad, solo lo hace hasta un límite y pasado ese límite yo quedo fuera. Y sé que no seré capaz de soportarlo mucho tiempo más y si el futuro que me espera son más rupturas, mejor aprovechar esta, que ya me está costando lágrimas de sangre, y no volver a la dinámica que ya sabemos adónde nos lleva.

—Muy sensato, sí, pero inútil.

—¿Por qué?

—Porque deberías vivirlo. Mañana es mañana y a lo mejor dentro de unas horas te cae una viga encima, te mueres y el futuro a la mierda. Hay que vivir el presente.

—Y eso he hecho hasta ahora, vivir el presente con él. Me he olvidado de que está casado y tiene hijos, y que yo no soy más que un entretenimiento. Lo he ignorado, pero lo quiera o no, siempre acabo enfrentándome a la realidad y al futuro.

—Dice que te quiere y, según Peter, jamás había tenido algo así. ¿No vale la pena?

—Peter también me dijo que seguramente esta ruptura no era más que un farol para obligarme a hacer lo que él quería. Parece que tenía razón, y eso también me parece muy fuerte.

—¿Qué?

—Que intente manipularme solo para llevarme a su terreno.

—En el amor y en la guerra todo vale, yo he hecho cosas peores.

—¿Aun haciendo sufrir al otro? Eso es terriblemente egoísta, Fabio.

—El amor es egoísta. Lo que pasa es que tú eres demasiado legal, demasiado directa, pero los demás usamos todas las armas a nuestro alcance para conseguir a la persona que queremos.

—No me parece bien. Al menos, quien esté conmigo puede sentirse seguro de que no miento ni manipulo, yo soy leal y espero que el otro también lo sea, sobre todo Patrick, al que le he dado todo lo que le podía dar. Le dije que estaba enamorada de él y unas horas después rompió conmigo. Si era sincero, no queda más remedio que aceptarlo, pero si solo fue para obligarme a correr a Irlanda, me parece horroroso.

—Está loco por ti, eso seguro.

—Pues yo solo quiero que me deje en paz, que me dé la oportunidad de olvidarme de él —otra vez el llanto—; no podemos vivir así, no es sano y al final acabaré tarumba, totalmente, ya lo verás, y toda mi vida al carajo y entonces, ¿qué hará? Pues volver a Irlanda con los suyos y pasar a otra cosa.

—¿Cómo eres tan dramática, Manuela Vergara? —Se echó a reír y le besó la cabeza—. ¿Veías muchos culebrones de pequeña?

—No te rías de mí.

—Solo ha vuelto para seguir contigo y huyendo no arreglas nada.

—¿Y qué puedo hacer?

—Si quieres normalizar la situación, enfréntate a él. Habla con él, trátalo como a un amigo. Que vea que no hay un hilito de desesperación del que pueda tirar. Siéntate y sonríe, invítalo a una copa y si necesitas un ayudante, yo voy por allí y fingimos que somos novios.

—No quiero mentir.

—Vale, pero te aseguro, créeme, que si te portas como su mejor colega se desorientará y te dejará en paz. Seguro que ese Patrick O'Keefe, que por cierto está buenísimo, adora el drama y le pone que huyas y llores y todo lo demás.

—Tienes razón. Lo haré. El teléfono, es María. —Agarró el móvil y contestó mucho más tranquila—. Hola, guapa.

—Paddy está en el salón, dice que no se mueve de aquí si no le digo dónde estás, o le doy tu nuevo número, así que me he venido a mi habitación. ¿Qué quieres que haga?

—Joder, lo siento.

—Oye, a mí me da igual, que haga lo que quiera, me importa una mierda.

—¿En serio?

—Claro, aunque si quiere dormir en tu cama no montaré en cólera, ¿eh? No me pidas que lo eche a la calle. Yo ya paso y me voy a dormir.

—Vale, pues no hagas nada más, mañana nos vemos en el trabajo. Tengo una muda limpia y no necesito pasar por casa.

—Tú misma, hasta mañana.

Capítulo 22

Giró con la bicicleta hacia Grosvenor Street y vio La Marquise, entró en el aparcamiento de grava frenando poco a poco y enseguida localizó el Austin Mini azul aparcado cerca de la entrada. Respiró hondo y se acordó de sus buenas intenciones para ese día: enfrentarse a los problemas de cara y dejar de esconderse porque ese plan no la llevaba a ningún sitio, así que se fue directa a la zona de bicis viendo por el rabillo del ojo como él salía del coche con un pitillo en la boca y caminaba hacia ella con las manos en los bolsillos. Tenía las gafas de sol puestas y pensó en lo que María le había contando por teléfono, que había dormido en su cama, toda la noche, hasta las nueve de la mañana; cuando se levantó, se duchó y salió en silencio, sin despedirse.

—Buenas… —susurró a su espalda y ella lo miró quitándose el casco y recuperando la mochila de la cesta.

—Buenos días.

—Llevo horas esperándote, tenemos que hablar.

—No entro hasta las doce y aún son las once.

—¿Dónde estabas?

—Si quieres podemos charlar en la terraza del comedor, te invito a un café. —Caminó delante ignorando la pregunta y él se detuvo medio segundo para tirar el cigarrillo en el cenicero de la entrada, luego la siguió en silencio y cruzaron toda la planta principal hasta la terraza, donde ella saludó al camarero, que también era español, en castellano—. Hola, Paco, porfa, nos pones dos cafés, el mío que sea americano. ¿Tú cómo quieres el tuyo? —Lo miró y Paddy se encogió de hombros.

—Con leche, grande.

—Un americano y uno con leche grande. Gracias, Paquito.

Tiró la mochila en una silla y le indicó una mesa junto a la verja llena de plantas. Le temblaban las rodillas, pero estaba actuando bien. Se sentó apoyando los codos en la mesa y vio que él se sentaba enfrente.

—Tú dirás.

—Te has cambiado el pelo, está un poco más corto y tienes flequillo. —Hizo un gesto con la mano y se sacó las gafas para mirarla con esos ojos enormes y maravillosos, que a punto estuvieron de tirar sus defensas al suelo—. Te lo iba a decir anoche, pero fue imposible, estás preciosa.

—Dime de qué querías hablar. —Tragó saliva y se pegó al respaldo de la silla. Él se inclinó hacia delante, mirándola fijamente y sin abrir la boca, como queriendo desenterrar un misterio inconmensurable en sus ojos—. No tengo mucho tiempo.

—Como siempre.

—Tenemos una fiesta privada, los cuarenta años de Peter, así que tenemos aún más trabajo si cabe. Gracias, Paco. —Sonrió a su compañero cuando les dejó los cafés en la mesa y agarró el suyo con las dos manos—. Querías hablar y aquí estoy.

—¿Dónde has pasado la noche? ¿Hay otro tío?

—No creo que eso sea asunto tuyo, pero no lo hay. ¿Vas a hablar o lo dejamos para otro día?

—Si hay otro tío, le voy a cortar las pelotas, que lo sepas.

—No tienes ningún derecho a…

—¡¿Ningún derecho?! —bufó y ella saltó en la silla.

—Ninguno, y me ofende que pienses que puedo salir con otra persona si no hace ni un mes que rompiste conmigo. ¿Qué te crees?

—Lo siento, lo siento, estoy… —Se restregó la cara con las dos manos—. Ha sido el peor mes de mi vida, estoy hecho una mierda y si por alguna casualidad, por alguna maldita casualidad, estás viendo a otro, juro por Dios que lo mataré… Manuela —dijo al ver sus ojos de pánico y reculó, sonriendo—, es una forma de hablar.

—No tienes ningún derecho —repitió y bajó la cabeza.

—Creo que lo tengo porque estoy enamorado de ti.

—Muy bien, esta charla ya la hemos tenido antes. ¿De qué quieres hablar ahora?

—Como quieras. —Tragó saliva y miró a su alrededor. Manuela levantó los ojos y se recreó en su cara perfecta y el brillo de su pelo y de sus ojos de ensueño a la luz del sol, luego volvió al café y esperó en silencio—. Cometí un error, estaba muy cabreado, muy dolido porque me habías dejado tirado allí. Aunque era la primera maldita vez en mi vida que hablaba de esa forma a una mujer, tú cogiste la maleta y me plantaste. Aquello me desquició, me volví loco y corté, no quería volver a verte, porque odio cómo me siento sin ti, no soporto que me ignores o me mantengas fuera de tu vida y te llamé, jamás debí llamarte, debí tranquilizarme antes de hablar, pero fue imposible, estaba destrozado y quería que te sintieras tan mal como yo.

—Y lo conseguiste.

—Lo siento, creo que nunca me he arrepentido tanto de algo en toda mi vida. Lo siento mucho.

—Bueno, ya está, ya pasó, no te guardo ningún rencor.

—¿Y?

—¿Qué?

—No pienso rendirme, he venido para recuperarte.

—No quiero seguir con esto, Patrick.

—¿Por qué?

—¿Te hago una lista?

—No estoy para que me tomes el pelo.

—Sabemos los impedimentos principales por los que no puedo seguir contigo, no voy a repetirlos, pero a tu mujer, tus hijos y tu vida familiar se suman otras cosas, como, por ejemplo, decirme ahora que te ignoro y te dejo fuera de mi vida cuando no hago otra cosa que estar pendiente de ti. Has entrado en mi vida cómo y cuándo has querido, sin importarte jamás mi opinión, y es muy injusto que digas eso de mí, porque es mentira.

—No quieres vivir conmigo, antepones tu trabajo a nosotros. ¿Eso qué es?

—Una vida, tengo una vida y tú tienes la tuya, y lo normal en una pareja es intentar ajustarse y complementarse, no imponerse a los deseos de la otra persona a toda costa.

—No hay nada de malo en querer que vivas conmigo, que tengamos hijos, una vida juntos, pongo el mundo a tus pies y…

—Sí, el sueño de cualquier mujer: convertirse en la amante oficial de un tío casado y padre de tres hijos. Muchas gracias.

—¿Quieres que deje a Violet? ¿Quieres que me divorcie e inicie una guerra en mi familia? ¿Una que no solo nos afecte a nosotros, sino también a muchísima gente que me importa?

—No estoy pidiendo eso, jamás te lo he pedido.

—Entonces, ¿qué quieres, Manuela?

—Nada, solo quiero que si hemos llegado hasta aquí, pasándolo tan mal y sufriendo tanto, no demos un paso atrás. No lo haré, se acabó. Un día iba a suceder y fue hace un mes. Tú sigue con tu vida, que yo intentaré seguir con la mía.

—Yo te importo una mierda, ¿verdad?

—No, por supuesto que no, pero sé que esto se te pasará, antes que a mí, y volverás a la vida que te gustaba tanto y que tenías antes de conocernos. Tienes miles de oportunidades a diario y en todas partes, dentro de poco ya ni te acordarás de mí y, si no te importa… —se levantó sintiendo que si seguía allí un segundo más, se pondría a llorar— debo irme, hemos hablado, es lo que querías y aunque no me apetecía, me he sentado contigo y te he escuchado, pero ya es suficiente, al menos para mí.

—¿No me quieres? —Se levantó de un salto y se cruzó en su camino.

—Claro que te quiero, dudo mucho que uno pueda dejar de estar enamorado en un mes y por eso te suplico —lo miró forzando una sonrisa— que al menos no me traigas a tus próximas novias aquí, por favor.

—¡Manuela! —Helen se asomó al jardincito y la llamó con la mano—. Los de las esculturas de hielo no tienen nada preparado y me va a dar un ataque.

—Ya voy —Se giró hacia Paddy y estiró la mano para acariciarle el brazo, pero sin poder levantar los ojos y mirarlo a la cara—. Adiós.

Agarró a María y la apartó de Phillipe, que estaba empezando a ponerse morado. La vena de la sien palpitaba debajo de su gorrito de chef y, sin embargo, su amiga, con los brazos en jarras, seguía peleándose con él en medio de la cocina. La cosa se había iniciado por culpa de la lentitud en la salida de las comandas, según María, y aunque no era su responsabilidad directa, Manuela medió para que ninguno acabara matando al otro justo en esa noche tan complicada. Tenían el comedor lleno y el club y la sala vip hasta arriba con los amigos y familiares de Peter, que estaban allí para celebrar su cuarenta cumpleaños, aunque el homenajeado, muy agobiado con eso de pasar a ser un cuarentón, llevaba una hora desaparecido. Los había dejado solos con todo el jolgorio que amenazaba con alargarse hasta muy, muy tarde.

Consiguió arrastrar a María fuera del office para que se ocupara de sus camareros y dejara de incordiar a los cocineros, y regresó al club para ver cómo marchaba el DJ, que había llegado tarde. Las bebidas se servían a granel prácticamente y, tal y como había augurado Günter, había mucha más gente de la que habían invitado. Una locura que Helen y ella intentaban solventar con la ayuda de su maravilloso personal, que trabajaba a buen ritmo y con una sonrisa en la cara, todos muy pacientes, observando cómo los elegantes invitados sucumbían a una barra libre como si se les fuera la vida en ello.

—Manuela… —Milena, la camarera brasileña, se le acercó en la escalera cuando subía hacia la sala vip y la agarró del brazo—. Una pregunta personal.

—¿Qué pasa?

—¿Te importaría que lo intentara con tu ex? Ya sabes, Paddy.

—¿Qué? —Frunció el ceño y se apoyó en la pared.

—Me ha contado que lo has dejado y, joder, tía, está tan bueno… —Le hizo un gesto hacia la sala vip, donde Patrick y Sean O'Keefe charlaban, muy guapos y elegantes, con un grupo de gente, y Manuela sintió el impulso irreprimible de abofetearla.

—Claro que me importaría.

—¿O sea que no habéis roto?

—Hemos roto, pero me importa. ¿Te importaría que

empezara a tirarle los tejos a Günter? —la chica parpadeó y se puso seria.

—Espero que no lo hagas, Manuela, por favor.

—Lo mismo digo.

—Vale, aunque deberías poner una nota en el tablón de anuncios, porque aquí —bajó la voz— la mayoría mataría por llevárselo al huerto.

Dejó de mirarla y terminó de subir el tramo de la escalera muy enfadada. La gente era idiota, pensó, y peor él que andaba contando que lo habían dejado. Era de locos. Con lo jodidamente doloroso que estaba siendo todo aquello para ella y los demás se lo tomaban a la ligera. Cruzó la zona vip y vio que Fabio se acercaba a Patrick en medio del enjambre de mujeres que lo rodeaban. Lo que faltaba. Entró en la zona más acotada de los vips y buscó nuevamente a Peter, que seguía desaparecido, agarró el móvil y lo llamó, pero no contestaba, así que volvió a la barra para hablar con Sonny, que le guiñó un ojo, muy tranquilo.

—Se fue con el chaval nuevo que tiene, seguro que están mucho mejor que nosotros.

—Vale, pero mira la hora que es y sin venir. Espero que suba a soplar las velitas.

—¿Y tú estás bien? Estás imponente con ese vestidito.

—Gracias. —Se miró a sí misma y se estiró el vestido que era muy corto, negro y recto. Afortunadamente había optado por las medias negras porque era realmente diminuto—. María opina que es escandaloso.

—Un regalo para la vista.

—Ya, sí, muy amable. ¿Cómo vais?

—A buen ritmo.

—Perfecto, y cuando puedas, mañana, pasa a firmar el cambio de las vacaciones, no quiero que luego quede todo en el aire…

—Hola. —Paddy se acercó a la barra y se apoyó mirándola con su desparpajo de siempre—. ¿Qué hay?

—Hola. ¿Necesitas algo?

—He estado hablando con tu amigo Fabio y me ha dado algunas ideas… —Se quedó muda y esperó entornando los ojos—. Dice que si he agotado un camino contigo, intente otro. Así que empezaré por invitarte a cenar, ¿eh? ¿Quieres salir conmigo? Esta vez de verdad, nada de meterte mano ni intentar llevarte a la cama a los diez minutos de verte.

—¿Qué edad tenéis vosotros dos? ¿Catorce?

—Va en serio. —Se acercó y ella dio un paso atrás—. Queda conmigo, odio ir al cine, pero podemos ir a ver una peli o al teatro. ¿Al ballet tal vez? Ya sé, un musical.

—Me encanta que todo esto resulte divertido al menos para uno de los dos… —Bajó la cabeza e hizo amago de irse.

—Lo siento, no tengo ni pajolera idea de cómo se hace esto, nunca he tenido una cita, ayuda un poco.

—No hace ni doce horas que hablamos y… Ni siquiera sé qué haces aquí, Patrick, te lo digo en serio.

—Es el cumpleaños de mi amigo Peter.

—De repente desapareces y luego apareces y esperas que todo me parezca normal y que yo…

—Te amo, no me des por imposible tan rápido.

—Oh, Dios… —Respiró hondo buscando con los ojos a Fabio para asesinarlo.

—No culpes a Fabio, solo quiere ayudar. Dice que merecemos otra oportunidad, entiende mis sentimientos, me cae bien, tanto, que lo vamos a invitar al próximo combate.

—¿Combate? ¿Qué combate?

—Uno que se está organizando para julio.

—¿Y vas a pelear tú? ¿Por qué?

—Por pasta, ya lo sabes.

—¿No te va lo suficientemente bien con tus negocios?

—Sí, pero… —Se fijó en sus ojos de preocupación y sonrió, encantado—. ¿No quieres que pelee?

—No es asunto mío.

—Sí que lo es. Sé sincera, anda.

—No me hace gracia ese mundo ni esas peleas, ya lo dije en su momento.

—Está bien, no lo haré.

—Ya… —bufó, retrocediendo para que no la tocara—. Claro.

—Tú mandas, *Spanish Lady*.

—¡Manuela! —Billy, el ayudante de administración, llegó corriendo, agitado, se le pegó al oído y al hablar le apretó el brazo—. Acompáñame abajo, no digas nada, pero es urgente.

—¿Qué ocurre? —Se despidió con la mano de Paddy y bajó corriendo con él las escaleras hasta la zona de oficinas. Entraron en el despacho de Peter, que estaba a oscuras, y al encender la luz se encontró a su jefe sentado en la butaca junto al escritorio, rígido, con los ojos desorbitados y espuma en la boca. Miró a Billy y vio que estaba llorando copiosamente—. ¡Pete! ¡Peter!

—Respira, pero está muy mal, Manuela, muy mal.

—¿Cuándo lo has encontrado? —Intentó reanimarlo, pero no se movía.

—Ahora mismo.

—Llama a una ambulancia.

—¡No! Si viene una ambulancia, se pondrá nervioso todo el mundo. Nos matará. Mejor si nos lo llevamos en coche a un hospital. ¿Tienes coche?

—No, hay que buscar ayuda… —Salió hacia el pasillo y el chico se le abrazó histérico—. ¡Billy, no te muevas de aquí! No llamaré a Urgencias, solo intentaré buscar ayuda, ¿me oyes? ¡Cálmate!

—Vale.

—Cierra, ahora vuelvo. —Cerraron la puerta y voló hacia el club con el corazón en la garganta. Billy tenía razón. Llamar a una ambulancia atraería la atención incluso de la prensa, que siempre rondaba los locales de moda en busca de famosos. Aquello era lo último que Peter querría, aparecer en ese estado en los periódicos. Debían hacerlo de forma discreta. Llegó al club pensando en Sonny pero divisó a Paddy a pocos metros de la entrada, así que lo llamó en medio del ruido ensordecedor de la música—. ¡Patrick!

—¿Qué? —se acercó sonriendo, pero se puso serio al ver su cara de pánico.

—Ven conmigo —Lo agarró de la mano y corrió con él de vuelta al despacho principal—. Se trata de Peter.

—¿Qué ocurre? —Entraron en la oficina y parpadeó antes de dirigirse a Billy—. Llama a Urgencias. ¡Ahora!

—No queremos montar un escándalo, no... —Estaba llorando como una idiota y Paddy la miró muy tranquilo.

—Es una sobredosis, hay que llevarlo a un hospital.

—¿No puedes llevarlo en tu coche?

—Necesita atención inmediatamente, es mejor que lo vean antes del traslado. Tranquila, ¿vale, Manuela? —Ella asintió viendo cómo lo incorporaba para hacerlo vomitar, pero Peter no reaccionaba—. ¿Qué coño has tomado, Pete? ¿Qué demonios te has metido?

—Hay unas pastillas ahí mismo —Billy indicó después de colgar el teléfono y Patrick las cogió.

—Es mejor que las vean en el hospital. Está bien, cielo. Manuela, mírame. —Ella lo miró y él sonrió con ese aplomo suyo—. Ve al club, que suban la música y sirvan champán, algo, y avisa a mi hermano, dile que venga. ¿Podrás hacerlo?

—Sí, claro.

Salió corriendo, dando instrucciones a todo el mundo. Había que hacer ruido, que la gente bailara y bebiera a gusto. Luego buscó a Sean y se lo llevó de un brazo sin que él opusiera resistencia. Cuando regresó al despacho, María estaba con Paddy y Phillipe, intentando levantar a Peter para sacarlo por las cocinas. La ambulancia estaba a punto de llegar por detrás y era mejor facilitar el trabajo antes de que mucha gente se diera cuenta de lo que estaba pasando. Sean se sumó a la tarea y enseguida lo llevaron a la zona de descarga mientras Billy esperaba a la ambulancia en la calle. Fueron solo unos minutos, pero se le hicieron eternos, llorando sin parar, incapaz de hacer nada por Peter, que estaba cambiando de color, con los ojos completamente inyectados en sangre. María la agarró de la mano, bastante más serena, mientras los enfermeros bajaban de la ambulancia, lo subían a la camilla, lo entubaban y hacían toda clase de maniobras que parecían inútiles.

—Manuela —Patrick se le puso delante y ella lo miró llorando—, voy a ir con él en la ambulancia, ¿de acuerdo? Vosotros tenéis que seguir con la fiesta y disculpa la ausencia de Pete con cualquier excusa.

—¿Aviso a sus padres? ¿A Jonathan?

—No, esperaremos a ver qué dicen en el hospital. En cuanto lo estabilicen y sepa algo, yo mismo llamaré al señor M.

—Vale, gracias.

—Sean, quédate con ellas hasta que cierren —Miró a su hermano comprobando que llevaba el móvil encima—. Estaremos en contacto. Luego, si quieren, llévalas al hospital.

—Hecho.

—Vale. —Estiró la mano y abrazó a Manuela contra su pecho—. ¿Estarás bien?

—Sí.

—Ok, debo irme, en cuanto sepa algo te llamo. —Se inclinó y la besó en los labios antes de subirse a la ambulancia, que partió a toda velocidad hacia el St. Thomas Hospital.

—Mierda de vida —susurró Phillipe encendiendo un pitillo y ofreciendo otro a Sean O'Keefe—. Le dije que ese crío le traería problemas.

—¿Qué crío? —preguntó Sean.

—El nuevo que se está tirando, un camello de poca monta. Le dije que vendía mierda, se lo dije.

—Deberías avisar a Jonathan —susurró María abrazándose a Manuela—. Estaba fuera, ¿no? Seguro que quiere volver a Londres.

—Está en Bath, pero esperaré a ver qué dice Patrick. Tiene razón, mejor esperaremos un poco, ¿de acuerdo?

—Vale, pero deja ya de llorar, se pondrá bien.

—Dios te oiga.

Según María, la gente era mucho más egoísta de lo que se pensaban, y tenía razón. Peter Minstri, el perfecto anfitrión, el exitoso empresario, el tipo más adorable del planeta, no llegó a su fiesta de cumpleaños y nadie se molestó en indagar por qué. Afortunadamente, la decisión de sacarlo por la parte trasera de La Marquise dio resultado y nadie se enteró de lo sucedido, nadie salvo cuatro de sus empleados: Billy, Phillipe, María y Manuela, y dos de sus amigos, los hermanos O'Keefe, que evidentemente no iban a contar jamás lo que habían visto en ese despacho. Todos hicieron un pacto de silencio tácito, simplemente movidos por el profundo cariño y lealtad que le debían a Pete, que era un jefe estupendo y un amigo maravilloso. Así que esa noche espantosa acabó a las dos de la mañana, cuando a María se le ocurrió animar a la gente, micrófono en mano, a visitar el club Mostache en Covent Garden, donde podrían seguir la juerga hasta el amanecer invitados por La Marquise. De inmediato se desató la locura y en media hora tenían el local vacío. Echaron el cierre con Günter, se despidieron del personal con normalidad y al fin se montaron en el Austin Mini de Patrick con Sean para ir al hospital.

A esas horas Paddy ya había mandado varios mensajes tranquilizadores. A Pete le habían hecho un lavado de estómago y estaba estabilizado, pasaría la noche en Cuidados Intensivos, en observación, a la espera de que reaccionara, pero en resumen estaba fuera de peligro y sus padres ya estaban con él en el St. Thomas. Una buena noticia que, sin embargo, no impidió que llegaran casi a las tres de la mañana al hospital, donde se encontraron a Paddy fumando tranquilamente, solo, paseando delante de la puerta principal.

—Hola —dijo sonriéndoles, y Manuela avanzó para abrazarlo muy fuerte. Él le acarició la espalda y le besó la cabeza—. ¿Habéis conseguido echar a la turba?

—Los mandamos a Covent Garden —contestó María—. ¿Qué tal?

—Bien, sin novedad. Si queréis entrar para estar con los Minstri, podéis hacerlo, pero a Peter no se le puede ver.

—Vale, entraremos a saludar y nos iremos a casa.

—Ok, vamos... —Tiró la colilla al suelo e hizo amago de entrar, pero Manuela lo agarró de la mano y lo detuvo mientras María y Sean se perdían dentro del hospital—. ¿Qué pasa?

—Gracias por todo. Si no llegas a estar allí, no sé qué hubiésemos hecho.

—Seguro que algo se te habría ocurrido.

—No, de verdad, muchas gracias.

—Vale, no pasa nada, conozco a Pete de toda la vida.

—Lo sé… —Se acercó, se puso de puntillas y lo besó en los labios. Él la sujetó por la nuca y le plantó un beso largo y delicioso que la hizo sonreír—. Te quiero y en este momento mucho más.

—¿Ah, sí? —bromeó, coqueto, bajando la mano por sus caderas.

—Eres mi héroe.

—¿En serio? No será para tanto.

—Este último mes ha sido el peor de mi vida. Jamás había llorado tanto o añorado tanto a alguien. Espero que lo tengas en cuenta, Paddy. —Se apartó y lo miró con los ojos llenos de lágrimas, él tragó saliva y le apretó la mano.

—Para mí ha sido un infierno.

—Tal vez, pero tú lo provocaste. Solo espero que no se repita, que no actúes por puro impulso, nunca más, porque me rompiste el corazón en mil pedazos y dudo mucho que pueda volver a soportarlo.

—No volverá a pasar, te lo juro por Dios.

—Apenas puedo respirar sin ti, ya no sé vivir sin ti, y aunque intente pasar página, lo cierto es que no puedo.

—Yo tampoco. —Una lágrima rodó por su mejilla y antes de poder secársela con el dorso de la mano, Manuela se acercó y se la besó—. Tú eres lo mejor que me ha pasado en la vida y no quiero perderte.

—Lo mismo digo. —Le sonrió y él cuadró los hombros, intentando recomponerse.

—Entonces, ¿me das otra oportunidad, *Spanish Lady*?

—¿Me vas a invitar al cine?

—Si no queda más remedio…

—Vale, quiero ir al cine y a cenar contigo —lo agarró de la mano y se lo llevó hacia el vestíbulo del St.Thomas—, pero también podrás intentar llevarme a la cama a las diez minutos de vernos.

—Eso me gusta más.

—A mí también, venga, vamos a ver a los Minstri.

Capítulo 23

El mejor cumpleaños de su vida, pensó en cuanto abrió los ojos y se acordó del día que había pasado con Patrick. Desayuno en la cama, flores, jornada de paseo en Windsor y por la noche de vuelta a Londres para ver *Carmen* en el Royal Opera House. Inolvidable. Sonrió y estiró el pie para tocarlo, pero ya no estaba en la cama. María había tenido que viajar a Madrid por un asunto familiar y por lo tanto tenían la casa para ellos solos, así que seguro que estaba tan feliz preparando el desayuno. Le encantaba cocinar y a ella dejarse mimar. Se dio la vuelta y miró por la ventana el día gris y las gotitas de lluvia sobre el cristal. Octubre, su mes favorito, precisamente por ese otoño que adoraba y que ese año le parecía el más maravilloso de su vida.

Llevaban juntos y en armonía desde junio, desde el cumpleaños de Peter Minstri, del que no querían acordarse. Afortunadamente su jefe se había recuperado de la sobredosis muy rápido, y después de un par de días en el hospital, Jonathan, su fiel exnovio, lo había obligado a ingresar en una clínica de desintoxicación fuera de Londres. Así lo había hecho, y aún estaba en periodo de cura externa, tras cuarenta días de ingreso, pero mejorando y muy ilusionado porque Jonathan y él estaban otra vez juntos. Intentándolo de nuevo, y no solo en el mundo empresarial, donde seguían triunfando con La Marquise, que había inaugurado su primera terraza de verano en Chelsea con un éxito impresionante, sino también en su vida personal.

El éxito de La Marquise Summer, como la bautizó Jonathan, no fue para nada en detrimento de La Marquise original, que seguía lleno y trabajando a toda máquina con un equipo un poco más amplio. En ausencia de Peter, Manuela había recibido las llaves del reino y se hizo cargo de la dirección con muy buenos resultados. Estaba encantada con el trabajo, que era inmenso, y aún con la vuelta de su jefe, seguía con las riendas casi al cien por cien, innovando y mejorando lo que ya tenían con la ayuda de María y de Helen, con las que formaba un equipo indestructible, según Jonathan, que no las perdía de vista.

Mucho trabajo y mucha responsabilidad que empezó a complementar con Patrick y esa relación intensa y preciosa que estaban construyendo desde hacía casi un año. Aunque era complicado, viajaba dos o tres veces al mes a Dublín para estar con él. Juntos habían alquilado un apartamento en pleno centro de la ciudad, muy cerca de St. Stephen's Green, en el que habían montado su nidito de amor. Un acogedor hogar donde disfrutaban de actividades tan simples como cocinar, ver la televisión abrazados o charlar toda la noche de sus cosas, del negocio y de sus planes de fututo.

En definitiva, habían empezado a conocerse mejor y ella descubrió algunas novedades, como la devoción de Patrick O'Keefe por la ropa de firma. Las camisas de popelín hechas a medida, los zapatos de cuero italiano o las chaquetas de cachemir, que ordenaba meticulosamente en su armario. También su afición por los deportes —salía a correr todos los días, aunque había abandonado el boxeo sin guantes—, las películas de acción y el amor por su ciudad natal, que intentaba transmitirle con largos paseos por Dublín y sus alrededores. Paseos que acababan la mayor parte de las veces en Temple Bar, cenando en algún restaurante para turistas, con música celta de fondo y un estupendo salmón sobre la mesa.

Era un anfitrión maravilloso y ella empezó a enamorarse de Irlanda según su amor por él se multiplicaba cada hora, cada segundo, a pesar de que siempre anduvieran inquietos, con la sensación de las prisas y la agonía de la separación sobre sus cabezas.

Sin embargo, y a pesar de las constantes despedidas, eran muy felices en St. Stephen's Green, donde además de asentar su amor, tuvo su primer contacto con Rose, la mujer de Sean. Una belleza pelirroja de ojos verdes que fue la primera mujer de la familia O'Keefe que le dirigió la palabra, la primera que oficializó su existencia, accediendo a cenar en su casa y la primera que le habló de Patrick en unos términos que ella desconocía.

—Le has cambiado la vida —susurró Rose una noche, entrando en la cocina mientras ella ordenaba los platos de la cena en el lavavajillas—. Paddy es otro desde que está contigo y todos estamos muy sorprendidos.

—Bueno, yo…

—Antes andaba de arriba para abajo, siempre ocupado, sin orden ni concierto. Matándose a trabajar, viajando de un lado a otro. Un caos, ya lo sabes, en cambio ahora… —hizo un gesto elocuente hacia el apartamento—, parece que al fin tiene un hogar.

—Eso intentamos, aunque nuestras circunstancias no sean muy normales.

—Nah, déjate de chorradas.

—*¡Spanish Lady!* Ven a ver esto, te va a encantar —gritó Patrick desde el salón y Rose le guiñó un ojo, sonriendo de oreja a oreja.

—Anda, no te preocupes, yo acabo con los platos.

—Gracias, pero ya está acabado. ¿Tú vas a querer café?

—Nena, ¿qué haces? —Paddy asomó la cabeza y la miró con esos ojazos chispeantes que la hicieron sonreír.

—Si tú cocinas, yo recojo.

—Vale, pero ven a ver la tele, ¿quieres? Hay un partido de rugby. Juega Eire.

—Ya voy, un segundo.

—No, no, no. Ve con tu marido, yo pondré los cafés —sentenció Rose, sacándola de la cocina. Manuela la miró sin saber qué decir y ella volvió a guiñarle el ojo, muerta de la risa—. Porque es tu marido, ¿o necesitas papeles, *Spanish Lady*?

A partir de esa noche, siempre que iba a Dublín más de dos días, veía a Sean y a Rose, que la trataban como a una más de la familia, para alegría de Paddy, que estaba feliz y realmente parecía otro.

Cuando ella no estaba en Dublín, Patrick vivía en el piso solo. Había dejado la casa de sus padres, donde dormía cuando pasaba por allí, y se trasladaba a Londres siempre que podía, para verse siempre que les era posible, luchando por estar la mayor parte del tiempo juntos, porque les era imposible separarse demasiados días. Un trato que estaba funcionando tan bien como el negocio de los hoteles para bodas, que no podía ir mejor.

Una etapa estupenda que casi le daba miedo analizar por miedo a estropearlo, porque estaban encantados, tranquilos, enamorados y cada día más unidos. Algo que ni en sueños pensaron que lograrían asentar después de sus primeros y azarosos meses juntos.

—*As I came down through Dublin City / At the hour of twelve at night / Who should I see but the Spanish lady / Washing her feet by candlelight. / First she washed them, then she dried them / Over a fire of amber coal. / In all my life I ne'er did see / A maid so sweet about the sole. / Whack for the toora loora laddy / Whack for the toora loora lay…* —lo oyó canturrear y sonrió sin moverse, viéndolo entrar en el cuarto completamente desnudo, tan relajado, buscando el teléfono móvil.

—Creo que las chicas de enfrente cobran entrada…

—¿Qué? —La miró y le guiñó un ojo—. Buenos días, *Spanish Lady*.

—Cobran entrada para verte pasear desnudo por aquí.

—¿Ah, sí? —se giró hacia la ventana y abrió los brazos—. Pues vamos a alegrarles el día.

—Deben de creer que eres Michael Fassbender recreando *Shame* a todas horas en casa de su novia.

—*¿Shame?*

—Su peli. Recibió un montón de premios, ¿no la has visto? —Negó con la cabeza trajinando entre la ropa—. ¿Pero tú sabes quién es Michael Fassbender?

—La décima vez que alguien me preguntó si era ese tío, lo busqué en Internet. —Dio con el móvil y lo agarró comprobando las llamadas.

—¿Y?

—¿Qué?

—¿Qué opinas de él? Os parecéis un montón.

—Al menos es irlandés.

—¿Al menos es irlandés? ¿Eres racista?

—¿Y tú? —Se acercó y le besó la cabeza—. Arriba, dormilona, tengo el desayuno casi listo.

—Mejor quédate conmigo en la cama.

—Por supuesto, pero primero a comer, ¿eh? —Se dio la vuelta y gritó desde la puerta—. ¡Huevos con bacon, cebolla y patatas fritas!

—Oh, Dios…

De repente le llegó el aroma de la comida, se le cerró el estómago y corrió al cuarto de baño; se arrodilló delante de la taza y vomitó hasta la primera papilla.

Siempre le había asustado vomitar, pero la última semana aún más. Temblando de pies a cabeza se puso de pie, se lavó los dientes y la cara y se quedó mirando en el espejo buscando, quizás, alguna señal clara de lo que le estaba pasando, pero aún era pronto. Una falta, una sola y náuseas matinales podían ser el estrés o los nervios, pero en realidad ella sabía que no era nada de eso, no, seguro que se trataba de lo evidente y en el fondo de su corazón estaba más feliz de lo que se atrevería a confesar.

Se apartó de la encimera para mirarse el abdomen liso debajo de la camiseta del pijama, y se palpó las caderas a través del pantaloncito corto. No había subido ni un gramo, claro que no, pero tenía el pecho más hinchado, o eso le parecía. Se concentró en los posibles cambios de su cuerpo, pero no los percibió, ninguno, y no pensaba contarle nada a Patrick hasta que lo confirmara con un test de embarazo o visitando al ginecólogo.

—Un bebé —susurró muy emocionada, un bebé que era un milagro que no hubiese llegado antes porque no paraban de hacer el amor en cuanto estaban cerca. Era lo lógico y normal, y sabía que él se pondría muy contento, así que para evitar falsas expectativas, mejor esperar a las pruebas de rigor, y una vez confirmado al cien por cien, le contaría la buena noticia.

—¿Manuela? ¿Pasa algo? —Entró con un paño de cocina en la mano y ella se echó a reír—. ¿De qué te ríes?

—En pelota picada y con el paño de cocina es muy, muy de Almodóvar.

—¿Estás bien? —Se acercó y le sujetó la cara con una mano—. ¿Te sientes mal?

—Hombre, la resaca, nunca bebo y anoche acabamos con una botella de champán entre los dos. —Se giró hacia la encimera y se concentró en guardar el cepillo de dientes y la pasta.

—Apenas probaste el champán.

—Una copa para mí es más que suficiente para tener resaca.

—Preciosa… —La abrazó por detrás y subió las manos por debajo de la camiseta hasta atraparle los pechos. Le besó el cuello y la miró a través del espejo—. ¿Te gustó el regalo de Victoria's Secret?

—Sí, mucho.

—¿En serio? María me dijo que igual te enfadabas si te compraba lencería.

—Antes sí, ahora no, es precioso, y acertaste con la talla.

—Le dije a la señorita: mi mujer tiene el pecho así —se lo moldeó con las manos haciéndola reír—, pero al final me aconsejó que le llevara uno de tus sujetadores.

—¿Y llevaste uno de mis humildes sujetadores a la tienda de Victoria's Secret?

—Sí, y aprendí mucho sobre tallas, la tuya es una 34 británica, equivalente a una 90 en España, muy sexy, me dijo la dependienta.

—Es una talla muy corriente.

—No tengo ni idea, pero a mí me parece perfecta… —Bajó una de las manos acariciándole el abdomen y suspiró—. Aprendo mucho contigo, *Spanish Lady*. ¿Sabes cuándo supe que te quería? —Ella negó con la cabeza cogiéndole la mano—. Cuando me hablaste de los preservativos, me preguntaste que qué opinaba de que los usáramos y yo me quedé pasmado. Nunca, jamás, había hablado de eso con una mujer y pensé, hemos llegado demasiado lejos, estoy perdido... No llores.

—Es que te quiero tanto... —Se giró y se abrazó a su cuello para besarlo hecha un mar de lágrimas. Patrick le devolvió los besos sonriendo y la cogió en brazos cuando ella saltó para agarrarse a su cintura—. Tanto...

—Se nos va a enfriar el desayuno. —Volvió con ella al cuarto y la depositó en la cama sin dejar de besarla—. ¿No tienes hambre, *Spanish Lady?*

—No. —Lo tiró en la cama y se montó a horcajadas encima de él, animándolo a sentarse para tenerlo más cerca. Lo besó incansablemente mientras él le acariciaba la espalda y el trasero y sintió cómo la penetraba, soltando un suspiro satisfecho que le provocó una sonrisa—. Me encantan tus ojos, Patrick, tienes los ojos más hermosos, dulces y limpios que he visto en toda mi vida.

—Porque te miran a ti.

—¿Ah, sí? —Dejó de balancearse contra sus caderas y sonrió.

—Que eres preciosa, dulce y la chica más sexy del planeta.

—Te quiero.

—Yo más. —Le sacó la camiseta del pijama y le besó los pechos con la boca abierta. Manuela sintió un latigazo de deseo por toda la espalda y se estremeció—. Yo mucho más.

—No creo, mi amor.

Se abrazó con fuerza a su espalda y ya no paró, ni alargó el momento ni hizo nada de aquello que solían hacer para no separarse durante horas, no, no podía más y solo quería estallar en un orgasmo gigantesco que la llenara entera y, cuanto antes, mejor.

Ni desayuno, ni comida, ni agua, nada le apetecía salvo hacer el amor con él y se durmió después de devorarlo una vez más en su cama, con esa locura que le entraba cuando lo tenía delante, mientras él, igualmente intenso, la llevaba hasta los límites de su resistencia sin dejar de mirarla a los ojos.

Tenían un sexo fuera de serie, pero además se querían, y eso a cualquiera le daba una serenidad inmensa en el alma, o al menos eso le estaba sucediendo a ella, que dormía cada vez mejor y más horas, con una serenidad deliciosa que la llevó aquel día, que tenía libre, a dormir hasta pasada la hora de comer, justo hasta las tres de la tarde, cuando el vozarrón de Patrick la despertó de un salto. Él no estaba en el dormitorio, llevaba un par de horas despierto, comiendo y viendo la tele en el saloncito, silencioso, por eso se asustó al oírlo gritar, se levantó y se asomó a la sala donde él se paseaba hablando por el móvil hecho una furia.

—¡No, papá! No me pidas eso —Manuela buscó un jersey y se lo puso observándolo con los ojos muy abiertos—. Miente, es una puta mentirosa, lo sabes… vale… vale… adiós…

—¿Qué pasa? ¿Estás bien? —Se acercó y quiso tocarlo, pero él se apartó y tiró el móvil con todas sus fuerzas contra el sofá—. Paddy.

—Tengo que irme, ahora mismo. Lo siento.

—Bien, pero no me asustes. ¿Pasa algo grave?

—No, Manuela, déjalo.

—Mi amor, por favor…

—Está embarazada… —Se giró y le clavó los ojos claros. Manuela dio un paso atrás y se apoyó en la pared—. Violet está preñada y dice que es mío, ha llamado a mi padre para contarle la buena nueva.

—¿Qué?

Fue como si le arrancaran la piel a tiras. Sintió que las lágrimas subían a sus ojos instantáneamente y se agarró al pomo de la puerta con todas sus fuer-zas.

—No es mío. —Buscó la ropa y se puso los pantalones, luego levantó los ojos y la miró fijamente—. No puede ser mío, llevo años sin ponerle un dedo encima. Ni siquiera sé si las niñas son hijas mías, así que no pongas esa cara de duda.

—Lo siento, yo…

—No llores, tú no, por favor… —Se acercó y la abrazó—. No es mío, te lo juro por Dios.

—¿Y cómo puede atreverse a decir que es tuyo? Ninguna mujer en su sano juicio puede decir eso si no se ha acostado con un hombre y…

—Jura que me la tiré en la boda de Rachel, la hija de mi hermana Bree, hace dos meses en Dublín. Que estaba tan borracho que lo negaré, pero se lo ha jurado a mis padres.

—¿Y es eso posible?

—¿Dudas de mí?

—Solo hago una pregunta, a mí esto me afecta tanto como a vosotros dos.

—¿Me vas a dejar por la puta embustera de mi mujer?

—No he dicho eso, solo quiero entender lo que está pasando, Patrick, y es mejor saber la verdad, por cruda que pueda ser para mí.

—Si tú no me crees, ¿qué coño puedo esperar de los demás?

—Vale —respiró hondo—. Si tú dices que no pasó nada, yo te apoyaré, confío en tu palabra al cien por cien, pero además, esto tiene muy fácil solución y es pedir una prueba de paternidad.

—¿Una prueba de paternidad? Somos gitanos, Manuela. ¿Quieres que su familia acabe quemando mi casa y la de toda mi familia? Es un deshonor, una puta locura, no entiendes una mierda… —acabó de vestirse y agarró el abrigo—. Debo irme.

—Bien.

—Mi padre quiere que solucione la papeleta, no sé cuándo podré volver y es mejor que no vayas a Dublín de momento.

—Entiendo —se cruzó de brazos sin saber qué esperar o qué decir y pensó en Peter, que siempre, siempre había dicho que un día, de la forma que fuera, Patrick O'Keefe acabaría largándose—. Entiendo.

—No entiendes nada y estás pensando en dejarme, lo sé, y si eso sucede, acabaré matando a alguien.

—Paddy... —Lo siguió por la casa y lo detuvo en la puerta, se puso de puntillas y lo abrazó—. Te amo, eso no lo va a cambiar nadie.

—¿Estás segura?

—Por supuesto que sí.

—Sabía que era demasiado bueno para que durara, alguien tenía que estropearlo y necesito, escúchame —le sujetó la cara con las dos manos—, necesito que me prometas que entre nosotros nada cambiará. Júramelo, Manuela. Júramelo.

—Te lo juro.

Capítulo 24

Tal vez él debió jurar que nada cambiaría o prometer que nada podría afectar a su relación. Seguramente ella debió pedir aquella promesa, aunque claro, las promesas también se rompen, y no valía la pena poner las manos en el fuego por nadie, siempre lo había pensado, desde hacía años y, aunque su inmenso amor por él y su relación única le habían hecho poner en duda dicha afirmación, lo cierto era que el tiempo le estaba dando la razón.

Salió de la consulta de la ginecóloga y decidió ir andando a La Marquise. Hacía un día helado pero despejado, y a pesar de estar ya en diciembre se podía soportar la temperatura y le encantaba andar cuando no llovía muy fuerte, sobre todo desde que la doctora le había prohibido ir al gimnasio. No podía hacer spinning ni andar en bicicleta, solo tenía permiso para el yoga o el tai chi, y su paciencia apenas le daba para esas disciplinas, así que estaba empezando a andar a diario, todo el tiempo que le fuera posible, para mantenerse activa y en forma.

Se arrebujó en el abrigo y miró nuevamente la ecografía. El bebé ya tenía trece semanas y se podía ver casi entero en aquella fotografía en tres dimensiones que era impresionante. Le dio un besito y la guardó en el bolsillo. Estaba tan ilusionada que apenas se daba cuenta de las náuseas y los mareos que casi la habían matado las últimas semanas y que ya estaban empezando a remitir, a pesar de lo cual la doctora Morgan quería que hiciera un poco más de reposo y se cuidara. Tenía la tensión muy baja y había perdido peso. Anemia y agotamiento, repetía cada vez que la veía, y le había propuesto tomarse una baja de un par de semanas para reponerse. Aunque claro, sus males no eran solo físicos, sino más bien emocionales, y no se iban a curar con un par de semanas en la cama, así que estaba a punto de tomar algunas decisiones al respecto —unas más radicales que otras—, por el bien de su salud y, sobre todo, por el bien de su bebé, que no tenía culpa de nada.

Hacía cuarenta días que no veía a Patrick. Después de la bomba que Violet había soltado a la familia, él se había pasado en Derry diez días sin apenas contacto con ella, tras lo cual apareció en Londres para anunciarle, muy serio y distante, que se quedaría una temporada en casa poniendo orden y arreglando el desajuste que suponía ese embarazo, lo que la dejaba a ella en una situación bastante clara, aunque él repitiera hasta el último momento que nada había cambiado y que solo necesitaba tiempo.

—Tuvimos una reunión con nuestros padres y al final mi padre me ha exigido volver a casa, poner orden y coger las riendas de mi familia. No tengo otra alternativa, tengo que hacerlo y tal vez, con algo de suerte, consiga que ella reconozca que no es mi hijo y…

—¿Has hablado con ella, Paddy? —Se apoyó en la pared del despacho mirándolo a los ojos. Él no quiso ir a su casa, ni hablar en privado, salvo en La Marquise, y ella había accedido, a pesar de que le parecía inaudito que no pudieran ni tomar un café juntos para discutir algo de tanta importancia para los dos—. ¿Has intentado razonar con ella, los dos solos?

—Le dije que si reconocía la verdad, le cedía la casa y le pagaría una pensión mensual, se lo dije y a punto estuvo de reconocerlo, pero finalmente su familia intervino y sigue firme en que el crío es mío.

—Bueno, entonces no hay nada más que hablar.

—Estaré una temporada sin venir y tampoco quiero que vayas a Dublín, ella me acusa de tener otra familia en…

—¿Qué?

—Lo dijo delante de mis padres llorando como una loca, que yo tenía otra vida en Londres y que llevaba a mi amante a Irlanda, y que por eso no quería reconocer a nuestro hijo, bla, bla, bla.

—¿Y tú qué dijiste?

—Que era cierto, que tengo otra mujer porque llevamos años y años sin ser un matrimonio de verdad. Mis padres lo sabían, pero aun así, creen que lo correcto es que intente poner orden en mi casa. No hay más, no puedo hacer nada más, debo concentrarme en mi familia, hay tres hijos de por medio.

—Y el bebé que viene en camino.

—No es mi hijo.

—Pero cuando nazca tendrás que reconocerlo y hacerte responsable. Será tu hijo.

—¿Y te importa? —Por primera vez la miró a los ojos y ella se encogió de hombros—. En casa conseguiré presionarla para que diga la verdad y me deje en paz.

—¿Y si no lo hace? ¿Si se mantiene en su postura?

—Esperaremos a que pase el tiempo, que las aguas se calmen y volveré a buscarte.

—Vale, lo entiendo, gracias por venir a explicármelo personalmente.

—Mi padre es un patriarca, Manuela, en su persona se concentran los intereses de mucha gente. Él mantiene la paz y la armonía entre las familias, es muy respetado, yo soy su primogénito y me toca seguir su camino, ser ejemplo, no puedo largarme y dejar esto a medias, tampoco puedo ofenderla a ella y a su familia con una prueba de paternidad. Tengo que intentar hacer las cosas bien. Sé que para un payo es difícil de entender, pero es lo que hay, debo hacer las cosas bien o se montará tal guerra que puede ser muy peligroso. Nosotros arreglamos los asuntos de honor así, a nuestra manera, y aunque el ofendido debería ser yo, ahora mismo la víctima es ella y su familia está en pie de guerra contra nosotros, contra todos los O'Keefe, y no quiero perjudicar a mi familia, mucho menos a mi padre. Debo tomar las riendas, solucionarlo, dar un sitio a mi esposa e intentar no humillarla públicamente.

—No me crees, pero lo entiendo.

—Muy bien. —Le agarró las manos—. Te echaré mucho de menos. Te llamaré todos los días, no te olvides de mí.

—Tú concéntrate en tus cosas.

—Sean vendrá a verte y…

—No hace falta que venga a verme, yo solo quiero verte a ti.

—Y vendré cuando todo esté más tranquilo. No quiero que ahora te relacionen conmigo, que su familia sepa quién eres. No quiero ni que sepan tu nombre.

—¿Crees que pueden venir a verme?

—No harán nada que pueda cabrearme más, pero mejor prevenir, estás mejor ahora sin mí.

—Vale, si tú lo dices…

—Confía en mí. —La abrazó muy fuerte y le besó la cabeza. Manuela sintió cómo temblaba, pero no le dijo nada y se quedó quieta, en silencio, viendo como la soltaba y salía a la carrera de allí, sin mirarla a la cara. Demasiado avergonzado como para poder decir adiós de manera definitiva.

Pero fue un adiós. Lo supo en ese momento y lo sentía con mayor claridad cinco semanas después, a pocos días de Navidad, cuando sus llamadas ya no eran varias veces al día, ni siquiera a diario y cuando tardaba horas en responder a algún mensaje. Ella no era de las que fantaseaba o se engañaba con facilidad, y desde el minuto uno supo que aquel drama familiar de Patrick era mucho más importante que todo lo demás, sus anteriores rupturas, su amor, su vida juntos, así que pronto hizo lo mismo que él pretendía hacer en Derry, tomó las riendas de su vida y se concentró en su principal preocupación: su embarazo. Un embarazo que no había buscado pero que había llegado en el momento preciso, cuando estaba preparada para enfrentarse a él.

La última vez que vio a Patrick O'Keefe ya sabía que estaba embarazada, un test de la farmacia y la ginecóloga lo habían confirmado, pero no quiso compartirlo con él. Nada más verlo aparecer en el restaurante, supo que no querría saberlo, que lo último que él necesitaba oír en ese momento era que estaba embarazada. La vida de ambos había cambiado de forma brusca, igual que cuando se conocieron, y no había marcha atrás, así que estaba lista para afrontar la maternidad ella sola, una mujer de veintisiete años, con una carrera, independiente y madura, perfectamente capaz de ser madre en solitario, sin las cargas, los problemas, las servidumbres y esa vida de folletín que el padre de su hijo cargaba a sus espaldas. Así que pasados unos días de incertidumbre y pena tomó la mejor decisión: no contarle nada al respecto. Tal vez nunca lo hiciera, y esa certeza le dio una tranquilidad enorme, la paz que necesitaba para concentrarse en lo importante, su bebé, que crecía fuerte y sano en su vientre. Un verdadero milagro que la hacía sonreír muchas veces al día, imaginándolo pequeñito y precioso, con sus manitas y sus deditos, tan a gusto y a salvo en su tripa, que aún seguía estando plana, pero que la hacía sentir la mujer más orgullosa del planeta.

Y lo cierto era que estaba radiante, a pesar de estar agotada. Nadie notaba aún lo que pasaba y decidió guardarse la noticia para ella sola. Solo lo sabían cinco personas en el mundo entero: María —que dejó de hablarle una semana cuando se enteró—, Borja, Laura, Peter y Jonathan, que tampoco habían reaccionado muy bien, pero que estaban decididos a mostrarle su apoyo incondicional, algo que ella agradecía muchísimo, aunque seguía teniendo una sola cosa clara en la cabeza: estaba sola con su hijo y aun así, sabía que todo iría bien.

—Princesa, ¿qué tal? —Jonathan le hizo un gesto para que entrara en el despacho—. ¿Quieres tomar algo?

—Agua, por favor. —Se sacó el abrigo, la bufanda y el gorro y se sentó delante de sus jefes. Había pedido esa reunión para informarles de sus decisiones a corto plazo, y ambos la esperaban algo preocupados—. Ya sé el sexo de mi bebé.

—¿Ah, sí? ¿Qué es? —Peter la miró con una sonrisa.

—Un niño, es un chico.

—Enhorabuena, cariño. —Los dos la abrazaron y luego volvieron a sus butacas—. ¿Cómo se va a llamar?

—Miguel, nos gustaba, quiero decir, alguna vez su padre y yo hablamos de Michael si teníamos un hijo y como Michael Vergara no suena nada bien, mejor en español, Miguel. ¿Os gusta?

—Bendito sea Dios. —Peter apoyó los codos en la mesa y se tapó la cara con las manos—. ¿No vas a dejar ni que lo reconozca? Coño, Manuela, me dejas en una situación tan jodida que no puedes ni hacerte una idea.

—No creo que sea peor que la mía.

—Déjalo, Manuela. ¿Y va todo bien? —Jonathan le cogió la mano—. ¿Por qué vas sola al médico? Cualquiera de nosotros podría acompañarte. Yo mismo estaría encantado.

—No hace falta, la mayoría de las madres van solas. —Mintió. La primera vez que había ido al ginecólogo, salió llorando al ver a las felices parejas de la mano sentadas en la sala de espera, pero cuatro citas después ya ni lo notaba—. Lo importante es que el bebé está bien. Pero yo no lo estoy tanto y de eso necesito hablar con vosotros dos.

—¿Sabes que mi padre y Patrick O'Keefe senior se conocen desde hace treinta y cinco años? Se lo pregunté la otra noche. ¿Sabes lo que pasará si se enteran de que yo, sabiendo que vas a tener un hijo de Paddy, no hice nada y te apoyé en ocultarle algo tan importante?

—Por lo que a los O'Keefe respecta, Paddy tiene tres hijos y otro en camino con Violet. No creo que estés violando ningún código de honor por no hablarles de mí, que no pinto absolutamente nada en esa familia.

—Es su padre.

—Bueno, eso lo dices tú.

—¿Qué? —Peter bufó y Jonathan lo agarró del brazo.

—No tengo por qué revelar la identidad del padre de mi hijo, así que tranquilo.

—¿Qué te pasa? ¿Estás loca?

—No quiero seguir hablando de esto, no voy a hablar con Paddy del embarazo, a él ya no le interesa, y a mí tampoco. Fin de la historia. Por favor, deja ya de darle vueltas.

—Es que me incumbe. Esa familia…

—Vale, lo entiendo, tampoco es que vaya a ocultárselo el resto de mi vida, pero de momento dejémoslo como está, ¿de acuerdo?

—No es tan sencillo, no lo es.

—Ya está bien, Peter. —Jonathan suspiró mirando al techo—. Es su vida y tú no tienes un pacto de sangre con los O'Keefe, olvídalo ya, lo importante es Manuela, que es nuestra amiga, ¿de acuerdo?

—No tengo un pacto con ellos, pero sé lo que algunos valores representan para esa gente. El honor, la familia, los hijos, la sangre, la lealtad y ella se lo salta todo a la torera y no le importa, claro, porque igual no vuelve a verlos en toda su vida, pero yo seguro que tendré que mirar a la cara al mismísimo Paddy O'Keefe muchas veces durante el resto de la mía y entonces, ¿qué haré, eh?

—Nada, no harás nada, y ahora al grano. ¿De qué querías hablar con nosotros?

—Mi médico que me ha dicho que debo tomarme la vida con más calma, no puedo seguir a este ritmo y he pensado en pediros una excedencia de seis meses.

—No puedes largarte ahora. —Peter, que seguía enfurruñado, interrumpió indignado.

—Puedo hacerlo después de año nuevo. María se hará cargo de todo, seguiré al tanto del negocio, os ayudaré en lo que pueda, pero desde Madrid.

—¿Madrid? ¿Y qué se te ha perdido a ti en Madrid?

—La vida es más barata allí, algún día tendré que contarles a mis padres que van a tener un nieto y necesito salir de Londres, poner tierra por medio.

—Puedes tomarte la baja maternal, no habrá ningún problema.

—Lo sé, Jonathan, pero en España tengo una cobertura médica estupenda, podré dar a luz en una clínica muy buena y lo más importante, allí podré inscribir al bebé sin muchos papeleos, será todo más sencillo si lo hago en mi país.

—¿Y te quieres ir en enero?

—A finales de enero. Si Dios quiere nacerá en junio, y en agosto podré volver e incorporarme. Hay guarderías estupendas cerca de casa y María me ayudará con el niño. Tal vez tenga que reducir la jornada, pero si me lo permitís, podré volver al trabajo. Si no, no hay problema, buscaré otra cosa.

—¿Y María se queda sola en el piso de Russell Square?

—No, una amiga de Laura viene de Nueva York a estudiar seis meses, nos viene perfecto para que ocupe mi habitación y ayude con el alquiler. Y sobre el trabajo, con mi supervisión y la de María, Lisa, la chica de prácticas de administración, puede asumir parte de mi trabajo o del de María en el comedor, si lo preferís. Es muy buena, muy responsable, ha aprendido conmigo y puede cubrirme durante estos meses.

—Tú odias a tus padres. —Peter la miraba a punto de echarse a llorar y ella sonrió.

—No los odio, pero no voy a vivir con ellos, he conseguido un apartamento en el centro.

—¿Y puedes permitirte estar seis meses sin trabajar?

—Voy a trabajar. La hermana de Helen es socia de una editorial y puede darme trabajo como traductora. No se gana mucho, pero ayudará y tengo mis ahorros. Afortunadamente, no me inscribí en el máster y tengo el dinero de los dos cursos…

—Oh, Dios, no, no te gastes ese dinero por el que has trabajado tanto…

—No me importa, ya no me interesa el máster. ¿Qué mejor máster que el trabajar con vosotros aquí, eh?

—Veo que lo tienes todo muy claro, como siempre. —Jonathan sonrió y miró a su novio—. Es una máquina y le irá bien.

—Está loca, yo creo que son las hormonas —dijo entornando los ojos, y ella se echó a reír—. Deberíamos mandarla al psicólogo, no es consciente de nada de lo que le pasa.

—Claro que soy consciente, y estoy feliz. Me encanta esto de ser madre, no sé muy bien por qué. No entraba para nada en mis planes, pero ahora me siento feliz.

—El amor, vas a tener un hijo del amor de tu vida. —Jonathan se levantó muy emocionado—. En el fondo es una historia preciosa, ¿no crees, Pete?

—Solo falta el padre, pero claro, ella ya no lo quiere.

—Lo quiero y muchísimo, pero él tiene una vida y unas obligaciones que yo respeto. A mí me encanta que sea como es, con su sentido de la familia, el deber, el compromiso, con esa intensidad que le pone a todo. Me encanta que Patrick sea así, lo que pasa es que ahora no puede estar en mi vida y debo respetarlo.

—¿Lo ves? Puro amor. —Jonathan la agarró y la abrazó contra su pecho—. Y tranquila, cuenta con la excedencia. Tú haz lo que tengas que hacer y nosotros te esperaremos.

Capítulo 25

El Palacio Real de Madrid a mediados de abril, a las siete de la tarde, no puede tener mejor aspecto. Nada como sentarse en los jardines de la Plaza de Oriente, de espaldas al Teatro Real, y quedarte allí observando, simplemente mirando, el caer la tarde detrás de esa mole espectacular que parece tan seria, tan silenciosa, rodeada de turistas que no paran de retratarlo con sus cámaras digitales.

Manuela suspiró y se acarició la tripa disfrutando del espectáculo. El bebé respondió con una patada enérgica y ella sonrió, era muy activo y la tenía agotada, pero le encantaba sentirlo de forma tan concreta, tan intensa, manifestando su presencia constantemente. Le susurró unas palabras de cariño en inglés y decidió ponerse de pie para dar un paseo antes de volver a casa.

A cuarenta y cinco días de salir de cuentas, el dos de junio, se sentía muy bien, cansada pero bien. Los cuatro kilos que perdiera en los primeros meses de embarazo los había ido recuperando poco a poco, así que, aunque seguía estando delgada, lucía una tripita muy mona, pequeña pero perfecta, según su ginecóloga, que aseguraba que era mucho mejor subir pocos kilos durante el primer embarazo. Eso facilitaría el parto y su recuperación, así que desoyendo las protestas de su madre, seguía cuidando al milímetro su alimentación y continuaba dando muchos paseos, haciendo yoga y manteniéndose activa, a pesar de que a veces solo le apeteciera estar en la cama todo el día.

El regreso a Madrid, a finales de enero, había supuesto un cataclismo. Sus padres casi murieron de la impresión cuando les contó lo de su bebé, aunque en cuanto calmó a su madre asegurando que volvía para vivir sola y que no esperaba que ella se hiciera cargo de su nieto, las aguas se calmaron, la felicitaron, le hicieron un par de preguntas discretas sobre el padre del niño y la dejaron en paz, según ellos, aunque ella siguiera pensando que simplemente la abandonaban a su suerte, como habían hecho toda su vida. Sus hermanos, igualmente escandalizados por su calidad de madre soltera, la ignoraron al instante, así que llevaba casi tres meses relacionándose tan poco con la familia como lo hacía desde Londres. Nadie la llamaba y nadie la visitaba en su diminuto estudio de la calle Bailén, casi llegando a San Francisco el Grande, donde se instaló con sus cuatro pertenencias, el ordenador y sus libros, y donde Borja, encantador como siempre, pasaba casi a diario para ver cómo estaba. También iba su prima Paula y las hermanas de María, Inés y Ana, que se preocupaban de sus cosas y que fueron las primeras en comprar cositas para Miguel, un capazo precioso y sus primeras ropitas, regalos que la hacían llorar de pura felicidad, imaginándose a su precioso retoño con ellas.

Imaginar cómo sería el niño era una de sus grandes distracciones. En lo profundo de su corazón, rogaba a Dios por que se pareciera a Patrick, al menos que sacara sus maravillosos ojos claros, pero no fantaseaba demasiado con esa posibilidad porque lo que correspondía era desear que naciera sano, nada más, así que no quería darle demasiadas vueltas, pero a esas alturas del embarazo empezaba a sentir la ansiedad típica de las madres por conocer ya a su bebé. Era lo normal, decía su médico, y ella se calmaba hablándole mucho, en inglés y español, y concentrándose en su otra gran ocupación, las traducciones que estaba haciendo para una editorial de Brighton. Ellos le daban material todas las semanas, no era muy entretenido, pero la mantenían ocupada y le pagaban más o menos bien. Dedicaba muchas horas a ese trabajo, como seguía dedicando mucho tiempo a supervisar el gobierno de La Marquise, desde donde la llamaban varias veces al día para hacer todo tipo de consultas. Afortunadamente, gracias al ordenador, se mantenía conectada con ellos y con María, con la que hablaba por Skype todas las mañanas. Los echaba terriblemente de menos, a la gente y la actividad, su vida de antes, pero se conformaba pensando que en cuanto Miguel pudiera ir a la guardería, ella volvería a estar al pie del cañón como siempre.

En general no se podía quejar. Todo marchaba más o

menos como lo había planeado y, aunque a veces se arrepentía de haber dejado Londres y a sus amigos, lo cierto era que en Madrid había recuperado la paz. Estaba tranquila y pensaba menos en Patrick O'Keefe, del que no había vuelto a saber nada desde enero, justo unos días antes de viajar a España, cuando la llamó al restaurante para preguntar cómo estaba y para contarle que todo seguía en punto muerto, aunque no perdía la esperanza de poder ir a visitarla en cualquier momento. Él hablaba de retomar sus encuentros furtivos en el piso de Russell Square o en la caravana de Battersea, echaba de menos el sexo, tocarla, repetía incansable, sin hablar ya de sentimientos, ni de vida en común, ni de nada de lo que había llenado sus últimos meses juntos.

Así que otra vez calló con respecto a su embarazo y se convenció de que lo mejor era seguir adelante con su existencia sola, sin él, que continuaba atrapado en esa vida que lo mismo estaba combinando ya con otras aventuras extramatrimoniales, con otras mujeres, con todo aquello que le encantaba y que podría haber retomado en medio de su separación. Él no era precisamente un hombre pasivo en el plano sexual y era lo más lógico, una obviedad, y no pretendía engañarse al respecto. Así que asumiendo aquello, la cosa quedaba clara: debía olvidarse de él, no era fácil y reconocerlo la hacía llorar de dolor, pero lo superaría, lo conseguiría y lograría hacer muy feliz a su bebé, que era lo único que le importaba.

—Hola —contestó al móvil mirando hacia los jardines de Sabatini.

—¿Qué haces?

—Paseando por el Palacio Real, ¿qué pasa? ¿Habéis solucionado lo de la fiesta de los Hortington?

—Sí, no te llamo por eso.

—¿Qué ocurre? Esta noche tu novio viene a cenar a casa, le haré una tortilla.

—Ya, escucha, no quise decirte nada, fue un pacto entre todos, pero Patrick O'Keefe ha vuelto hace un mes por aquí. Viene mucho y ya me estoy hartando. De hecho, creo que se está pasando cuatro pueblos.

—¿Qué? —Se apartó de la balaustrada y respiró hondo.

—No viene en plan juerga, ni a cenar, viene buscándote y al final le dije que habías vuelto a España por un asunto familiar, porque también va al piso y quiere entrar. El otro día le dio un susto de muerte a Amy, porque se le coló dentro buscándote. Así que le dije lo de tu familia y no me creyó, se puso hecho una furia y, sinceramente, amiga, no tengo que pasar por esto, así que dime qué coño quieres que le diga.

—Está bien, si lo vuelves a ver, dale mi teléfono. Aunque voy a llamarlo, no me apetece, pero tendré que darle alguna explicación.

—Dice que su *Spanish Lady* jamás se largaría tan lejos, de forma permanente, y sin avisarle.

—Bueno, habría muchos argumentos contra eso, pero déjalo, yo me ocupo, esta noche lo llamo.

—Y otra cosa, cuidadito con Borja, porque ese lo larga todo.

—¿Qué? Pobre Borja.

—Él le dijo dónde estábamos cuando lo de Mallorca,

lo adora, es como su ídolo y si Paddy empieza a presionar, le cantará misa en latín. Está avisado, pero los hombres son así de capullos.

—Vale, esta noche hablaré con él. Gracias, y lo siento.

—Ya pasó, tú tranquila, luego hablamos. Adiós.

—Adiós.

Colgó y se quedó mirando los jardines, ensimismada. Mil veces, durante los últimos meses, había repasado mentalmente la forma en la que algún día tendría que contarle a Patrick lo de su hijo. Tenía varias versiones, dependiendo de la edad de Miguel, de si eso sucedía nada más nacer o al cabo de un año o cuando tuviera diez. Según el tiempo, la noticia caería peor, o no, así que pensó, otra vez, en cómo hacerlo si lo hacía en ese momento, antes del parto, asunto que descartó enseguida porque no quería ponerse nerviosa justo en el momento en el que necesitaba más tranquilidad. Mejor después, aunque esa noche lo llamaría y se inventaría algo.

—Manuela… —Sintió la voz como de lejos y lo achacó a sus neuras, así que no se movió, pero en cuanto repitieron el nombre, se puso en guardia y se agarró con las dos manos a la barandilla del parque. Respiró hondo y sintió que se le ponía el vientre tenso—. Manuela.

—Hola… —Se giró y lo vio delante, a menos de dos metros de distancia, con vaqueros y una camisa negra, y creyó que se caería redonda al suelo.

—¿O sea que era verdad? —susurró con los ojos llenos de lágrimas. Se pasó la mano por la cara y se echó a llorar. Manuela miró a la gente que pasaba por su lado ignorándolos y también sintió el llanto subiéndole por la garganta.

—Paddy…

—He tenido que pagar a un detective privado para que dieran contigo, ¿sabes? Y el cabrón me dijo que estabas embarazada. No lo creí —dijo moviendo la cabeza—. Le dije que era imposible, que yo lo sabría si fuera cierto, pero mandó fotografías. Seguí dudando, así que cogí un puto avión y aquí estoy, gracias a Borja, que se ha apiadado de mí y me ha traído hasta aquí.

—Lo siento, no quería… —Desvió los ojos hacia la acera de enfrente y vio a Borja esperando en la esquina con cara de angustia.

—¿Por qué?

—Patrick…

—¿Por qué?

—Tú estabas con tus propios problemas y no quise complicarte más la vida.

—¿Y ocultándome a mi hijo me ayudabas en algo? ¿Cuándo te enteraste?

—En noviembre, y si no te dije nada fue porque tú estabas agobiado con lo de tu familia. Desapareciste otra vez y no creí que fuera el mejor momento para decírtelo, no lo era, hace meses que no te veo.

—¿Y cuándo me lo ibas a decir? ¿Cuándo?

—Cuando naciera.

—No te creo.

—Esa era mi intención.

—No te creo.

—Escucha, aquí al lado hay una terraza, podemos tomar algo y hablar, vamos.

Se acercó para agarrarlo del brazo, porque estaba blanco como un papel, pero él la detuvo y le sujetó el vientre con las dos manos.

—¿Estás bien?

—Sí, Patrick, estoy bien. Es un niño, ¿sabes?

—Oh, Dios. —Se mareó y se sujetó a la barandilla. Borja se acercó corriendo hasta ellos y lo sentó en el suelo intentando calmarlo.

—Está hiperventilando, que respire hondo, Manuela, explícaselo, ¡joder! No sé cómo se dice eso en inglés.

—Sí, claro. Respira hondo, estás hiperventilando. —Una señora japonesa se acercó, le dio una bolsa de papel muy amablemente y Manuela se la puso entre las manos. Patrick respiró como le decían—. Tranquilo, hace un poco de calor y…

—No creo que haya sido por el calor, Manuela, por favor.

—¿Te fue a buscar al hospital?

—Sí, quedé con él allí antes de decidir qué hacer y ya estaba muy alterado. Tengo su maleta en el coche, deberíamos llevarlo a tu casa. Paddy, ¿puedes intentar andar? Necesitas descansar, tío.

—Ya estoy mejor. —Miró a Manuela de pie allí con su preciosa barriga de embarazada y volvió a sentir un mareo—. ¿Cuándo nacerá?

—El dos de junio, si todo va bien.

—Vale, de pie.

Borja lo levantó y entre los dos lo llevaron al aparcamiento de Plaza de España despacito, lentamente, hasta que él se sintió un poco mejor y pudo sentarse en el coche junto al conductor, callado como una estatua. Ninguno habló en el corto trayecto hasta el apartamento y Borja los acompañó en el recorrido hasta el piso y subió las escaleras con ellos sin quitarles los ojos de encima. Patrick seguía pálido y ella estaba temblando como una hoja. Llegó a pensar que se pondría de parto ahí mismo, pero, afortunadamente, no lo hizo, al contrario, entró con seguridad en la casa y ofreció a Paddy su único sofá. Abrió las ventanas y sacó zumo de la nevera para servirles un vaso a cada uno, luego se sentó en la mesa frente a Patrick y esperó a que él decidiera mirarla a la cara y hablar.

—¿Te sientes mejor? —Borja le agarró la muñeca y le tomó el pulso—. Bébete el zumo, deberías hidratarte, ha sido un día duro.

—¿No tienes una cerveza?

—No, lo siento, puedo prepararte un té o un café si te apetece.

—Puedo subir a casa de mi abuela a buscar unas cervezas. —Borja se levantó y los miró a los dos—. Mis abuelos viven aquí arriba, Paddy. Iré a saludarlos y ahora bajo. De momento podéis hablar. ¿Estaréis bien? —Los dos asintieron—. ¿Seguro?

—Sí, Borjita, muchas gracias. —Manuela se levantó y lo besó en la mejilla—. Dame al menos una hora, luego baja si quieres.

Lo despidió en la escalera, cerró la puerta y volvió a sentarse delante de Patrick, que continuaba como en estado de shock, y no lo culpaba. Era lo lógico al encontrársela después de tantos meses así, a punto de dar a luz. Se acarició la tripa y suspiró.

—¿Cómo estás?

—Al borde de un infarto, pero bien, gracias.

—Lo siento mucho.

—¿A quién coño se le ocurre ocultarle algo así a su pareja? ¿Perdiste la chaveta, Manuela?

—Tal vez lo que he hecho es desde todo punto de vista estúpido e injusto para ti, pero nuestras circunstancias no eran nada favorables. Tu mujer también estaba embarazada, tu familia te estaba presionando, no eras muy dueño de tus actos en esos días. Solo pensé que era lo mejor para ti, para los dos, no quise cargarte con más obligaciones. No quería que te quedaras conmigo solo por el bebé, no era justo para nadie, Paddy.

—Estaba deseando tener un hijo contigo.

—Lo sé, pero... Joder, te pidieron que volvieras a casa y pusieras orden en tu familia, ¿qué demonios pintaba yo en medio, eh? Piensa un poco en mi situación.

—Tú jamás has dejado de ser mi prioridad y, si hubiese sabido lo de nuestro hijo, yo... todo hubiese sido más fácil.

—No quería que vivieras con esa carga, lo último que necesitábamos en ese momento era que te sintieras obligado también conmigo.

—Eres la única mujer a la que he querido en mi vida, ¿cómo tengo que decírtelo?

—Te fuiste con ellos. —Sacó un pañuelo y se echó a llorar—. Y lo entiendo, pero me dejaste, pensé que ya no volverías nunca más, ¿por qué iba a tener que compartir a mi hijo contigo?

—¿Porque es mi hijo también? —Se levantó, se puso de rodillas frente a ella y la abrazó—. ¿Porque te quiero? ¿Porque saber que me vas a dar un bebé me convierte en el hombre más feliz del universo?

—Yo…

—Quería dejarte embarazada desde hacía meses, eras tú la que se negaba.

—Pero pasó.

—¿Y es un chico? —Se inclinó y le besó la barriga—. Hola, hombrecito, soy papá, ¿sabes? —Se le llenaron los ojos de lágrimas y Manuela le acarició el pelo—. Soy papá.

—Se llamará Miguel, es Michael en español.

—¿Por qué no Michael? ¿Ya no te gusta?

—Porque Michael Vergara no pegaba nada y…

—¿Vergara? Es Michael O'Keefe.

—Patrick…

—¡No! ¿También pensabas negarle mi apellido? ¿También eso? ¡Joder, Manuela! ¿Pensabas borrarme para siempre de su vida? —Se levantó de un salto y la observó sintiéndose el más canalla de los mortales—. No llores, por favor.

—Estaba sola con él, iba a llevar mi apellido, era lo más lógico.

—Era, ya no lo es. Ya no estás sola, su padre está aquí y será Michael O'Keefe, y a mucha honra, por cierto.

—Oh, Dios. —Se pasó la mano por el pelo contando hasta diez—. Llevas cinco minutos en Madrid y ya empiezas a decidir por los dos, como si todo fuera así de fácil, como si no tuvieras tus propios hijos, tu familia legítima en Derry. Como si mi bebé y yo tuviéramos que hacer lo que te parece mejor a ti, aunque no sea lo que yo espero para nosotros.

—*Spanish La*…

—¿De verdad crees que estoy aquí por gusto? ¿Por diversión? ¿Porque me apetecía joderte la vida? No, Patrick. Estoy aquí sola, y decidí no hablar contigo antes porque quiero lo mejor para mi hijo, para él y para mí. Siento mucho haberte ocultado mi embarazo. Lo siento de verdad, pero tengo muy claro lo que quiero, ya está decidido y no pienso olvidar mis circunstancias y sobre todo las tuyas.

—Me he divorciado —soltó de golpe. Fue hacia su maleta y sacó los papeles de un sobre de plástico, volvió y se los puso en la falda—. Firmamos el convenio regulador hace un mes y lo ratificaremos dentro de dos semanas. Está todo hecho, por eso volví a Londres, cuando ya tenía algo que ofrecerte. Llevo semanas buscándote y tus amigos tratándome como a un zapato, negándose a decirme tu paradero, por eso estoy aquí. Lo de Violet se acabó.

—¿Divorcio? —Miró los papeles firmados y luego sus enormes ojos transparentes—. ¿Y tu padre?

—Ella acabó diciendo la verdad. Aunque sus hermanos me pusieron espías para vigilar incluso mis llamadas y demostrar que era un cerdo adúltero que le debía a su hermana devoción eterna, su amante, ahora su futuro marido, su primo Walter, un viudo de cincuenta años con el que se viene acostando desde hace años, habló conmigo. Yo llevaba semanas sondeando el terreno, charlando con la gente y haciendo una ofrenda de paz, asegurando que no habría represalias si alguien me decía la verdad y así fue, él me buscó y me lo confesó todo. El bebé es suyo, y tal vez Bridget y April también lo sean, eso no lo sé ni voy a comprobarlo porque a cambio de su firma en estos papeles, le prometí a Violet que no pediría una prueba de paternidad… —Agarró una silla y se sentó a su lado—. Se acabó, le cedí la casa, una pensión compensatoria y ya está.

—¿Y qué dicen tus padres?

—Solo quieren verme feliz y conocerte. Te vieron en la comunión y me dijeron que eras preciosa… Espera ahora cuando les cuente que vamos a tener un hijo dentro de un mes…

—¿Y los niños?

—Paddy está feliz en Dublín y las crías se han quedado con su madre. Apenas me veían, no me echarán de menos, ese es el menor de los problemas. El mayor era apaciguar los ánimos y evitar un estallido entre las familias y lo hicimos. Mi padre se enfrentó al suyo, Violet confesó delante de él y de sus hermanos, y aquí paz y después gloria. El mismo día que firmé los papeles viajé a Londres y todos tus amigos me dieron la espalda.

—Lo hicieron por mí, yo les pedí que no dijeran nada.

—¿No confiabas en mí? Te dije que volvería.

—Desapareciste.

—Estaba solucionando un gran problema, necesitaba tiempo, y lo más importante, quería dejarte al margen. No podía tener contacto contigo, debía evitar que nos relacionaran, que me pillaran por las pelotas, ¿lo entiendes?

—Podrías haberlo explicado mejor.

—Intentaba protegerte.

—Vale, pero yo necesitaba tomar decisiones y eso hice, lo primero era el bebé.

—¿Te vas a casar conmigo?

—Paddy…

—Venga, ¿quieres casarte conmigo, *Spanish Lady?*

—De momento solo me preocupa el parto.

—Claro… —Se levantó, sonriendo—. Podremos viajar a Dublín en cuanto recojas tus cosas. Lo primero es ir a Irlanda, esta misma noche.

—¿Qué? No…

—¿Por qué no? Tiene que nacer en Dublín.

—No, voy a dar a luz aquí, tengo mi clínica, mi médico, mis clases de parto sin dolor. Quiero que el niño nazca aquí. Luego, si todo va bien, podremos ir a Dublín a conocer a tu familia. Me encantará, pero no quiero moverme de aquí y mucho menos a estas alturas del embarazo.

—En casa están mi madre y mis hermanas. Podrás descansar, cuidaremos de ti.

—No, no voy a viajar ahora. Miguel nacerá en Madrid y no voy a discutir eso.

—Michael.

—Michael —dijo Manuela, sonriendo. Él se acercó para plantarle un beso. Sintió su lengua suave en la boca, familiar y deliciosa, y creyó que estaba soñando, así que se puso en pie de un salto y él se echó a reír—. Todo esto es como un sueño, no me lo creo, Patrick, necesito tiempo.

—Y te lo daré, pero estaremos juntos.

—¿Estás seguro?

—Pensaba atarte y llevarte de vuelta a Londres, pero si no hay más remedio, me quedaré aquí, no pienso separarme de vosotros dos —dijo, atrayéndola para abrazarla.

—¿Pero entiendes por qué lo hice? ¿Por qué no te avisé?

—También necesito tiempo para asimilar eso, pero ahora solo importa que te he encontrado. —La sujetó por la cintura y se inclinó para pegar su frente a la suya—. Te quiero.

—¿No volverás a desaparecer? —Él negó con la cabeza—. Porque no podría soportarlo, ya no más. No puedo vivir así.

—Cásate conmigo.

—Eso no es garantía de nada, lo sabemos.

—Te amo más que a mi vida. No puedo vivir sin ti, *Spanish Lady,* y si necesitas que te jure de rodillas que solo quiero estar contigo y que seré el mejor marido del mundo, el más fiel y atento, lo haré.

—No hace falta. Lo único que te pido es que seas sincero y decidas quedarte conmigo por nosotros, no por nuestro bebé. Eso no sería justo para nadie.

—Te amo, Manuela Vergara, no he dejado de pensar en ti un solo minuto del día. No he dejado de añorarte y desearte y…

—Yo también te quiero.

—Muy bien… Estás preciosa, nunca te he visto tan guapa. —Le acarició el vientre con las dos manos y el bebé reaccionó soltando un par de pataditas muy enérgicas—. ¿Has visto eso?

—Tiene muchísima energía, no para, sobre todo por las noches. En cuanto me meto en la cama se vuelve loco, es increíble. No sé qué hace ahí dentro, pero es como si jugara al fútbol. —Se calló al ver que la miraba con una sonrisa—. Tú tienes experiencia en esto, pero yo soy primeriza y todo me sorprende.

—No tengo la más mínima experiencia. Cuando nació Paddy yo era un crío, y con las niñas no recuerdo ni haber pasado por casa.

Borja tocó a la puerta y Manuela le abrió limpiándose las lágrimas.

—Hola… ¿Va todo bien?

—Muy bien, gracias por todo, Borja, y cuando María te eche la bronca, yo te defenderé, pero pasa. Te había invitado a cenar, haré mi famosa tortilla de patatas.

—¿Qué? —Paddy se acercó por detrás y la abrazó sonriendo de oreja a oreja.

—Voy a preparar la cena, había invitado a Borjita.

—Nada de cocinar. Borja, tío, dime cuál es el mejor restaurante de Madrid. Nos vamos a cenar los tres para celebrar que voy a tener un hijo, un chico, y que la *Spanish Lady* y yo nos casaremos enseguida.

—¡¿Qué?!

—Ya veremos…

—Claro que sí. Lo primero cenar, pero lo segundo,

conocer a tus padres. ¿Cuándo me vas a llevar a verlos?

—Podríamos decir a tus padres y a los capullos de tus hermanos, especialmente al gili de Luis, que te casas con Michael Fassbender. —Borja se puso serio y los miró a los dos indistintamente—. Que el pequeñajo es hijo nada menos que de Michael Fassbender aquí presente, sería una pasada tomarles el pelo un rato.

—Borja…

—Tía, sería la bomba, menuda montarían presumiendo por medio Madrid. Venga, déjame meterles la trola. —La siguió por el apartamento viéndola recoger la mesa—. Joder, lo que me iba a reír. ¿Te apuntas, Paddy?

—¿Pero tanto me parezco a ese tío?

—Clavadito —contestaron los dos al unísono. Se miraron y se echaron a reír—. Michael Fassbender en carne y hueso.

Epílogo

Años se podía tardar en conseguir fecha para casarse en la iglesia de San Jerónimo. Los Jerónimos, como la conocen todos los madrileños, es la iglesia más popular y castiza para dar el sí quiero y, por supuesto, María Suárez del Amo la consiguió para casarse con Borja Fernández, después de nada menos que doce años de feliz y apacible noviazgo.

María eligió la fecha, el sábado 14 de junio de 2014, con tres años de antelación. Llevaba toda la vida soñando con subir esas escaleras vestida de blanco y del brazo de su padre, siempre lo había tenido muy claro, y Manuela sonrió cuando esa tarde llegaron todos de punta en blanco para ser testigos de su perfecto enlace. Una boda que había sido planificada al milímetro por la orgullosa novia, que no solía dejar nada a la improvisación, mucho menos el día más feliz de su vida.

Suspiró, miró el Museo del Prado justo bajo sus pies y descendió por la escalera haciendo equilibrio en los tacones para poder oír mejor la llamada de Helen desde Londres. Hacía calor y se estiró el vestido de Carolina Herrera, con falda amplia y largo hasta la rodilla, que Paddy le había regalado para la ocasión. Era de tafetán color chocolate, sin mangas, con un discreto escote delantero, pero abierto en la espalda hasta la cintura, donde un amplísimo cinturón se la ajustaba para darle un aire de lo más chic. Le encantaba, él lo había elegido y había acertado, como siempre cuando se trataba de ropa. Se giró hacia la iglesia y lo vio allí, tan elegante, con gafas de sol, espectacularmente guapo con Michael de la mano, ayudándolo a caminar mientras charlaba con Pete y Jonathan junto a la balaustrada. Era tan atractivo que tenía medio colapsada la entrada a la iglesia. Mujeres de todas las edades se detenían para mirarlo de reojo y cuchichear, aunque él, completamente de negro y sin corbata, pareciera totalmente ajeno al revuelo que provocaba, pendiente de su hijo, que era todo un remolino.

Michael acababa de cumplir su primer añito de vida. Había nacido en Madrid el 1 de junio y el 1 de julio ya estaba en Dublín recibiendo el bautismo en una fiesta multitudinaria digna de un maharajá. Manuela recordaba aquello como una sucesión de parientes y felicitaciones, muchos besos y abrazos, muy agotada con el bebé, bautizado Michael Patrick, que por esos días tomaba el pecho cada dos horas y que no le había permitido reponerse del todo de su parto de catorce horas. Paddy había estado con ella hasta el final, hasta que le pusieron a su hijo en los brazos, aguantando sus malos modos, sus quejas y toda clase de improperios en inglés y español que le dio por soltar en medio de las contracciones. Afortunadamente, todo había ido bien y tras el bautizo, con María y Borja como padrinos, regresaron a Londres y se instalaron en Russell Square para criar a su precioso bebé, que los tenía como locos de contentos.

Como estaba previsto, se reincorporó al trabajo a finales de agosto, media jornada, aunque podía llevar al bebé al despacho para darle el pecho y luego, cuando cumplió seis meses, lo llevaron a una guardería estupenda de Mayfair, donde empezó a relacionarse con otros bebés, y ellos a dejar de ser tan dependientes del pequeño, que también necesitaba tener un poquito de autonomía, según el pediatra. Patrick O'Keefe no comprendía nada de aquello y el tiempo que estaba en casa tenía a su cachorrito, como él lo llamaba, siempre en brazos, se lo comía a besos y dormía con él. Lo que había convertido a Michael, dueño de unos enormes ojos color aguamarina iguales a los de su padre, en un bebé delicioso, cariñoso, mimoso, pero también muy exigente. Manuela intentaba poner orden, pero se deshacía con sus sonrisas y pronto cedió a la evidencia de que para todos era mejor relajarse y disfrutar. El pequeño los hacía felices, solo había llegado para enriquecer su relación, y aunque siguieron viviendo un apasionado romance, se convirtieron de pronto en marido y mujer, porque se casaron en los Juzgados de Westminster solo con los testigos, María y Sean, cuando su hijo tenía tres meses y celebraron la noticia con una gran fiesta en La Marquise, a la que asistieron sus padres, la mayor parte de su familia y todos sus amigos. Una noche mágica que ellos pasaron casi a solas en el club, mirándose a los ojos y bailando ajenos a todo el mundo, sin poder separarse, porque no podían estar más enamorados.

Había sido el mejor año de su vida. Seguramente lo recordaría siempre como algo maravilloso, lleno de descubrimientos y certezas, no carente de problemas y de discusiones, porque Patrick O'Keefe seguía siendo el macho alfa gitano irlandés ante todo, pero al menos estaban construyendo su vida como ellos querían y tenían muchos proyectos e ilusiones compartidas, no solo a nivel personal, sino también a nivel empresarial, empezando por haber comprado La Marquise a Jonathan y Peter, que decidieron que seis años de negocio era suficiente y que querían pasar a otra cosa. El acuerdo lo habían firmado en abril y ya estaban trabajando viento en popa con el nuevo equipo directivo, con Manuela como gerente general y María y Sonny como codirectores. El trabajo era abundante, pero ellos lo conocían mejor que sus fundadores, así que les iba muy bien. A la vez crearon una sociedad limitada para llevar el negocio de los hoteles para bodas y Manuela organizó los beneficios y el reparto del trabajo de forma más racional y equitativa, asunto que los enfrentó a los O'Keefe durante un par de semanas, aunque al final habían tenido que aceptar que los tiempos eran otros y que debían racionalizar un negocio millonario que estaba dando de comer a mucha gente. Mucha gente que era parte de la familia y que dependían de ellos, algo que Manuela jamás podría entender ni modificar, pero que, por lo menos, pretendía organizar para saber qué estaba pasando realmente en el negocio y en Irlanda, adonde Paddy iba cada vez menos por culpa de sus negocios en Inglaterra, a pesar de que sus padres estaban empeñados en que regresara a Dublín para vivir con su nueva mujer y su bebé cerca de la familia.

La familia. Manuela, que había sido toda su vida un lobo solitario, pasó de estar siempre a su aire a viajar a Irlanda al menos una vez al mes para encontrarse con miles de parientes de los que tenía que anotar el nombre para no equivocarse, porque si bien abundaran los Paddy, los Sean, las Violet y las Bridget, era muchísima gente, y trataba de memorizar identidades y parentescos para no pecar de descortés. Por supuesto, su condición de paya no pasaba inadvertida, pero como la madre de Patrick también lo era, nadie abría la boca y, a pesar de que ninguno comprendía que una esposa y madre siguiera trabajando codo con codo con su marido, se sentía muy querida cuando iba allí y se volcaban con ellos, y Bridget, su suegra, se comía a besos a Michael, porque decía que era igual que su Paddy de pequeño. En realidad ella nunca había tenido ese calor de hogar y se sentía muy agradecida de poder experimentarlo y de saber que su hijo lo iba a disfrutar siempre con su abuelos, sus tíos, sus primos y también con sus hermanos, porque Paddy junior era muy cariñoso con él, y April, cuando coincidían en Dublín o cuando conseguía convencerla de que viajara a Londres para pasar el fin de semana con ellos, se desvivía por atenderlo o cogerlo en brazos.

Manuela estaba decidida a recuperar la relación de Patrick con sus hijos mayores, por su bien y el de Michael, a pesar de que con Bridget jamás consiguieran nada porque ella, a sus casi dieciséis años, no quería saber nada de su padre y de la bruja paya de su nueva mujer.

De hecho, la última vez que Paddy la vio, la cría insultó gravemente a Manuela y él le dio un bofetón y le retiró la palabra. Ya no había nada que hacer, le explicó su propia suegra, y habían dejado el tema por imposible, aunque al menos podían ver de vez en cuando a Paddy junior y a April en Londres, y atenderlos lo mejor posible en su diminuto piso de Russell Square.

Hasta la boda de María, siguieron compartiendo piso con ella. Patrick era muy tolerante respecto a compartir casa, decía que había vivido toda su vida rodeado de gente, pero Manuela no y cuando María volviera de la luna de miel con Borja —que terminado el MIR había decidido emigrar para trabajar en la sanidad británica durante una temporada—, ellos ya estarían en su nueva casa, un piso muy soleado y muchísimo más amplio cerca del restaurante, que ya estaba listo para que se instalaran. Se mudarían en cuanto regresaran de Madrid. Estaban muy ilusionados y al fin dejarían Russell Square para los flamantes señores de Fernández, que también necesitaban empezar a vivir solos.

—¿Manuela? Cariño, pero qué espectacular estás. —Carmen González le agarró las manos para admirarla de arriba abajo—. Hija mía, ¿qué comes?

—¡Hola! —La abrazó con mucho cariño y luego le dio dos besos. Carmen había sido su profe más querida de la facultad y hacía años que no se veían, a pesar de que María seguía manteniendo contacto con ella—. Tú sí que estás guapa.

—Bueno, y ahora eres Mrs. no sé qué…

—O'Keefe, pero eso en Irlanda y con la familia de mi marido, que son muy conservadores —bromeó, mirando a Patrick de reojo, que podía quemar la casa si no se dignaba a usar su apellido—. Qué alegría verte, a ver si podemos charlar durante el banquete.

—Ya te digo. Años y años que no te veía y estás preciosa. ¿Te acuerdas de mi marido? Paco, esta es Manuela Vergara, una de las chicas que ha triunfado en Londres, la amiga de María.

—Bueno, triunfar, triunfar, tampoco. Seguimos en la lucha. Subamos y te presento a Patrick y a Michael.

—Pero María me contó lo del restaurante.

—Sí, acabamos de lanzarnos, pero ha sido gracias a la inversión de mi marido, así que…

—¿Y el máster?

—Lo empiezo en septiembre. Con lo del bebé y el trabajo no pude el año pasado, pero ahora ya es el momento.

—¿Has visto? Habéis llegado muy alto. —Se detuvo y la sujetó del brazo—. ¿Y esta preciosidad es tu hijo?

—Sí —contestó tan orgullosa abriendo los brazos hacia Michael, que venía de la mano de su padre, con sus pasitos inseguros directo hacia ella, porque en cuanto la veía aparecer se olvidaba de todo el mundo—. ¡Hola, mi amor! Ven, mi vida. Esta es Carmen, Car-men —le dijo en español y él les regaló una enorme sonrisa—. Carmen, te presento a Michael y este es mi marido, Patrick. Mi amor, ella es Carmen, fue profesora nuestra en la Universidad, y su marido, Paco.

—Encantado —contestó él tan cortés, sacándose las gafas de sol y dejando a la profesora con la boca abierta.

—Vaya por Dios, tu hijo es tan guapo como su padre.

—Sí, son iguales —opinó Manuela muerta de la risa—. Todo el mundo lo dice.

—Encantados. Bueno, nosotros vamos entrando, seguro que la novia está al caer, ¿y Borja?

—Lleva veinte minutos en el altar.

—Vale, nos vemos dentro. Hasta ahora.

—Hasta ahora. —Manuela mordió los mofletes de su bebé y miró a Patrick, que parecía cansado—. Entremos en la iglesia, ¿quieres? Hará menos calor.

—No quiero que el cachorrito se aburra dentro, mejor esperamos un rato más aquí fuera.

—Tu cachorrito está a punto de quedarse dormido.

—Es igual, mejor esperamos por aquí. —Se acercó y le besó el cuello con la boca abierta, ronroneando y acariciándole el trasero—. Eres la chica más guapa de la boda, *Spanish Lady.*

—¿Y tú? —susurró, acurrucando a Michael en su hombro—. Tienes revolucionado al personal.

—Nah.

—Nah, seguro que no.

—¿Me estás imitando? ¿Te ríes de mí?

—Nah.

—Muy graciosa. —La sujetó por la nuca y le plantó un beso largo y apasionado con Michael entre los dos, y seguramente con un ejército de ojos reprobadores observándolos, escandalizados—. Tardamos exactamente cinco minutos andando de aquí al hotel, ¿vamos y volvemos? Puedo entretenerte un rato hasta que tu amiga se digne a llegar.

—Está al caer, su plan son cuarenta y cinco minutos de retraso.

—Madre de Dios —soltó, observando a todo el mundo con los ojos entornados. Manuela le acarició la solapa de la chaqueta y sonrió.

—Mi vida, muchas gracias por venir conmigo, por quedarte anoche solo con Michael en el hotel para que yo pudiera acompañar a María. Gracias por tragar con todo esto, incluso con que te hablen en español a gritos. Eres un sol.

—Solo soy tu marido, *Spanish Lady.*

—Gracias de todas maneras, ¿y sabes qué? Tengo una sorpresa para ti.

—¿Qué sorpresa? —La miró a los ojos y estiró la mano para acariciar el pelo rubio de Michael, que observaba a la gente con mucha atención.

—He hablado con Helen, todo está en orden, así que voy a secuestrarte un par de días.

—¿Ah, sí?

—¿Qué te parece la playita, el calor, una paella? —Él sonrió de oreja a oreja—. Mañana temprano cogemos un tren y nos vamos a la Costa Brava, ¿te parece?

—¿En tren?

—Sí, en tren… —Se puso de puntillas y le besó el cuello.

—¿Y te has traído el biquini?

—Sí, y me he asegurado de que la suite tenga nevera por si queremos ponernos juguetones, ya sabes, el truquito de tu amigo italiano…

—Ay, Señor. ¿Sabes qué, Michael? Tienes una mamá muy lista y preciosa, ¿verdad? —El pequeño asintió y él lo cogió en brazos—. ¿Le cantamos una canción?

—Sí.

—¿Me vas a cantar una canción, cariño? —preguntó ella, viendo por el rabillo del ojo el coche de la novia al fin. Se giró hacia las escaleras y saludó a María, que iba preciosa del brazo de su padre, con su maravilloso vestido de Sarah Burton—. Vamos, chicos.

—*As I came down through Dublin City / At the hour of twelve at night / Who should I see but the Spanish lady* —canturreó Paddy y Michael empezó a balbucear la letra enseguida, siguiendo la entonación con los ojitos muy abiertos. Manuela sonrió moviendo la cabeza, se agarró al brazo de su marido, le besó el hombro y los animó a entrar detrás de la novia—. *Washing her feet by candlelight. / First she washed them, then she dried them / Over a fire of amber coal. / In all my life I ne'er did see / A maid so sweet about the sole. / Whack for the toora loora laddy / Whack for the toora loora lay / Whack for the toora loora laddy / Whack for the toora loora lay…*

Últimos títulos publicados en Top Novel

El regreso del rebelde – LINDA LAEL MILLER
Víctima de una obsesión – DEANNA RAYBOURN
Los Cordina – NORA ROBERTS
Tierras salvajes – DIANA PALMER
Algo más que vecinos – ISABEL KEATS
Sueños de verano – SUSAN WIGGS
Tiempo de traiciones – ROSEMARY ROGERS
Nuevos comienzos – ROBYN CARR
Pasión de contrabando – BRENDA JOYCE
Los Montford – CANDACE CAMP
Tentando a la suerte – SUZANNE BROCKMANN
De repente, un verano – ROBYN CARR
Empezar de nuevo – ISABEL KEATS
Una luz en el mar – SUSAN WIGGS
Los Mackenzie – LINDA HOWARD
Una rosa en la tormenta – BRENDA JOYCE
Sabor a peligro – LORI FOSTER
Entre las azucenas olvidado – GEMA SAMARO
Cierra los ojos… – SUSAN WIGGS
Más allá del odio – DIANA PALMER
Historias nocturnas – NORA ROBERTS
Vacaciones al amor – ISABEL KEATS
Afterburn/Aftershock – SYLVIA DAY
Las reglas del juego – ANNA CASANOVAS
Luz de luna – ROBYN CARR
Cautivar a un dragón – LIS HALEY

www.ingramcontent.com/pod-product-compliance
Lightning Source LLC
LaVergne TN
LVHW101937220826
846093LV00006B/43

* 9 7 8 8 4 6 8 7 4 5 0 3 9 *